Conan le barbare

L. SPRAGUE DE CAMP
& L. CARTER

d'après le scénario de
Olivier Stone et John Milius

Conan le barbare

traduit de l'américain par J. Headline et H. Monrocq

Éditions J'ai Lu

Ce roman a paru sous le titre original :

CONAN, THE BARBARIAN

PROLOGUE

Sache, ô Prince, qu'entre les années où les océans engloutirent Atlantis et ses cités d'argent, et l'avènement des fils d'Aryas, il y eut une époque dont nulle imagination n'a jamais rêvé, où des empires étincelants recouvraient la surface du monde à l'instar de voiles bleus sous les étoiles. Alors vint Conan le Cimmérien, à la crinière d'ébène, au regard sombre, l'épée au poing, un voleur, un errant, un tueur, aux mélancolies et aux joies gigantesques, qui foula aux pieds les trônes sertis de joyaux de la terre entière.

Et sache également, ô Prince, qu'en cette époque à demi oubliée, le plus fier royaume du monde était l'Aquilonie, qui régnait en maître sur l'Occident perdu dans ses songes. Et ce même Conan gouvernait le trône d'Aquilonie sous le nom de Conan le Grand, seigneur le plus puissant de son ère. Et nombreux sont les récits qu'on racontait à son sujet et sur sa jeunesse; ainsi il est à présent difficile de distinguer la vérité parmi les innombrables légendes.

Les Chroniques Némédiennes.

L'ÉPÉE

Moi, Kallias de Shamar, entre tous mes confrères scribes d'Aquilonie, j'eus le privilège de recueillir des lèvres mêmes de mon souverain, Conan le Grand, le récit des vicissitudes et nobles aventures qui ont accompagné son chemin jusqu'à l'apogée de sa magnificence. Voici l'histoire telle qu'il me l'a racontée dans les derniers jours de son règne, alors que l'âge, quoique avec légèreté, avait étendu son ombre cruelle au-dessus de lui.

Sur une corniche rocheuse dégagée de neige, un homme et un enfant s'arc-boutaient contre la fureur de l'orage. Tout autour d'eux, tel un démon, le vent de la nuit hurlait. Les éclairs déchiraient les cieux torturés, fracassant les rocs en menus morceaux et fouettant d'une lanière de feu le sol frémissant. L'homme, de forte carrure et barbu comme un troll, semblait dans la lumière intermittente d'une stature gigantesque alors qu'il se dressait, jambes écartées, sa silhouette massive enveloppée de fourrures pour combattre la morsure du vent. L'enfant, protégé du froid de manière identique, pouvait être âgé de neuf ans.

Rejetant en arrière sa cape déployée comme un étendard sur le ciel nocturne, l'homme tira de son fourreau une énorme épée que l'on manie à deux mains, l'arme d'un dieu... Psalmodiant une antique incantation runique, composée de mots étranges et d'un rythme mystérieux, il plongea la lame au cœur de la tempête. Les jambes en appui solide contre les assauts de la bourrasque, il dressait à bout de bras le glaive splendide, tandis que les nuages menaçants étaient en effervescence autour de lui, comme si la lame avait percé et blessé le firmament lui-même.

– Ecoute, Conan! criait l'homme pour couvrir le rugissement de la tourmente. Le feu et le vent voient le jour au sein des cieux, enfants des divinités qui y demeurent. Et le plus puissant d'entre eux est le Père Crom, qui gouverne la terre et le ciel et les mers vastes et agitées. De nombreux secrets y sont renfermés, dont Crom est le maître... Mais le plus important est le secret de l'acier, un secret que les dieux n'ont pas appris aux hommes mais ont conservé jalousement au plus profond de leur cœur.

L'enfant fixait du regard le visage de l'homme immense, aussi dur dans la lumière changeante que l'affleurement de granit sur lequel ils se trouvaient. L'homme prit la mesure de ses paroles, alors que le vent hurlait et s'acharnait sur sa barbe comme pour le réduire au silence.

– Autrefois, reprit la voix grave, des géants vivaient à la surface de la terre. Peut-être y demeurent-ils encore... Ils étaient malins et sages, façonnant la pierre et le bois, tirant de leurs mines joyaux et pépites d'or. Et dans les ténèbres du chaos, ils dupèrent même Crom, le Père des dieux. Par ruse, ils lui dérobèrent ce que les immortels possédaient de plus précieux : le secret de ce métal aux reflets d'argent qui, quand on le ploie, retrouve sa forme initiale.

» Grande fut la colère de Crom. La terre trembla et les montagnes s'ouvrirent. Déchaînant les rugissements du vent et des éclairs de feu, Crom châtia les géants. Ils s'effondrèrent sur le sol qui les engloutit à jamais. Refermant ses lèvres de pierre, la terre les rejeta dans les entrailles du monde où de sombres formes rampent et glissent sur le sol, un lieu dont nul homme n'a eu connaissance...

Les yeux de l'homme flamboyaient comme deux flammes bleues au milieu des charbons ardents. Et son épaisse chevelure noire, prise dans une violente rafale, se déploya comme les ailes d'un aigle. Le jeune Conan frémit.

– La bataille gagnée, poursuivit l'homme, les dieux regagnèrent leur royaume céleste mais, encore sous l'emprise de la colère, oublièrent le secret du métal martelé et l'abandonnèrent sur le lieu des combats. C'est là que le découvrirent les premiers êtres humains, les Atlantes légendaires, nos ancêtres d'avant l'aube de l'Histoire.

Conan se mit à parler, mais l'homme leva la main en un geste d'avertissement.

– Nous, les hommes, possédons maintenant le secret de l'acier. Mais nous ne sommes pas des dieux, pas plus que ne l'étaient les géants. Nous ne sommes que des mortels faibles et stupides et nos jours sont comptés. Méfie-toi de l'acier, mon fils, et tiens-le en respect, car il renferme un mystère et un pouvoir.

– Je ne comprends pas, Père, dit l'enfant d'une voix hésitante.

L'homme secoua sa crinière noire.

– Cela viendra en son temps, Conan. Avant que quelqu'un soit digne de porter à son côté une épée d'acier pour la bataille – une arme pareille à celle dont disposèrent un jour les dieux contre les géants – il lui faudra en comprendre l'énigme. Il lui faudra percevoir les voies de l'acier. Sache que, dans le monde entier, tu ne peux avoir confiance en personne, pas plus homme que femme ou animal, pas plus esprit que démon ou dieu... Mais tu pourras t'en remettre à une lame d'acier bien forgée.

L'homme recouvrit les minuscules mains de son fils de la sienne et, appliquant les doigts de l'enfant sur la poignée du glaive irréprochable, déclara :

– Le cœur d'un homme est comme une pièce de métal brut. Il doit être martelé par l'adversité, forgé par les souffrances et par les défis lancés par les dieux inconstants, pratiquement jusqu'aux limites de la résistance, purgé et durci dans les feux du combat, purifié et façonné sur l'enclume du désespoir et du malheur.

» Ce n'est que quand ton cœur aura été transformé comme l'acier que tu seras digne de manier à la guerre une épée affilée et de vaincrc tes ennemis, à l'instar des dieux quand ils ont terrassé les ténébreux géants. Lorsque tu auras maîtrisé les mystères de l'acier, mon fils, ton glaive deviendra ta propre âme...

Tout au long de son existence, Conan se souvint de ces paroles, prononcées par son père lors de cette nuit transpercée d'éclairs. Le temps aidant, il commença à décrypter les locutions sibyllines, à comprendre le message que son père s'était efforcé de lui transmettre : de la souffrance naît la force. Un cœur d'homme ne devient aussi résistant que l'acier qu'au travers de la douleur et des privations.

Mais nombreuses et longues furent les années qui passèrent avant que cette sagesse ne lui appartînt totalement.

Conan avait également en mémoire une autre nuit, antérieure de deux semaines, où la lune ressemblait à un disque opalescent suspendu dans le ciel noir limpide, comme un crâne d'argent sur un suaire couleur aile de corbeau. Cette luminosité inquiétante faisait reluire la neige qui recouvrait également le sommet des sapins entre lesquels gémissait un vent glacial, alors qu'il traversait le village endormi, suivant le chemin grossier qui descendait vers la forge de son père. Là, un feu rougeoyait, obligeant l'obscurité à reculer, son éclat tachant de nuances or et écarlates changeantes le tablier de cuir et le pantalon brûlé par les cendres du maréchal-ferrant. Il faisait scintiller son front baigné de sueur et illuminait la face de l'enfant qui, sur le pas de la porte, observait bouche bée.

Infatigable, le forgeron manœuvrait le soufflet. Soudain, agrippant une paire de pinces à long manche, il ôta du centre du brasier un morceau de fer chauffé à blanc, aplati et brillant. Il le posa sur l'enclume et se mit à le façonner à coups de marteau, chaque frappe sonore propulsant une pluie d'étincelles dans la semi-nuit qui régnait dans la forge.

Quand le cœur du métal, en se refroidissant, perdit son éclat blanc pour acquérir une teinte jaune, puis rouge poussiéreux, le maréchal-ferrant le replongea dans le foyer et s'acharna à nouveau sur le soufflet. Enfin, il jeta un coup d'œil vers l'entrée et aperçut le garçon. Son regard sévère s'adoucit.

– Que fais-tu ici, fils? Tu devrais être couché.

– Tu m'as dit que je pourrais te voir transformer le fer en acier, Père.

– Oui, c'est exact... Avec de la chance, ce sera fait ce soir. Les gens alentour considèrent Nial le forgeron un peu comme un sorcier qui peut obtenir de l'acier à partir du feu. Et je ne voudrais pas les décevoir...

A la vérité, le maréchal-ferrant était vu comme une sorte de divinité par ses voisins. Il était arrivé des contrées du Sud, portant en lui un art caché – le secret de l'acier –, cet héritage sans prix venu des antiques Atlantes, considéré comme perdu et oublié par tous ceux qui vivaient dans cette ère de ténèbres.

Tandis que le garçon s'approchait, le forgeron retira à nouveau le fer du brasier.

– Recule, Conan. Les étincelles volent haut... Je ne veux pas que tu sois blessé.

L'enclume résonnait comme une cloche de bronze qu'aurait frappée un géant. Des flots d'étincelles s'élevaient et retombaient devant l'homme à l'ouvrage. Petit à petit, le morceau de fer brillant sur toute sa longueur prit la forme d'une puissante lame d'épée. Soulevant avec les pinces la pièce métallique, il en examina la tranche, décela une courbure qu'il élimina en quelques coups bien appliqués.

Après l'avoir chauffée et inspectée une dernière fois, Nial plongea l'arme étincelante dans un tonneau rempli d'eau, trempant le fer malléable avant l'ultime transformation en acier. Le cœur métallique siffla comme un serpent et un nuage de vapeur s'éleva, parant l'espace de quelques instants le forgeron des vêtements diaphanes d'un dieu.

– Apporte-moi ce seau de charbon de bois, ordonna Nial à son fils, rempli d'admiration craintive. Pour fabriquer de l'acier résistant mais flexible, la lame doit à présent être maintenue à une température constante, comme dans un lit de braises. Voilà le secret que possédait le peuple d'Atlantis... le savoir que j'ai amené en ces lieux quand je me suis enfui de mon ancien clan dans le Sud. Observe comment je laisse baisser le feu...

L'épée resta des jours entiers enfouie sous une couche de charbons ardents. Conan regarda son père accomplir les autres tâches restantes. Avec adresse, il donna à la garde la forme des bois d'un cerf. Il entoura la poignée de bandes découpées dans des intestins de tigres de la forêt. Il moula le pommeau, lesté d'acier pour briser le crâne des ennemis, à la ressemblance des sabots d'un élan.

Lorsque, finalement, l'arme fut assemblée, elle était d'une splendeur mémorable, fruit de puissants enchantements. La lame polie jetait des éclairs comme un miroir, réfléchissant la lumière du soleil et les noirs nuages du tonnerre, comme si l'essence même du métal était en quelque sorte imprégnée d'esprits de l'air.

– Est-ce enfin terminé, Père? demanda le garçon, un soir.

– Il ne manque qu'une chose, gronda le forgeron. Viens et tu verras.

Dans les années qui allaient suivre, Conan se rappellerait comment les formations nuageuses annonciatrices de tempête éclipsaient les étoiles, alors que son père le conduisait des habitations en rondins du village jusqu'aux contreforts rocheux de la montagne recouverte de neige. Pendant la difficile escalade, le vent se leva, pénétrant les fourrures qui les protégeaient. Ils franchirent des crevasses aux bords blancs, des pentes escarpées, rocailleuses, ainsi que des affleurements dénudés où ils avaient peine à trouver une prise. Le tonnerre grondait quand ils atteignirent le sommet. C'est alors que l'orage éclata...

Ainsi, au milieu des éléments en furie, se déroula

le rite mystique qui allait rendre le glaive invincible.

Immédiatement après cette nuit sauvage d'orage et d'incantations, Conan fut amené à apprendre sa première leçon de souffrances. Elle fut cruelle et arriva bien trop tôt pour un enfant si jeune. Mais les terres du Nord sont austères et l'existence y est rude. La main de tout étranger s'y lève avec hostilité devant ses pareils.

La nuit reculait à contrecœur, face aux pas silencieux de l'aube glacée... La lune pâle, inconsolable, se drapait le visage dans un voile de nuages entraînés par le vent. Seul un zéphyr fatigué troublait le calme en chuchotant dans les branches dénudées des arbres.

Brusquement, la tranquillité se trouva réduite à néant par la clameur de cavaliers qui déboulaient au travers des buissons. Leurs montures bardées de fer fracassèrent la mince couche de glace qui recouvrait le ruisseau suivant un chemin parallèle au village. Sombres et sans pitié, vêtus d'armures de cuir aux écailles de fer et tenant des haches, des lances ou bien des sabres dans leurs mains gantées, les pillards fondirent sur le hameau.

Hommes et femmes, surpris dans leur sommeil, se réveillèrent pour découvrir ces étrangers à cheval massés sur le sentier semé d'ornières qui serpentait entre leurs huttes. Ils émergèrent de leurs foyers dans le désordre et la confusion, étreignant autour de leurs corps de grossiers vêtements de laine et lançant des invectives aux envahisseurs. Une femme poussa un cri perçant en saisissant un bébé sous les sabots piaffants d'une monture. Avec un rugissement de triomphe, le cavalier glissa sur sa selle pour piquer sa lance entre les épaules de la mère qui s'enfuyait. Elle chancela, la pointe du javelot soudain visible entre ses seins. Flasque comme une poupée de chiffons, son corps fut entraîné jusqu'à ce qu'un soldat dégage en jurant la hampe des chairs déchirées.

– Les Vanirs! rugit Nial le forgeron, bondissant de l'ouverture de sa hutte et balançant son marteau.

Sur le seuil, le jeune Conan, ahuri, cherchait de tous côtés de l'ordre dans le chaos tout autour, mais il n'y en avait pas... Une jeune fille passa près de lui, courant à toutes jambes, blanche de terreur. Derrière elle, fonçait un dogue noir efflanqué, les mâchoires béantes, sa langue rouge claquant dans sa gueule. L'instant d'après, l'animal l'avait forcée à terre et ses crocs transformaient sa gorge en charpie écarlate. Devant les yeux incrédules de Conan, une de ses mains s'agita faiblement comme un poisson échoué sur la neige éclaboussée de boue.

Un chasseur cimmérien nu, armé d'une hache impressionnante, se jeta en hurlant dans la mêlée, balançant son arme en tous sens comme une roue de la mort. Elle atteignit un cavalier à la cuisse, emportant la jambe... Dans un cri aigu, le Vanir tomba de sa selle, son sang giclant en une courbe pourpre dans la neige. Couvrant le fracas des sabots, le cliquetis du fer et les cris de guerre des Vanirs, Conan entendit les gémissements perçants des femmes, ainsi que les plaintes des mutilés et des mourants.

Le père de Conan poussa de côté son fils et disparut dans la hutte pour en ressortir, armé de la gigantesque épée. La lame ensorcelée, qui scintillait comme un éclair glacé sur le ciel matinal, faisait le vide devant elle. Tous, Vanir après Vanir, tombaient de leurs destriers, leurs entrailles se déversant dans la neige piétinée.

Conan se débarrassa de la paralysie de la peur, ramassa un poignard tombé à terre et plongea dans la bagarre, décidé à combattre aux côtés de son père. Bien que la foule des guerriers fût trop compacte pour que l'enfant puisse s'y frayer un chemin, sa lame coupa le jarret d'un sombre assaillant qui trébucha sur le chemin du glaive en mouvement du maréchal-ferrant. La tête de l'envahisseur, proprement séparée du reste du corps, s'élança en l'air comme une balle bien envoyée, pour s'écraser à grand bruit dans la boue, aux pieds de Conan. Le garçon bondit en arrière, les cheveux dressés sur la nuque, les yeux sortant presque de leurs orbites.

Maintenant, d'autres Cimmériens accouraient pour faire front avec Nial le forgeron. Mais les intrus étaient à cheval et bien armés, leurs poitrines gainées de bronze et de fer, tandis que les villageois étaient à demi nus et n'avaient en leur possession que les simples outils dont ils avaient pu se saisir. Certains tenaient des houes et des râteaux, d'autres avaient récupéré leurs armes. Un petit nombre portaient des boucliers d'intestins bouillis étirés sur des armures en bois, mais leur protection ne pouvait qu'être inefficace contre le poids écrasant du fer des Vanirs.

Incapable de rejoindre son père, Conan se mit en quête de sa mère. Mais dans la mêlée et la cacophonie de la bataille, il ne put la trouver. Il courut, se baissant et esquivant les hommes et les chevaux qui fonçaient dans un grondement de tonnerre. De tous côtés, il assistait à des scènes de destruction et de tuerie. Un bras fraîchement amputé gisait dans la neige, rouge de sang, les doigts encore cramponnés à la hampe d'une javeline. Une femme, portant son jeune enfant dans un lieu sûr, se dépêchait... Elle fit un faux pas et s'écroula dans la boue glissante. Le temps d'un battement de cœur, un sabot lui écrasa le crâne et son bébé vagissant tomba dans un amas de neige tachée de sang.

Un vieillard ne put achever un hurlement, une flèche à pointe de bronze lui ayant transpercé la langue. Un autre se tapit dans une flaque de boue gelée, ses mains s'acharnant sur son visage. Un œil pendait, retenu par quelques filaments, et l'homme, rendu fou par la peur, essayait de le remettre en place.

Dominant le fracas et les clameurs, Conan entendit la voix suraiguë de son père : « Les chevaux ! Tuez les chevaux ! » Accompagnant ses paroles, le forgeron abattit une monture lancée au galop, se plaignant comme un étalon sous la brûlure de la castration, alors qu'une lance transperçait son épine dorsale.

Finalement, Conan repéra la frêle silhouette de sa mère, pieds nus dans la neige. Il y avait de la majesté en elle, dans sa manière d'affronter l'ennemi, son visage écarlate de fureur, ses cheveux tombant en cascade sur ses épaules et ses mains empoignant un glaive à double tranchant. Devant elle traînaient les cadavres sanglants, tailladés, de plusieurs Vanirs et de leurs chiens impitoyables. Alors que l'enfant accourait vers elle, elle vit la noire chevelure rude et désordonnée de son fils, toute pareille à celle de son père, et se cramponna à son arme avec une détermination renouvelée.

Relevant la tête, Conan entr'aperçut une gigantesque forme chevauchant un destrier couleur de nuit, semblable à une statue, sombre et immobile. Cheval et cavalier se dessinaient sur le sommet d'une petite colline à l'extrémité du village et contemplaient le théâtre du massacre. L'enfant ne pouvait discerner les traits de cette silhouette imposante mais son regard exacerbé fut arrêté par l'emblème que l'homme portait sur sa poitrine bardée et son bouclier serti de fer.

Son dessin était bizarre : deux serpents noirs face à face, leurs queues si emmêlées qu'ils auraient pu ne faire qu'un, et, entre eux, soutenu par leurs anneaux, le disque d'un soleil noir. Le symbole, si peu familier fût-il, emplit le cœur de Conan de peur des malheurs à venir.

Non loin de là, la plupart des hommes et des jeunes gens qui avaient survécu à l'assaut et au massacre qui avait suivi avaient formé un écran de protection vivant autour de leur maréchal-ferrant. Dominant même le plus grand des autres Cimmériens, Nial hurlait ses encouragements, les chocs de métal couvrant les cris des mourants. Les Vanirs reculaient, car leurs montures, le regard exorbité, tournoyaient et évitaient l'affrontement devant les armes grossières des défenseurs.

La prudence s'instaurant parmi les cavaliers, du haut de son promontoire, la forme vêtue d'une cotte de mailles éleva une main gantée dans un geste de commandement. Les feux de l'aube se reflétaient sur son casque, ce qui, tout en masquant ses traits, lui procurait une aura d'une puissance considérable.

– Ils vont faire donner leurs archers, murmura la mère de Conan. Ils vont anéantir les hommes tout en restant hors d'atteinte de notre acier cimmérien.

– Crom nous aide! dit le garçon à voix basse.

La mère de Conan lui jeta un regard glacial.

– Crom ne tient aucun compte des prières des hommes. Il les entend à peine. Crom est un dieu du givre, des étoiles et des orages, pas de l'humanité.

Les paroles de Maeve, la femme du forgeron, se révélèrent rapidement exactes. Une pluie de flèches siffla à travers l'aube pour se planter avec un bruit sourd dans le bois des huttes, ricocher sur les boucliers et s'enfoncer jusqu'à l'empenne dans la chair sans protection. La grêle mortelle de traits vanirs balaya encore et encore l'essaim de défenseurs, jusqu'à ce que le mur de protection s'effrite et fléchisse.

Enfin, la gigantesque silhouette sur la colline parla, sa voix grave, surnaturelle, sonnant comme une cloche de fer : « Lâchez les chiens! »

Avec force grondements féroces, halètements et claquements de mâchoires, les dogues aux langues rouges dévalèrent la pente, leurs formes rapides se détachant sur l'aube vermillon. Un Cimmérien s'écroula dans un gargouillis, un chien à la gorge. Un autre embrocha un animal en plein bond. Un troisième poussa un hurlement rauque, alors que des crocs aussi aiguisés que ceux d'un loup venaient de se refermer sur les muscles de son avant-bras. Et la paroi de boucliers se fractionna, les hommes se mouvant pour donner des coups aux bêtes fauves avec des épées ébréchées et émoussées.

– Archers! hurla le ténébreux géant. Envoyez une autre volée!

Une pluie sifflante de mort s'abattit sur les rares survivants. Les corps se tordaient dans la neige piétinée, leurs compagnons battant en retraite en chancelant, leurs boucliers de peau transpercés par les flèches rapides. Un instant, Conan vit son père encore debout, seul, son écu hérissé de traits. Soudain, le forgeron fut atteint à la jambe. Une flèche avait traversé le muscle de la cuisse. Le membre blessé céda sous lui et, avec un juron étranglé, il tomba, allongé sur le dos dans la neige gelée.

Une main rampa sur la glace, centimètre après centimètre, en direction de la poignée de la superbe épée d'acier. Un trait la cloua au sol. En un instant, les chiens furent sur lui...

Tout fut bientôt terminé.

LA ROUE

Les cavaliers franchissaient maintenant la crête et déboulaient dans un grondement de tonnerre au milieu des cabanes misérables, leurs glaives taillant en pièces le moindre signe de résistance. Des torches allumées décrivaient des arcs de cercle dans le ciel pour atterrir avec un son mat sur les toits de paille des maisons laissées sans défense et les enflammer en quelques secondes, forçant ainsi à l'air libre tous ceux qui avaient cherché refuge dans leurs demeures.

Poussant des cris de joie, des hommes à cheval filaient sur le sentier inégal empalant de leurs lances les jeunes guerriers, les vieillards et les blessés. La javeline de Maeve transperça un intrus au regard mauvais qui s'était penché de sa monture lancée au grand galop pour la saisir. Un fin sourire éclaira son visage au moment où son corps déchiré culbuta par-dessus la selle pour s'affaler dans la boue gelée. D'un large mouvement circulaire de son épée, la femme trancha le jarret d'un autre animal. Alors qu'il s'écroulait en donnant des coups de sabot, Conan bondit sur le cavalier qui se tordait de douleur sous sa monture et lui trancha la gorge.

Mais les défenseurs étaient dominés par le nombre et leurs rangs diminuaient rapidement. Tout d'un coup, leur résistance prit fin. Etourdis et découragés, tous les survivants jetèrent leurs armes devant les pieds chaussés de bottes de leurs vainqueurs – en fait, tous, sauf Maeve, l'épouse de Nial et la mère de Conan. Les yeux décochant des éclairs dans son visage vidé de toute couleur, elle s'appuyait sur le pommeau de son large glaive, abasourdie, cherchant son souffle, son fils à son côté avec son minuscule poignard prêt à l'emploi.

Finalement, le géant à cheval sur le monticule se mit en mouvement. Les éperons plantés dans ses noirs flancs luisants, l'étalon frissonnant bondit. Progressant à un rythme contrôlé encore plus terrifiant à contempler que le galop débridé de l'excitation, le chef des maraudeurs poursuivit son chemin jusqu'en bas de la pente dans les traînées de neige piétinée, souillée par le sang des morts ou de ceux qui n'allaient pas tarder à l'être... Bien que les traits de son visage fussent masqués par son heaume de fer orné de cornes, ceux qui l'observaient eurent la vision d'un véritable souverain des démons emporté sur un destrier, alors que sa silhouette se découpait sur le ciel matinal, surgi non de cette terre mais des puits mêmes de l'enfer.

Lorsque la sinistre apparition chevaucha près d'eux, les Vanirs baissèrent la tête et entonnèrent un chant orchestré : « Gloire au Commandant Rexor! Gloire à Rexor! Doom... Doom... Thulsa Doom... »

Leur chef quitta le sentier et, l'espace d'un instant, disparut de leurs regards derrière le mur noirci par la suie d'une hutte calcinée. Les Vanirs s'animèrent et se rapprochèrent de la femme solitaire qui, avec son enfant devenu presque un homme, les défiait encore.

Deux des cavaliers, se moquant d'elle et faisant des allusions épaisses et obscènes, pointèrent leurs lances par jeu vers la poitrine à demi dénudée de la femme. Maeve détourna une des armes avec le plat de son épée et le Vanir recula vivement, riant à gorge déployée. Mais son compagnon eut moins de chance... Faisant des moulinets avec la grande lame au-dessus de sa tête, Maeve atteignit son bourreau à la main, en incisant profondément le dessus. Dans le mouvement que fit l'homme pour bondir sur le côté, sa lance échappa à une main désormais aussi flasque et inutile qu'une chose sans vie. Jurant et montrant les dents dans un rictus, il agrippa son glaive de sa main encore valide.

A cet instant précis, la forme vêtue de fourrures du commandant, lugubre comme la Mort, émergea de l'ombre de la cabane. Pas un mot ne fut prononcé, mais l'homme blessé tourna bride, une expression de terreur sur son visage. En réponse à un signe, un soldat fit un bond en avant pour saisir les rênes du cheval de guerre, et son maître sauta à terre. D'un geste impérieux, Rexor désigna du doigt le sentier où gisait le forgeron, sa main inerte à quelques centimètres de l'arme qui avait été son ultime chef-d'œuvre.

Désireux d'obéir à cet homme imposant, un autre soldat à pied s'élança entre les deux rangées de huttes fumantes vers l'endroit où Nial le maréchal-ferrant avait résisté. Soulevant la lame que nul n'aurait pu arracher de l'étreinte vivante de Nial, il se dépêcha de la ramener à son chef. Maeve observait la progression de l'homme, les yeux réduits à deux fentes couleur bleu glace. Conan regardait avec une fascination effrayée car il lui semblait maintenant monstrueusement évident que son père avait cessé de vivre.

Quand Rexor recueillit l'arme, il la leva dans les rayons obliques du soleil pour en contempler la finition impeccable. Alors que le métal étincelait dans la lumière plus vive, Conan combattit en vain les sanglots qui l'étouffaient. Sa mère posa une main sur son épaule. Un soldat se mit à rire.

Brusquement, un frisson effaça les sourires narquois des visages de ceux qui étaient massés autour du couple encore en formation de combat. Conan leva les yeux. Un étendard, brandi aussi haut que l'astre ascendant et fixé à une perche d'ébène, pénétra avec lenteur dans son champ de vision. Pendant à l'armature de bois ornée de cornes d'animaux, la toile coûteuse du drapeau pendait, immobile dans l'air calme. Brodé sur le tissu, l'enfant vit une fois de plus le symbole qui hanterait longtemps ses rêves : le blason de mauvais augure, représentant des serpents frémissants soutenant le globe d'un soleil noir.

Une macabre frange de scalps pendillait de l'armature et des crânes lugubres, plantés sur des piques ornant les plus hautes ramifications de l'assemblage, souriaient d'un rictus moqueur. Rexor lui-même baissa la tête quand cet étendard hideux occulta la clarté de l'est, se parant d'une teinte rougeâtre. Conan eut un mouvement de recul en apercevant le porteur de la bannière, un être difforme plus animal qu'humain, en dépit de son casque de fer et de ses vêtements bardés de cuir. La fierté avec laquelle il éleva dans les cieux son emblème terrifiant dénotait l'absence de toute humanité.

Derrière ce rejeton déformé de Satan chevauchait

une silhouette majestueuse, resplendissante dans une armure de feuilles imbriquées les unes dans les autres, chatoyantes comme les écailles d'un serpent baigné d'une lueur opalescente. Un heaume serti de joyaux adhérait à sa tête, recouvrant le nez et les pommettes, de sorte que seuls les yeux, illuminés de flammes diaboliques, étaient visibles.

Le destrier qu'il montait était en tous points semblable à son maître : élancé, plein de grâce, son harnachement de pierres précieuses jetant mille feux. Ses yeux brillaient également de la clarté de braises ardentes. Avec un tel destrier, songea Conan, les démons des régions inférieures de l'Enfer pouvaient se permettre de venir dévaster en hurlant les vertes collines de la Terre.

Au fur et à mesure que la bête puissante avançait sur la neige éclaboussée de sang, guidée par les mains gantées, tous les Vanirs inclinaient bas la tête, répétant un mot incantatoire : « Doom... Doom... Doom ! »

Le gigantesque Rexor sortit des rangs pour tenir la bride de ce coursier infernal, pendant que son maître mettait pied à terre. Tous deux n'échangèrent qu'un mot ou deux puis se retournèrent pour examiner la femme de Cimmérie, debout, raidie, le regard assuré, étreignant son glaive. Maeve les observa à son tour et, sentant la menace qui demeurait dans leurs yeux, elle souleva son arme, pareille à une panthère femelle prête à défendre son petit et avança un pied afin de se trouver en position pour frapper.

L'homme au casque de joyaux, la jaugeant toujours calmement, ôta son gant et tendit une main fine afin de recevoir de son lieutenant l'épée de Nial le forgeron. Rexor baissa la tête en donnant l'arme à son maître.

« Doom... Doom... Doom! » psalmodiaient une fois encore les Vanirs et, dressant l'oreille, Conan comprit que ce n'était plus un mot chargé d'une signification de bienvenue que scandaient les cavaliers... C'était un nom de mauvais présage... Un nom avec lequel on supplie, un nom à craindre.

Doom, forme agile dans sa cotte de mailles reptilienne, avança d'un pas nonchalant vers les Cimmériens prêts à combattre, la mère et le fils. Tandis qu'il se rapprochait, ses yeux réduits à de simples fentes étudiaient l'absolue perfection de l'arme qu'il avait entre les mains. Portant toute son attention sur la fine lame, à ce qu'il semblait, il l'inclinait de tous côtés, admirant son tranchant coupant comme un rasoir, son équilibre sans faille, sa finition parfaite. Aussi brillant qu'un miroir, l'acier réfléchissait les faibles rayons du soleil et plongeait Conan dans un fleuve scintillant de lumière.

Comme le cercle d'hommes en armes s'ouvrait pour laisser un passage, Maeve se redressa fièrement, leva son glaive et fixa son esprit. Une rapide inspiration entre ses lèvres entrouvertes seule avertit de ses intentions.

Soudainement, Doom parut s'apercevoir de sa présence. Il enleva son heaume de pierres précieuses, découvrant un visage aux fines mâchoires, d'une beauté ténébreuse. Un mince sourire vacilla sur ses lèvres peu épaisses et quelque chose qui ressemblait à de l'admiration darda une lueur rouge dans ses yeux aussi noirs que du charbon. La femme paraissait clouée sur place, à la fois fascinée et rebutée par sa présence autoritaire et l'aura surpuissante qui se dégageait de sa personne.

« Doom... Doom... Doom! » criaient à l'unisson les guerriers vanirs immobiles.

Pendant un long moment, Doom plongea son regard dans les grands yeux de la mère de Conan. Ses seins finement sculptés, baignés par la lumière rosâtre, montaient et descendaient au rythme de sa respiration rapide. Alors, sans se soucier de l'arme levée de la femme, il fit quelques pas vers elle, sans hâte, se mettant distinctement à portée de sa lame d'acier, comme si le danger n'existait pas pour une personne telle que lui. Le maintien gracieux de son corps souple s'approchant de la Cimmérienne était rayonnant d'une mâle assurance. Mais Maeve ne fit aucun mouvement et ne prononça pas un mot. Elle demeurait totalement immobile, comme ensorcelée, ainsi qu'une perdrix est censée l'être, dans les récits fabuleux, devant les séductions d'un regard de serpent.

Une fois près d'elle, Doom leva la grande épée d'un large mouvement, avec une force et une précision incroyables, un geste ordinaire qui paraissait ne nécessiter aucun effort. Le bruit désagréable que fit la lame quand elle atteignit son but résonna fortement dans le silence glacé.

Sans un cri ni même un halètement, Maeve s'écroula comme s'effondrent les arbres sous la hache du bûcheron. Abasourdi d'horreur, le garçon vit la tête coupée de sa mère rouler dans la fange à ses pieds. Son visage pâle ne montrait ni peur ni choc, pas plus que de la douleur, rien qu'une apparence rêveuse de fascination.

Lorsque le garçon empli de haine, se fut ressaisi et qu'il pointa son poignard vers le large dos de Doom, les Vanirs le submergèrent et, lui arrachant son couteau des mains, l'emportèrent dans un nuage de neige.

Alors que le jour tirait à sa fin, une colonne épuisée de prisonniers enchaînés par deux pataugeait péniblement dans une vaste étendue intacte de neige assombrie de sapins. Cette file entraînée vers l'avant, triste résidu de ce qui avait été un clan uni de Cimmériens était composée des seuls survivants de l'attaque menée à l'aube contre leur village. Vieillards, femmes et enfants, les mal vêtus ainsi que les blessés, glissaient et se frayaient un chemin vers la servitude à travers les neiges craquantes et les affleurements rocheux.

Loin derrière les captifs, des volutes de fumée brouillaient toujours le ciel. Après avoir pillé le hameau et s'être emparés des armes, de la nourriture, des fourrures et des peaux, les Vanirs avaient livré tous les bâtiments à la proie des flammes. Même les charbons ardents et les cendres avaient été piétinés par les sabots des chevaux pour les éparpiller, afin que nulle preuve ne reste de l'existence d'un lieu d'habitation quand le printemps dégèlerait le sol et que l'herbe pousserait à nouveau.

Conan titubait, courbé sous le fardeau de ses chaînes et transi par les vents des terres hautes et le collier de fer qui agrippait sa gorge. Il progressait avec lenteur, son esprit en effervescence plein de souvenirs trop proches encore et d'une frayeur incompréhensible. Il avait vu trop de sang couler pour que sa raison encore jeune puisse tout digérer. A part les battements de son cœur, il ne ressentait rien, ses émotions anesthésiées par le cauchemar vivant des événements du jour.

Ce voyage sans fin dans le Vanaheim resterait à jamais une sorte d'horreur irréelle dans le souvenir de Conan, des images brouillées mises bout à bout :

des cavaliers couverts de fourrures parcourant à toute vitesse la file chancelante, courbée de prisonniers, éparpillant la neige... l'étendard macabre, hissé haut dans le ciel, étalant son emblème de serpents entremêlés et de soleil noir... un vieil homme, incapable de continuer de marcher, séparé de la colonne et massacré à coups de lance avec une sauvagerie incroyable... de petites empreintes écarlates laissées sur la glace par les pieds déchirés des enfants sans sandales... le vent glacial hurlant dans les cols des montagnes... la lassitude et le désespoir.

Conan ne remarqua pas à quel instant le géant Rexor et son mystérieux maître, Doom, quittèrent les cavaliers vanirs. Mais un moment survint où il vit que tous deux n'étaient plus dans le groupe... D'un seul coup, l'atmosphère lui sembla moins désolée et l'éclat du soleil plus vif. Le garçon se demanda vaguement pour quelle raison ces deux personnages, imposants, sinistres, qui manifestement n'étaient pas des hommes de Vanaheim, avaient conduit l'assaut de son village. Quand il osa chuchoter sa question à un autre captif, l'homme murmura :

– Je l'ignore, enfant. Les Vanirs ont sans aucun doute grassement payé les services de ces sombres personnes, mais je n'ai pas vu l'argent.

Les prisonniers et leurs geôliers continuèrent leur trajet vers le nord, suivant une piste tortueuse à travers les collines boisées des confins de la Cimmérie. De gigantesques blocs de roc escarpés jaillissaient de leurs manteaux de neige amassée par le vent et la chaîne en dents de scie des monts Eiglophian se dressait devant eux comme une rangée de géants vêtus de blanc se découpant sur les cieux de saphir. Dans le col, une rafale tardive de neige tourbillonna autour des esclaves déguenillés, piquant leurs yeux de baisers amers. Alors, les pieds des enfants, glacés jusqu'à l'insensibilité, ne sentirent plus la morsure des rochers en contact avec leur chair à demi gelée.

La neige persista quand les Cimmériens traversèrent les montagnes pour pénétrer dans le Vanaheim, le repaire de leurs ennemis. Les cavaliers et leurs chiens furent obligés de parcourir plus de terrain que lors de leurs parties de chasse. Des courants d'eau, alimentés par la fonte des neiges dans des lieux éloignés, creusaient de profondes tranchées dans les étendues qui restaient encore enneigées et fournissaient de l'eau pure comme du cristal aux campements des prisonniers. Ils eurent ainsi la possibilité de survivre...

Ils commencèrent enfin à redescendre la pente située de l'autre côté de la chaîne de montagnes. Des arbres rachitiques s'accrochaient à la terre aride, leurs silhouettes tourmentées rappelant au garçon les gnomes tout courbés, accroupis dans leurs galeries. Des portions de toundra portaient les stigmates de plaies vives, là où des troupeaux de rennes avaient écarté la neige pour brouter les herbes mortes. Des vols d'oiseaux des marais passèrent au-dessus d'eux dans un battement d'ailes, se dirigeant vers le nord, le son de leurs cris mélancoliques faisant écho à l'amertume désespérée qui régnait dans le cœur de Conan.

Alors que les esclaves progressaient avec difficulté dans les marécages, l'enfant remarqua que les touffes d'herbe, jusqu'alors complètement noyées, qui émergeaient de l'eau étaient parsemées de petits morceaux de glace à la dérive. Et, au milieu de cette végétation, il aperçut les premières fleurs timides du printemps...

Le voyage semblait ne jamais devoir finir. Mais il s'arrêta enfin...

Un soir, au crépuscule, le soleil couchant décochant des traits rouge sang dans le paysage voilé de brumes, Conan et les prisonniers, misérable troupeau humain, furent conduits jusqu'à l'entrée bordée de palissades d'une cité vanir, une bourgade assez importante qu'ils allaient être amenés à connaître sous le nom de Thrudwang.

Les captifs, les pieds fatigués, furent poussés comme du bétail parmi des habitations de pierre aux toits de chaume, bâties sans ordre, à demi enfouies sous la tourbe. Finalement, ils atteignirent un enclos muré à l'intérieur duquel se trouvaient plusieurs cabanes. Les nouveaux venus furent massés dans l'un de ces parcs à esclaves qui n'offraient qu'une protection insuffisante contre les éléments, pour y passer la nuit sur la glaise tassée sur laquelle avaient été disséminés quelques brins de paille sale.

A l'aube, après avoir reçu une ration de pain et de soupe, les plus forts et les plus sains d'entre eux furent enchaînés par des menottes rouillées à une roue massive dont les rayons étaient formés de rondins solides, polis finement par le frottement de mains d'hommes. Cette roue faisait tourner une énorme meule au-dessus d'une deuxième, réduisant sous son poids le grain en poudre. Conan fut attaché à cette Roue de Souffrance, comme les esclaves avaient été amenés à la nommer, parmi d'autres enfants en haillons au regard inexpressif et des hommes venus de contrées dont on avait peu ou jamais entendu parler en Cimmérie. Quant aux captives et aux jeunes filles de son village, on les emmena pour connaître un sort différent, sans doute plus terrible encore. Conan n'en entendit plus jamais parler...

Le Maître de la Roue était un homme massif, au teint basané et aux traits grossiers, que les enfants esclaves prenaient pour un ogre. Jour après jour, pendant qu'ils poussaient la roue gémissante selon un cercle immuable, il ne bougeait pas du pan incliné qui dominait le puits étroit où était fixé le gigantesque instrument de servitude. Enveloppé de fourrures graisseuses, aussi sinistre et muet qu'une idole de pierre, il restait immobile. Seuls ses yeux perçants, féroces, étaient en mouvement dans son visage bardé de cuir, alors que, semblable à un faucon, il cherchait le traînard ou l'indolent.

Ce n'est que quand un garçon épuisé s'écroulait à genoux, incapable de travailler davantage, qu'il se mettait en action. A cet instant, un fouet de cuir brut entonnait son chant sifflant, abandonnant des zébrures écarlates sur les épaules pitoyables, jusqu'à ce que, sous sa morsure, le malheureux se relève en chancelant et en geignant pour retourner une fois de plus à son dur labeur.

Conan et ses compagnons travaillèrent ainsi jour après jour, mois après mois, jusqu'à ce que le temps perde toute signification pour eux. Le visage creux, les yeux sans expression, le cœur vide de tout sentiment, le temps se réduisait pour eux au seul instant présent. Hier était miséricordieusement effacé de leur conscience, demain était un cauchemar auquel personne n'avait encore songé... Quand un esclave de la Roue s'effondrait et ne pouvait se relever pour se remettre à l'ouvrage, le Maître appelait d'un geste sec les gardes vanirs omniprésents pour qu'ils dételent le corps haletant et l'emmènent... nul ne savait où...

Conan se demandait parfois si c'était ainsi que les Vanirs nourrissaient leurs chiens...

Les saisons changèrent, les mois se transformèrent en années. Lorsque les esclaves de la Roue périssaient ils étaient remplacés par d'autres captifs, enlevés par les cavaliers vanirs. Certains, parmi les nouveaux prisonniers, étaient des jeunes gens et des hommes de souche cimmérienne, d'autres étaient des garçons aux cheveux d'or, originaires d'Asgard, un petit nombre enfin des Hyperboréens émaciés, avec des boucles flasques, filasse et, disait-on, des connaissances de magie. Ce qui ne semblait pas améliorer leur sort...

Pour chacun, la vie se réduisait à endurer une suite monotone de jours de dur travail à la meule et de nuits de sommeil de plomb. L'espoir périssait comme une chandelle en plein vent... Le désespoir avait émoussé les sens de Conan jusqu'à le rendre indifférent à l'inconfort. Il est vrai que lui et ses compagnons recevaient quelques soins, puisqu'ils étaient aussi utiles que des animaux de trait. La nourriture était médiocre mais elle existait, on leur octroyait un feu de faible importance dans leurs quartiers, lors des tempêtes hivernales, et on leur fournissait un stock de vêtements dont plus personne ne voulait car ils ne valaient pas le raccommodage. Mais c'était tout...

La Roue de Souffrance était constamment présente, ainsi que le ciel bleu impitoyable au-dessus de leurs têtes, la gadoue gelée en hiver, ou la boue craquelée, desséchée sous leurs pieds en été. Et il y avait toujours le cliquetis de la chaîne qui les reliait à la Roue...

Une fois, et une fois seulement, Conan pleura, et cela se limita à une seule larme, semblable à une pierre précieuse, qui coula le long de sa joue sale pour être saisie de froid par le vent glacé. Pendant un instant, le garçon s'appuya contre le rayon de la roue que la pression de ses mains moites avait rendu luisant et pria pour que cette torture interminable cesse, même si cela devait signifier la mort. Mais cet instant de faiblesse ne dura pas. Il secoua sa crinière noire désordonnée et écrasa la larme.

Dans chaque cœur existe un seuil, un point au delà duquel le désespoir et la résignation ne peuvent pénétrer, un instant où la vie et la mort sont de forces égales. A cet endroit, un nouveau type de courage voit le jour, même dans le cœur de l'esclave le plus démoralisé... Le sentiment qui envahit l'âme de Conan alors qu'il écrasait cette larme avait pour nom *rage*, brûlante et impitoyable.

Ses lèvres découvrirent dans un rictus sauvage ses dents puissantes. Le jeune Cimmérien adressa une promesse muette à ses dieux nordiques indifférents : « Plus personne, déclara-t-il, qu'il soit dieu, homme ou démon, ne tirera une seule larme de mes yeux. »

Et il fit un autre vœu dans le silence de son cœur : « Des hommes périront pour ceci ! »

Après quoi, de toutes ses forces, il se mit en position derrière le rayon de la Roue de Souffrance. Elle gémit et fit entendre des craquements alors qu'elle recommençait son circuit sans fin.

Nourri par les feux de la rage, une fierté nouvellement découverte et le courage de tenir, Conan devint un homme. Les années de labeur intensif avaient affermi ses tendons et gonflé ses muscles, donnant à son corps la force et la souplesse que le fer malléable n'obtient que dans la chaleur du brasier et sous les coups de marteau du forgeron.

Et bien que ses journées fussent brouillées par la monotonie d'un travail écrasant et son corps retenu par des chaînes, Conan découvrit que son esprit était libre... libre de s'envoler à son gré comme un oiseau des marais sur les ailes de l'espérance.

Chaque fois que la récolte était maigre, des disputes s'élevaient parmi les Vanirs. Certains étaient partisans de diminuer les rations des esclaves, les autres partaient du principe que, s'ils affamaient leurs prisonniers, ils seraient dans l'incapacité de faire tourner la meule et la ville tout entière manquerait de pain. Ces discussions avaient lieu dans les rangs des habitants qui apportaient leur blé pour être moulu, et nul ne songeait à épargner aux esclaves misérables ces controverses animées, puisqu'on les jugeait trop stupides ou ignorants pour comprendre un quelconque langage.

Mais étant doué pour ce genre de choses, Conan savait de quoi il était question. Il avait appris à parler le vanish couramment, avec cependant un accent, et avait glané quelques notions d'aquilonien et de némédien de ses compagnons d'infortune. Autrement, son esprit sommeillait, sauf quand il songeait, tel un loup affamé, à la vengeance. Il aurait pu acquérir plus de connaissances s'il avait tenté de faire parler ceux qui logeaient à ses côtés dans la hutte sommaire, mais c'était un jeune homme taciturne qui ne demandait nulle camaraderie et n'en offrait aucune...

Ce fut une erreur de ma part, me déclara Conan dans la plénitude de ses ans. Ils auraient pu m'enseigner à écrire leur langue, si je les avais encouragés. Il ne me venait pas à l'esprit qu'un jour cela me ferait défaut, car les lettres étaient inconnues en Cimmérie. On doit se cramponner au savoir où qu'il se trouve, car c'est un joyau sans prix, je le sais maintenant.

Lors d'une disette, une épidémie s'étendit sur Thrudwang. Beaucoup moururent et tous les roulements de tambour et les chants du shaman furent inefficaces pour calmer le désastre. La pestilence gagna le moulin. Mal nourris et surchargés de travail, les esclaves se révélèrent une proie aisée. Un par un, ils se mettaient à tousser, perdaient leur sang et succombaient.

Finalement arriva le jour où Conan se retrouva seul à la Roue de Souffrance. Quand le Maître descendit sur l'aire pour ôter le dernier eclave, il dit avec l'accent d'une réelle perplexité :

– Je ne sais pas quoi faire de toi, Cimmérien. Il nous faut de la farine, ou bien nous mourrons de faim... Mais un homme tout seul ne peut faire fonctionner cette meule.

– Ah! gronda Conan. C'est ce que tu crois? Installe-moi à l'extrémité de ce rondin et je te montrerai que j'en suis capable.

– Parfait, je vais t'en donner la possibilité. Que tes dieux de Cimmérie soient avec toi!

Ses menottes enchaînées le plus près possible de l'extrémité du mât, Conan prit une profonde inspiration, gonfla tous ses muscles et poussa. La meule pivota.

De longs jours durant, avant que de nouveaux esclaves soient trouvés, le jeune géant fit fonctionner seul le moulin. Les Vanirs des villages environnants, qui apportaient leurs maigres ressources de grain pour qu'il soit moulu, s'émerveillaient de ce spectacle. Ils observaient avec admiration ses superbes épaules et les muscles puissants de ses bras et de ses cuisses. Et la rumeur se répandit...

Un jour, un répit survint dans cette corvée interminable... et un visiteur. Œuvrant à la meule, Conan aperçut le Maître engagé dans une conversation sérieuse avec un étranger à cheval dont les cinq serviteurs, selon le décorum en usage, avaient laissé leurs poneys à longs poils rudes de l'autre côté de l'enceinte du moulin. Alors que le Maître de la Roue avait le teint basané, le nouveau venu était issu d'une autre race d'humanité dont Conan n'avait encore jamais vu de représentant.

Le cavalier paraissait courtaud, ses jambes étaient arquées, comme s'il avait passé toute son existence à les serrer autour du tronc de sa monture. Sa cape délicate était faite de fourrures bizarres d'animaux inconnus du Cimmérien et son armure singulière était constituée de plaques de cuir laqué se chevauchant. Ses yeux étaient étroits et bridés, ses pommettes larges et son épaisse chevelure et sa barbe rousses taillées selon un style étranger. Une épingle de topazes et de pierres bleues dépassait de sa coiffe de velours et une lourde chaîne d'or entourait son cou.

De ses yeux aussi noirs que des éclats d'obsidienne, le cavalier aux cheveux roux observa le jeune Cimmérien, calmement, comme un marchand de chevaux. Tandis que Conan, poussant toujours la roue, le regardait avec un air indifférent, l'homme, apparemment satisfait, hocha la tête, enfonça une main gantée dans sa ceinture et en tira plusieurs petits carrés plats en or. Il les tendit au Maître puis guida du genou sa monture jusqu'au bord de l'aire de fonctionnement de la meule. Le Maître courut le long du pan incliné pour arrêter le moulin. Conan demeura docile et n'opposa pas de résistance quand ses menottes furent ouvertes et qu'un lourd collier de bois fut ajusté autour de son cou. Il attendit patiemment, faisant jouer ses doigts durs et calleux, pendant que le Maître fermait son collier de servitude et offrait l'autre extrémité de la chaîne à l'homme à cheval.

L'étranger humecta ses lèvres de sa langue pointue. Alors, parlant le vanish avec un accent épais, guttural, il proféra :

– Mon nom est Toghrul. Tu m'appartiens. Viens.

Soulignant ses mots, il tira sur la chaîne comme on tire sur la laisse d'un chien. Conan trébucha en avant. Recouvrant son équilibre, il leva les yeux pour apercevoir un sourire narquois sur le visage de l'homme qui le toisait de haut. Le regard maussade du Cimmérien étincela de ressentiment, un grognement se fit entendre au plus profond de sa poitrine. Dans un accès de colère, il agrippa un maillon et tira, arrachant la chaîne de l'étreinte de Toghrul.

Un instant seulement, Conan se trouva libre, les jambes écartées, les épaules tendues, les yeux enflammés, le souffle chaud de la liberté réveillant de sauvages souvenirs dans son cœur de barbare. La surprise immobilisa les autres. Alors le son grinçant du fer tranchant sur le cuir se fit entendre tandis que le Maître de la Roue et les hommes d'armes de Toghrul se précipitaient pour cerner l'esclave récalcitrant.

Le regard de Conan brillait d'un bleu volcanique quand il contempla le cercle de lames nues. Il jeta alors un coup d'œil à la Roue de Souffrance, au mât poli par le long contact de ses paumes moites, aux menottes vides qui avaient enchaîné ses bras en servitude. Quel que fût le sort qui l'attendait dans le sein du Temps, il était enfin libéré de la meule.

Les feux de la colère s'éteignirent dans ses yeux. Il prit une profonde inspiration et, silencieusement, ramassa la chaîne et en tendit l'extrémité à son nouveau maître. Le cavalier ricana.

– L'animal a une conscience! grogna-t-il. Ce sera une attraction rare dans l'Arène.

L'ARÈNE

Suivi de ses gardes du corps chevauchant leurs poneys à longs poils rudes, Toghrul s'éloignait de la cité en trottant vivement. La chaîne, maintenant enroulée autour du pommeau de sa selle, cliquetait contre le grossier collier en bois qui retenait le cou de l'esclave cimmérien. Les muscles des jambes de Conan avaient été rendus forts par les années de labeur à la meule, et massive était sa poitrine... Néanmoins, ses ligaments le faisaient souffrir et chaque souffle devenait un sanglot étranglé quand son maître accélérait le trot en un léger galop.

Les cailloux plantaient leurs tranchants irréguliers dans les pieds nus de Conan. Une fois, il chancela et fut traîné sur le ventre jusqu'à ce que le cheval, dérouté par la charge inhabituelle du corps inerte, ralentisse l'allure. Le jeune homme se remit alors sur ses jambes et força ses membres meurtris et sanglants à le soutenir plus avant.

Finalement, le groupe mit pied à terre pour le repas de la mi-journée. On fit circuler une gourde en peau, emplie d'un aigre vin rouge, et des tranches de pain et de fromage. Tout en dévorant sa nourriture, Conan, prêtait l'oreille aux plaisanteries grasses des hommes et apprit que son nouveau propriétaire était un organisateur de combats qui venait d'Hyrkanie, une contrée éloignée d'Orient, au delà de l'Hyperborée désolée. L'homme à la barbe rousse circulait avec sa troupe dans les terres d'Asgard et de Vanaheim, regroupées sous le terme de Nordheim ou Terres du Nord, et préparait des affrontements pour le plaisir des chefs de tribu locaux et leurs camarades épris de divertissements. Parfois, en leur faisant miroiter de l'or, il entraînait les champions du voisinage à combattre ses guerriers de l'Arène, tous des esclaves pour qui le dernier adversaire était invariablement la Mort.

Le ciel nocturne prit une teinte d'acier au crépuscule, maculant la verdure le long de la piste étroite, tandis que les poneys robustes et le jeune Cimmérien, les pieds fatigués, atteignaient le campement de Toghrul. Là, plusieurs maisons et huttes ainsi qu'un corral pour les chevaux et des enclos pour les esclaves de l'Arène – des hommes sélectionnés autant pour leur sauvage agressivité que pour leur corps puissant et leurs aptitudes au combat supérieures à la normale –, étaient entourés d'une grossière palissade en rondins.

Toghrul fit halte devant un des parcs à esclaves, et cria une question aux gardes en armures qui flânaient près de la clôture. Bien que Conan fût incapable de comprendre tous les mots en hyrkanien, il en conclut que son maître cherchait quelqu'un répondant au nom d'Uldin.

Uldin était un homme trapu aux longs bras et au crâne rasé qui, après avoir échangé avec Toghrul quelques paroles dont le Cimmérien ne comprit pas le sens précis, détacha la chaîne du pommeau de ce dernier et l'agrippa fermement dans ses mains larges et musclées.

Parlant le vanish avec un accent étranger, il marmonna :

– Toi, suis-moi !

Comme on le conduisait dans une pièce sans air dégageant une odeur nauséabonde, le jeune barbare fut saisi par quelque chose proche de la panique. Il sentait d'autres présences, mais leurs silhouettes n'étaient que des ombres dans l'obscurité. Uldin alluma alors une bougie. Dans la lueur incertaine de ce cierge sans couleur, Conan aperçut ses compagnons de servitude, sales et en haillons, allongés sur le sol souillé. En silence, immobiles, ils l'observèrent, leurs yeux lumineux ne reflétant qu'une vague humanité.

Uldin ouvrit le massif collier de Conan et l'ôta. Ensuite, il fit face au jeune homme épuisé.

– Comment t'appelles-tu? aboya-t-il.

– Conan.

– D'où viens-tu?

– Je suis un Cimmérien. Pourquoi suis-je ici?

– Pour apprendre à te battre, répondit Uldin. Que connais-tu sur ce sujet?

– Rien, grogna Conan. J'ai été capturé il y a huit étés, et j'ai poussé cette maudite meule depuis lors. Avant cela, parfois, je me battais avec les autres garçons.

– Alors nous allons commencer par le combat à mains nues. Enlève ta tunique.

Le Cimmérien obéit, ôtant avec soin sa chemise grossière pour éviter que le matériau pourri ne se déchire jusqu'à devenir inutile. L'entraîneur lorgna d'un œil critique le corps de Conan et souleva la bougie pour finir son examen.

– La meule t'a donné de bonnes épaules. Essaie de me renverser.

Le dos voûté, Conan avança vers l'entraîneur hyrkanien, ses bras tendus à la recherche d'une prise. Jamais il ne comprit ce qui se passa ensuite... L'homme trapu glissa de l'étreinte de Conan comme s'il n'avait été qu'une colonne de fumée. L'instant d'après, un pied attrapait sa cheville et l'envoyait bouler.

– Encore! ordonna Uldin, alors que le jeune homme, l'esprit confus, se redressait sur ses jambes.

Je vais lui saisir le cou, songea Conan en bougeant avec précaution, et le projeter par-dessus ma hanche, ainsi que nous le faisions dans notre enfance. Mais l'entraîneur, au lieu d'éviter les bras de Conan, permit au Cimmérien de s'emparer de sa tête dans le creux de son coude. A cet instant, souple comme une panthère, Uldin se projeta en arrière, attirant Conan au-dessus de lui. En tombant, Uldin plia les jambes, plantant ses pieds dans l'estomac de Conan, et donna une violente poussée vers le haut. Le jeune homme vola par-dessus la tête de l'entraîneur pour atterrir lourdement sur le dos. Uldin roula sur le sol pour se redresser et, debout, considéra son adversaire avec un sourire narquois.

Conan se releva, grognant comme un loup aux abois.

– Que Crom te damne! dit-il sèchement, et il fonça à nouveau sur Uldin... pour se retrouver à terre une fois de plus.

Cette fois, quand Conan fut remis sur ses pieds, Uldin le regarda en souriant comme un singe chauve.

– Vas-y, déteste-moi! dit l'Hyrkanien dans un grincement. La haine fera de toi un meilleur combattant. Mais tu as beaucoup à apprendre. Demain, nous commencerons la première leçon.

Tout le long de cet été, Conan apprit à combattre pour son existence. Dans l'Arène, il fallait se battre ou mourir... Conan se battit et survécut.

Conan ne fréquentait pas ses camarades de lutte. Comme l'un d'eux l'avoua au début de son entraînement, il était stupide de se faire un ami d'un homme que l'on serait peut-être obligé de tuer, à moins de périr sous sa main.

Quand Conan fut lâché dans l'Arène pour la première fois, il jeta un rapide coup d'œil circulaire pour ne rien oublier et contempla ce lieu de mort ou de triomphe. Avec d'autres parmi la troupe de Toghrul, il avait été emmené, chargé de chaînes, à Skaun, une cité des Vanirs. Là, on parqua les combattants dans un bâtiment au toit haut, semblable à une grange, où fumaient quelques feux sur une couche de charbon de bois pour atténuer la fraîcheur mordante de ce début d'automne.

L'Arène était longue de dix pas, large de cinq et profonde de la hauteur d'un homme. Des parois pendaient des boucliers sommairement décorés et des étendards en peaux de bêtes, peints aux couleurs de la canneberge, du ciel d'azur et de la terre dénudée.

Observant depuis l'enclos, Conan aperçut un cercle de chefs de clan vanirs, assis sur des bancs rudimentaires, ingurgitant de la bière dans des gobelets en corne. Quand ils étaient las de tenir ces récipients, ils les plantaient dans le sol à leurs pieds. Des torches, fixées dans des supports, encerclaient le haut de l'Arène. La lumière intermittente faisait luire les crinières rousses et les visages rougeauds des hommes et étinceler leurs bracelets et pectoraux d'or et d'argent embellis par des pierres précieuses brutes. La fumée était dense dans l'atmosphère et se mêlait aux relents des peaux mal tannées et des grossiers vêtements de laine, rigides de crasse et de sueur rance.

Les chefs riaient, sifflaient, buvaient beaucoup et gueulaient des plaisanteries obscènes. Mais ils observèrent avec attention les combattants avant de faire leurs mises et étalèrent lingots d'or, joyaux et armes magnifiques en garantie de leurs paris.

Il y avait une demi-douzaine de lutteurs devant le mur opposé de l'Arène, un groupe d'hommes impressionnants, nus à l'exception de haillons crasseux. Leurs poitrines massives, leurs larges dos et leurs membres musclés étaient enduits de graisse afin d'offrir moins de prise à leurs adversaires. Conan ne reconnaissait aucun de ces hommes. Comme il avait entendu quelques paroles prononcées par les gens de Toghrul à propos d'un organisateur rival, un Asa d'Asgard nommé Ivar, le Cimmérien supposa que ces étranges combattants pouvaient provenir de la troupe d'Ivar.

Un second regard en haut vers les Vanirs assoiffés et hurlants lui révéla Toghrul qui se tenait sur l'un des côtés et parlait avec un camarade dont la barbe couleur fauve était marquée de gris. Conan ne put entendre ce qu'ils disaient mais ils gesticulaient et désignaient du doigt la file d'esclaves dans l'Arène. A ce moment, Uldin et deux autres hommes descendirent une échelle et les firent tous évacuer, à l'exception du guerrier qui avait été choisi pour être l'adversaire de Conan. Ceux qui avaient été chassés grimpèrent à l'échelle et disparurent, laissant le barbare seul avec celui qui restait, un Noir gigantesque...

Conan l'examina. Jamais auparavant il n'avait vu de peau couleur d'ébène. Mille lieues, ou plus, en descendant vers le sud dans la Terre de Kush, lui avait dit son père, on racontait que de tels hommes existaient. La tête du Noir était rasée de près. Enfoncés profondément dans le masque luisant aux traits épais, les yeux de l'homme étaient illuminés de feux brutaux. Ses mâchoires montaient et descendaient en rythme, mâchonnant une poignée de feuilles. Quand la puissante drogue pénétra dans sa circulation et irrigua son cerveau, l'expression de son regard se modifia et devint inhumaine comme celle d'une bête de proie.

Feignant l'ahurissement, le jeune barbare examina son adversaire. C'était un splendide spécimen d'humanité sauvage, son corps huilé luisant à la lumière des torches comme une statue sculptée dans un bloc d'obsidienne. Une force terrifiante reposait dans ces épaules, ces bras massifs, tandis que, sous la peau du torse et des jambes, les muscles se tendaient et se relâchaient comme des pythons en mouvement.

Quand le narcotique eut le cerveau du Noir sous sa totale emprise, celui-ci bondit sur Conan comme un tigre. En une fraction de seconde, ses mains énormes s'étaient refermées sur la gorge du novice, la serrant avec force, s'enfonçant dans la chair et étouffant le grognement d'avertissement qui montait de la poitrine de Conan. Les mains du Cimmérien serrèrent les poignets du Noir et les deux hommes s'affrontèrent dans une danse de mort, oscillant d'avant en arrière dans une étreinte aussi intime que celle de deux amants. Les chefs de tribu vanirs hurlèrent d'excitation.

Conan cherchait désespérément de l'air, bandant les muscles fins de sa gorge. Ses poumons étaient en feu, un brouillard rouge s'épaississait devant ses yeux. Le Noir se rapprocha encore, ses lèvres épaisses étirées dans une grimace atroce qui laissait voir ses dents jaunâtres aiguisées comme des crocs. Son souffle chaud, rendu malsain et douceâtre par les effluves de la drogue, balayait le front de Conan.

Le sombre visage gagna encore du terrain. A présent, les combattants se balançaient joue contre joue, le Kushite s'efforçant d'atteindre la jugulaire de Conan avec ses crocs.

Brusquement, Conan relâcha son étreinte sur les poignets du Noir, positionnant ses mains sur la poitrine de son adversaire, et poussa comme quand, une fois, il était resté seul au milieu des rayons de la Roue de Souffrance pour la faire tourner. Ses muscles massifs se gonflèrent et se tendirent sous la peau hâlée de ses bras énormes, car les longues années de labeur à la meule les avaient durcis, à l'instar du marteau du forgeron qui trempe le fer.

L'étonnement se lut sur le visage du Noir quand, en dépit de la fabuleuse puissance de ses propres bras, il fut repoussé doucement, jusqu'à ce que ses doigts glissent des muscles fins du cou de son antagoniste. A cet instant, Conan se saisit à nouveau des poignets du Noir et, se pliant en deux, fit passer l'homme par-dessus son dos. Le Noir gigantesque fila au-dessus des épaules de Conan pour atterrir avec un bruit mat sur la terre tassée.

Le Kushite fut sur pied presque immédiatement. Mais durant ce bref répit, Conan eut le temps de nourrir de précieux oxygène ses poumons affamés. Maintenant, tous deux se faisaient face, se mouvant avec circonspection, les genoux pliés, les jambes écartées, les bras prêts pour une large étreinte. Du sang coulait goutte à goutte le long de la poitrine de Conan, provenant des fines entailles creusées par les ongles aiguisés du Noir. La sueur inondait son front et s'infiltrait, douloureuse, dans ses yeux. Il secoua la tête pour chasser la sueur et ses cheveux se soulevèrent en désordre.

La soif de sang scintillait dans le regard du Noir. Souriant de toutes ses dents affûtées, il sauta sur

Conan, tel un félin. Mais le jeune Cimmérien était prêt... Avec légèreté, il fit un bond de côté et, au moment où son adversaire le dépassait, il lui assena un puissant coup de poing sur la nuque. A moitié assommé, le Noir tomba à genoux. La foule poussa des hurlements rauques. Certains crièrent de surprise, d'autres de colère en voyant leurs mises s'envoler. Le reste rugissait des encouragements, car jamais auparavant ils n'avaient assisté à un tel combat entre un jeune garçon sans expérience et un champion confirmé.

Mais Conan ignorait le public... Pour lui, le monde s'était rétréci à une arène et à un adversaire. Le besoin de tuer montant en lui, il frappa encore et encore le Noir étourdi, écrasant son nez en une traînée écarlate, lui fermant un œil d'une contusion qui enfla rapidement.

Le Noir bondit soudain en arrière, presque plié en deux, et se jeta sur son antagoniste. Sa tête ronde s'enfonça dans le ventre de Conan, forçant le dos du jeune homme contre les planches qui longeaient le mur de l'Arène. Les partisans du Noir devinrent fous, beuglant : « Junga! Junga! »

Alors que Junga se rapprochait du Cimmérien, Conan se saisit d'un bras d'ébène. Ignorant la douleur dans son estomac, il tordit ce membre derrière le dos de Junga et tira de toutes ses forces. Le Noir hurla comme un étalon que l'on castre quand les muscles sortirent de leurs logements et que l'os se déboîta. Il s'effondra sur les genoux, son bras disloqué pendant, inutilisable.

Les mains de Conan saisirent ensuite les aisselles du Noir et il lui frappa violemment la tête contre la paroi de l'Arène. Les spectateurs, tendus, se turent d'un seul coup. Et, dans le silence, ils entendirent un bruit semblable à celui que fait une branche que l'on brise. Conan avait cassé le cou du Noir. Titubant de fatigue, le barbare laissa le corps convulsé glisser sur le sol. Il s'éloigna en chancelant et s'appuya contre le mur de l'Arène, cherchant sa respiration.

La foule devint folle... Les chefs de clan arrachaient leurs broches et leurs brassards en or pour les jeter dans la fosse aux pieds de Conan. Mais le Cimmérien, las, ignorait la récompense étincelante. Etre simplement encore en vie était le seul trésor qui comptait pour le combattant de l'Arène.

D'un bond, Toghrul descendit dans la fosse et flatta les épaules meurtries et douloureuses de Conan. L'Hyrkanien souriait et bredouillait des louanges incohérentes tout en se baissant pour ramasser les précieux présents.

– Viens, mon garçon! déclara-t-il finalement, les mains pleines de colifichets. J'ai toujours su que tu étais un champion! Nous allons laver tes coupures et tu pourras avoir toute la bière que tu peux avaler.

D'un pas mal assuré, Conan suivit son propriétaire le long de l'échelle, puis dans une pièce. Là, Uldin s'occupa de lui, avec une bassine d'eau chaude, une serviette et un pichet de bière fraîche.

Ainsi, le jeune Cimmérien devint gladiateur, un tueur se battant pour son existence, afin d'étancher la soif de sang des habitants de Nordheim. Lorsque Toghrul considérait que ses bénéfices diminuaient à Vanaheim, il partait avec ses gens et ses bêtes plus à l'est, à Asgard, la patrie des Aesirs aux cheveux d'or. Alors que les deux nations se haïssaient et ne manquaient aucune occasion d'assaillir, de piller et de massacrer leur ennemie, elles restaient unies dans leur passion pour les luttes dans l'Arène. Il n'était pas rare de voir des hommes des tribus des deux contrées qui s'étaient attaqués avec férocité et hargne le mois précédent, se côtoyer dans les cabanes qui se trouvaient dans les arènes, se taper dans le dos, échanger des étreintes d'ours, se porter mutuellement des toasts et parier entre eux.

La vie d'un combattant de l'Arène n'était pas la pire des existences, ainsi que Conan le découvrit avec surprise. Etre face à un ennemi et le tuer donnait, du moins pendant un instant fugitif, l'illusion d'être libre. En quelque sorte, cela signifiait redevenir vraiment un homme... L'exténuante souffrance de la meule l'avait déshumanisé, les combats sauvages dans l'Arène lui redonnaient quelque chose se rapprochant de la virilité et de l'amour-propre.

Et Toghrul ne maltraitait pas non plus ses esclaves préférés... Tel un propriétaire de chevaux ou de chiens de prix, le maître veillait à ce que la nourriture et la boisson fussent abondantes : rôtis succulents, pain de froment épais et jarres de bière brune couverte de mousse. De plus, Toghrul prenait garde à ce que ses lutteurs ne s'évadent pas. Des gardes en armes les surveillaient constamment et les enchaînaient chaque fois qu'il y avait une possibilité de fuite.

La frénésie des spectateurs et l'adulation de la foule étaient encore plus aliénantes que la boisson forte, les généreuses portions de nourriture et les éloges du maître.

Conan apprit que l'existence gagne une dimension supplémentaire, plus intense, lorsque chaque lever de soleil peut être le dernier. Après les combats dans l'Arène, il dormait comme un animal épuisé. Pourtant, de temps en temps, ses rêves se transformaient en cauchemars dans lesquels il se voyait allongé, éventré, ses tripes répandues sur le sol rendu visqueux par le sang, avec la foule au-dessus de lui qui le huait et lui crachait dessus. Alors il se réveillait à l'aube, baigné d'une sueur glacée, heureux de se trouver en vie et plein de vigueur.

Non, ce n'était pas la pire des vies, mais cette existence de gladiateur engourdissait néanmoins l'esprit de Conan. Témoin trop fréquent de la mort, elle finit par le laisser indifférent et peu lui importait qu'il vive ou périsse tant que les spectateurs l'accueillaient avec des rugissements de plaisir et de fureur...

Quand le blanc manteau de l'hiver s'installa sur Asgard, les combats de gladiateurs diminuèrent en nombre jusqu'à cesser complètement. La plupart des esclaves étaient occupés à la construction de huttes en remplacement de leurs tentes, mais Uldin l'entraîneur continua à apprendre à Conan le maniement d'armes autres que ses poings, ses dents et ses pieds. Il présenta au jeune homme le simple bâton, six pieds de bois dur de l'épaisseur de la patte d'un chien, comme ceux dont Conan avait vu les hommes se servir dans son village de Cimmérie. Par la suite, Conan monta en grade, étudiant la lance, la maniant à deux mains comme une longue perche mais ne négligeant pas les bottes avec la pointe métallique. Lors de séances d'entraînement aussi meurtrières, Uldin et lui portaient des vêtements protecteurs et ne manipulaient que des armes émoussées.

De la lance, le Cimmérien passa à la javeline, la hache et l'épée. La première fois qu'Uldin lui en mit une dans les mains, il fit tourner la lame, l'esprit égaré. Ce n'était qu'une latte de fer sans tranchant, à laquelle était fixée une garde en croix du même métal, maintenue à une poignée de bois sommaire.

– Pas terrible comme épée, dit Conan dans un grognement. Rien à voir avec celles que fabriquait mon père.

– Ton père était forgeron, alors?

– Oui. Il connaissait le secret de l'acier. Pour lui, l'acier était un don des dieux. « Une lame d'acier bien forgée, disait-il, est la seule chose au monde sur laquelle un homme peut compter. »

Uldin grogna.

– Le vrai mérite d'un homme ne se trouve pas dans l'acier qu'il porte à son côté, mais en lui-même.

– Que voulez-vous dire? demanda Conan.

– D'une certaine façon, c'est l'homme qui est forgé, pas la lame. Je le sais, car je suis un forgeur d'hommes. Allons, mets-toi en garde, la première position! Lève aussi ton bouclier!

Quand le printemps arriva et que Toghrul s'en alla vers une autre partie du pays, aucune arme élémentaire n'avait plus de secret pour Conan. Il était si habile dans leur maniement qu'il ne se jetait plus sur sa paillasse toutes les nuits, réduit à une masse douloureuse de meurtrissures causées par les coups et les poussées d'Uldin.

Pourtant, en dépit de la discipline bien intentionnée de l'entraîneur, le sort de Conan n'en fut pas rendu plus aisé. Afin de satisfaire leur soif de spectacles cruels, les habitants des Terres du Nord avaient inventé de nombreux moyens astucieux pour arracher la vie d'un homme. Parfois, Conan et ses adversaires combattaient enchaînés ensemble, éloignés de la longueur d'une ceinture uniquement, une courte dague étant octroyée à chaque homme, ainsi qu'une prise ferme sur le poignet qui tenait le poignard de l'ennemi. Pour changer, Toghrul et les autres organisateurs habillaient leurs combattants en animaux et les recouvraient de peaux ou de fourrures et de casques à cornes les rendant semblables à des bêtes en leur fixant aux mains et aux pieds des griffes de métal.

Les adversaires n'étaient pas non plus toujours des hommes... Un jour, Uldin dit à Conan :

– Tu vas te battre contre un Hyperboréen ce soir.

– Quelle sorte de gens sont-ils? demanda Conan qui avait vaguement entendu que l'Hyperborée était une contrée située à l'est d'Asgard. J'en ai vu un une fois, alors que nous étions tous deux esclaves de la Roue, mais nous n'avions aucun langage commun.

– Un peuple grand, maigre, aux cheveux clairs, pour une grande part d'entre eux, répondit l'entraîneur. Des ennemis dangereux qui ont la réputation d'être des sorciers et des magiciens.

A cette occasion, Conan et son antagoniste furent envoyés dans l'Arène avec un morceau d'étoffe autour des reins et des sandales, une courte épée à la main et un bouclier à leur bras gauche.

Conan eut la surprise de découvrir qu'il se trouvait face à face avec une femme. Son corps était élancé, avec de longues jambes et presque aussi grand que celui de Conan qui, maintenant en pleine maturité, dépassait d'une tête même le plus grand des Vanirs et des Aesirs. Ses cheveux, de la couleur des rayons de lune, étaient entrelacés en une épaisse tresse et ses seins menus étaient dénudés. Son corps souple exhalait une aura de sensualité mais ses yeux verts étaient mortellement froids. A la façon qu'elle avait de tenir son arme, Conan sentit qu'elle possédait à fond l'art du combat.

Le sifflet retentit et le combat commença. Les adversaires avancèrent avec précaution, décrivirent un cercle puis passèrent à l'attaque. Le fer sonnait contre le fer et rendait un son mat, au contact du bois et du cuir des boucliers, et ces chocs submergeaient les cris des spectateurs. En dépit de la force qui animait les bras de la guerrière, la musculature du barbare, façonnée à la Roue et affermie dans l'Arène, fut décisive. Quelles que fussent l'habileté, la vitesse et la ruse de la femme, Conan, inlassablement, détournait son arme à chaque fois.

Un coup violent fit sauter l'épée de la main de la guerrière. Des bancs au-dessus s'éleva un hurlement dément : « *Drep! A mort!* » Pendant un court moment, la garde de la femme s'ouvrit et elle resta immobile, comme si elle était réconciliée avec la mort.

Conan hésita. Parmi les devoirs impératifs des Cimmériens, enfouis au plus profond de Conan, il en existait un qui disait que la tâche primordiale d'un homme était de protéger les femmes et les enfants de la tribu. Bien que les Cimmériens fussent capables de tendre des embuscades et de massacrer les membres d'un autre clan avec lequel ils étaient en guerre, le tout avec entrain, assassiner de sang-froid une femme qui n'avait causé aucun mal était un acte de brutalité sans précédent.

Le doute de Conan ne dura pas plus longtemps que deux battements de cœur. L'Hyperboréenne bondit en arrière, récupéra son glaive à terre et fonça sur Conan avec une rage renouvelée. Quand un de ses coups lui entailla le front, du sang lui coula dans les yeux et il dut se résoudre à se défendre...

Finalement, la fatigue ralentit les attaques de la guerrière. Frappant alternativement de l'épée et du bouclier, Conan l'accula, le dos à la paroi de l'Arène. Un revers puissant fendit son écu et laboura son flanc. Un flot de sang souilla sa peau d'albâtre, la jeune femme poussa un cri et s'écroula sur le sol poussiéreux, appuyant sa main contre la plaie béante, comme pour retenir ses entrailles...

Conan fit un pas en arrière et regarda autour de lui. Toghrul accapara son regard, la désigna du doigt et mima le geste de trancher d'une main insensible. Comme Conan hésitait encore, l'organisateur répéta ce geste sans équivoque, avec plus de vigueur cette fois.

Le jeune barbare se pencha au-dessus de la femme effondrée qui paraissait avoir perdu connaissance. Il leva haut son glaive et assena un coup tranchant. Toujours courbé, il enfonça la pointe de son épée dans le sol, saisit la tresse blonde et leva la tête coupée pour le plaisir des chefs aesirs. La foule rugit sa satisfaction.

A cet instant, me raconta le souverain, je me haïssais. Je n'ai jamais narré cette histoire à quiconque, car cet acte est l'un des rares qui me font honte. Cette femme était sur le point de mourir, il est vrai, et le sort que je lui ai accordé était peut-être plus clément que de la laisser périr lentement, mais l'acte était abject et lâche pour un Cimmérien... Alors je songeai à Toghrul qui m'avait fait me détester moi-même. Toute ma haine se concentra sur lui et je jurai qu'un jour il serait payé en retour pour cette infamie.

La cicatrice sur son front, gravée par l'épée de l'Hyperboréenne, ne fut que l'une des nombreuses qui zébrèrent son visage et son corps cet été-là dans l'Arène. Le jeune barbare devint un bon combattant, dur et ne reculant devant rien, compensant par sa force brute et son allonge la compréhension plus subtile des arts martiaux qui lui manquait. Mais l'absence de ces raffinements rendait Toghrul soucieux. Un jour son jeune champion serait opposé à un guerrier de puissance équivalente mais plus talentueux. Conan serait alors estropié ou tué et, en tout cas, n'aurait plus aucune valeur pour le meneur de jeu.

Comme l'automne teintait une fois de plus les forêts de nuances rouge et or, Toghrul emmena sa troupe plus loin vers l'est, à travers les mornes plaines d'Hyperborée jusqu'à une bourgade nommée Valamo, aux limites de cette contrée. Là, vivait un maître d'armes que Toghrul avait l'intention d'engager pour apprendre au Cimmérien un maniement plus habile de sa lame. Toghrul espérait également y acquérir des combattants d'arène au marché d'esclaves local, car la mort avait réduit sa troupe à la moitié de son effectif initial.

Ils accomplirent un voyage de deux mois dans une caravane bien gardée. A chaque halte, les Aesirs tout d'abord, les Hyperboréens ensuite, se massaient pour admirer le champion de Toghrul, devenu célèbre pour ses exploits et sa force fantastique. Lors de ces occasions, l'organisateur, homme de spectacle dans l'âme, déshabillait le jeune barbare et l'exposait totalement nu sur une plate-forme tournante d'où s'élevaient quatre chaînes de fer, fixées au collier de servitude que portait Conan. Les hommes de Nordheim et leurs femmes donnaient volontiers leurs pièces de cuivre pour regarder en ouvrant de grands yeux curieux et critiques le physique splendide de Conan.

Conan leur rendait leurs regards avec une indifférence impassible. Il songea qu'ils auraient été amusés d'assister à l'excitation de son corps, stimulé par les coups d'œil prononcés et les sourires de séduction des femmes, mais il était déterminé à ne pas même leur offrir ce plaisir. Il les détestait tous...

A Valamo, sur les lointaines marches d'Hyrkanie, le maître d'armes, un Hyrkanien nommé Oktar, partagea ses secrets avec le Cimmérien. Durant tout l'hiver, le jeune homme s'entraîna et s'exerça sous la direction d'Oktar, et quand le printemps fit fondre la lourde neige des temps froids, Toghrul eut la satisfaction de voir que rien ne restait à apprendre à son champion.

Pendant son séjour, Conan apprit beaucoup sur ces contrées d'Orient qui ne lui étaient connues que par de rares rumeurs. En tant que gladiateur préféré de Toghrul, on lui permettait souvent de passer les soirées dans la tente en peaux de bêtes de l'organisateur, lorsque son maître invitait les seigneurs de la guerre et les chefs de clan qui débarquaient à Valamo de temps en temps pour acheter et vendre diverses denrées, ou encore pour échanger des informations... Parfois, Toghrul avait l'honneur de la présence de Turaniens, des hommes de souche hyrkanienne qui avaient devancé leurs compagnons nomades dans les arts et sciences de la civilisation et qui, sur les rivages d'Occident de la mer Vilayct, avaient bâti d'étincelantes cités et appris les habitudes de la vie urbaine.

La plupart du temps, Conan s'asseyait, les jambes croisées, sur le sol recouvert de tapis de la tente de son maître. Mais lorsque l'occasion se présentait, il pressait ces étrangers de questions sur les méthodes de guerre en vigueur chez eux. Ses demandes amusaient les chefs guerriers qui trouvaient les théories stratégiques et tactiques peu utiles à un simple esclave de l'Arène dont le destin se résumait à combattre inlassablement un adversaire solitaire, jusqu'à ce que la mort s'empare de lui.

Pourtant, Conan comprenait que plus il était au fait de sujets tels que ceux-ci, meilleures seraient ses chances de survie. Il commençait à songer à l'avenir, bien décidé à ne pas rester un esclave toute sa vie. Et puisque le monde semblait être un lieu de conflits perpétuels où le plus fort accaparait tout ce qu'il avait le pouvoir de prendre, il apprendrait à faire de même...

Une fois, après avoir roulé la grande carte en peau qu'il avait étalée sur le tapis, un général hyrkanien se divertit en interrogeant ceux qui, en dépit de l'heure tardive, étaient encore assis dans la tente de Toghrul devant des coupes d'un vin blanc délicat.

– Quelle est la plus belle chose dans l'existence? demanda-t-il à un prince turanien sans importance, vêtu richement de culottes de soie et de bottes de cuir écarlate rehaussé d'argent.

Des joyaux scintillèrent à la lueur de la lampe tandis que le Turanien écartait les mains d'un geste gracieux :

– La vraie vie se trouve sur la vaste steppe, sous un ciel dégagé, un cheval rapide entre les jambes, un faucon bien dressé sur le poignet, et un vent froid et frais dans les cheveux.

Le général secoua la tête et sourit.

– Faux, Votre Majesté! Qu'en dites-vous, Khitaien?

Il lança la question à un petit homme, plus âgé, qui avait peu parlé. Conan comprit qu'il provenait d'un pays appelé Khitai, distant d'une année de voyage vers l'est. La peau de l'homme de faible taille était ridée, jaune comme un parchemin, étirée sur un visage sans relief, aux yeux obliques. Il était recroquevillé dans ses tuniques rembourrées, serrées contre son corps pour protéger sa mince silhouette de la fraîcheur du soir. Il murmura avec lenteur :

– Je dis que l'existence est à son zénith quand un homme peut se vanter d'une passion pour le savoir, a acquis la sagesse et apprécie les poésies subtiles.

Le général secoua à nouveau la tête. Il surprit alors le regard intense de Conan, assis jambes croisées sur un dais circulaire au centre de la tente, vêtu d'une chaude veste, mais enchaîné comme d'habitude. Avec un amusement mal dissimulé, le général hyrkanien demanda :

– Qu'a donc le jeune géant barbare à répondre à ma question ?

La bouche de Conan se contracta, esquissant l'ombre d'un sourire, et répliqua :

– Le meilleur de la vie consiste à affronter son ennemi face à face, puis à voir son sang fumant se déverser sur le sol et à entendre les lamentations de ses femmes !

L'approbation illumina les yeux du général.

– L'Arène n'a pas anéanti l'esprit de ton champion, ô Toghrul, pas plus qu'elle n'a sapé sa volonté... Méfie-toi qu'un jour ce jeune tigre ne se retourne contre toi et ne te mette en morceaux !

– Il porte des chaînes pour que ça lui soit impossible, répliqua Toghrul, riant sous cape.

Conan ne prononça pas une parole supplémentaire, mais un feu volcanique étrange couva un bref instant dans ses yeux bleus remplis de fierté.

Avec la venue du printemps, Toghrul rassembla

ses gens et montures pour un autre voyage. Cette fois, il suivit le vent d'ouest, retraversant l'Hyperborée vers les terres des Aesirs et des Vanirs. Une fois encore, ses gladiateurs étaient au complet et il espérait une saison pleine de profits parmi les habitants de Nordheim.

Finalement, la caravane s'arrêta dans le village de Kolari, un simple campement sur la croisée de chemins. Là, dans l'unique taverne, les voyageurs, venant de contrées proches ou lointaines, se reposaient avant de poursuivre leur chemin plus avant à travers les steppes et les toundras. Kolari se trouvait dans une région vallonnée et, dans une caverne à flanc de colline, Toghrul découvrit un endroit où garder et exposer son champion durant les quelques jours de halte. Cette grotte avait auparavant servi de demeure à un saint ermite qui y avait apporté quelques aménagements et qui, pour décourager les indésirables, avait scellé une grille avec des barres de fer à l'entrée. Pour rendre ce lieu encore plus confortable, Toghrul ajouta des tentures murales et des coussins provenant de sa propre tente. Il enferma le Cimmérien à l'intérieur et, des heures durant, restait à l'extérieur, ramassant l'argent des gens qui désiraient béer d'admiration devant son célèbre champion, l'un des plus grands lutteurs dans l'Arène.

Un soir, au crépuscule, les curieux s'éparpillèrent pour aller dîner. Conan, sa stature massive contrastant avec le confort raffiné de l'ameublement, s'assit, le dos contre la paroi de la caverne, essayant à la lueur d'une bougie de déchiffrer des inscriptions sur un rouleau de parchemin. Sa connaissance de l'hyrkanien écrit n'était que superficielle et maintenant, le front noué, les lèvres se mouvant lentement, il cherchait le sens de chaque mot tracé de l'écriture arachnéenne de Turan. Un poème d'amour avait été écrit sur le parchemin, ce qui remplit le jeune homme d'une profonde perplexité bien avant qu'il ait compris la plupart des mots. Il n'avait jamais entendu exprimer de telles émotions auparavant...

La voix forte de Toghrul détourna soudain son attention. Le chef des gladiateurs marchandait avec une jeune femme élancée, enveloppée dans une cape en fourrure délicate de zibeline. Sa robe, ses joyaux et ses manières assurées suggéraient qu'il s'agissait d'une dame de haute lignée, peut-être même proche de la famille royale. D'après ce qu'il surprit du dialogue, la jeune femme, crut-il comprendre, désirait acquérir ses services comme amant pour la nuit. Son souffle s'accéléra de surprise car on n'avait jamais entendu parler d'une telle chose parmi les tribus de Cimmérie. Puis son étonnement se mua en colère à la pensée que son maître pût s'enrichir dans une telle exploitation du corps d'un esclave.

Toghrul accepta l'argent de la jeune fille, déverrouilla la porte, l'entrouvrit juste assez pour qu'elle puisse se glisser à l'intérieur et la referma rapidement. La femme, laissant tomber à terre sa cape de fourrure, s'approcha de lui avec hésitation. Les yeux du Cimmérien détaillèrent sa silhouette svelte et couverte de voiles diaphanes. Il sentit son sang s'accélérer quand il s'avança à sa rencontre. C'est alors qu'il remarqua Toghrul à la grille, un sourire aux lèvres, ses yeux illuminés par la clarté des bougies.

– Qu'attendez-vous? gronda Conan.

– Je veux assister à ta performance, Cimmérien, ricana le chef des gladiateurs.

– Allez plonger dans les Neuf Enfers! proféra

Conan dans un rictus de rage. Il n'y aura pas de spectacle tant que vous resterez à l'entrée, à rouler des yeux!

La jeune fille intervint d'une voix légère, haut perchée :

– En vérité, mon brave, je vous ai grassement récompensé. Partez maintenant, je vous l'ordonne!

Comme Toghrul, désappointé, s'en allait en haussant les épaules, Conan se tourna vers la visiteuse : « Ma dame, vous allez devoir me montrer une ou deux petites choses... Si j'ai quelque expérience pour tuer quelqu'un, le genre de combat que vous attendez de moi m'est totalement étranger... »

La pleine lune amorçait sa courbe descendante à travers les cieux quand un léger bruit interrompit le sommeil de Conan. Il se redressa sur un coude, scrutant les ténèbres. Une lumière indistincte provenait de la lune déclinante, décochant des traits argentés entre les barreaux de la prison. Un nuage las recouvrit lentement l'astre, et le paysage parut baigné d'une teinte pourpre ternie. Un silence pesant s'abattit sur le monde, comme si la nature retenait sa respiration et attendait. A son côté, la jeune fille endormie s'agita.

Le Cimmérien ne savait pas ce qui l'avait éveillé mais ses instincts l'avertissaient d'un danger imminent. Sans faire de bruit, il attrapa ses vêtements et les enfila.

Quelque part, un chien aboya, puis encore un autre. Bientôt, tous les chiens, du moins ceux que l'on pouvait entendre, l'esprit peu tranquille, donnèrent de la voix... Un cheval hennit et Conan entendit ensuite un chœur de hennissements. Les ânes poussèrent des braiments et le bétail énervé se mit à mugir dans les prairies. Le règne animal tout entier semblait pousser un long cri augurant d'un péril proche.

Tout à coup, la terre trembla. Un gémissement étouffé à l'intérieur du sol s'enfla jusqu'à se transformer en roulement rugissant. La terre s'entrouvrit et une masse de rochers dévala la colline, passant devant la caverne.

La jeune femme s'éveilla complètement, poussant des hurlements, et chercha aussitôt son amant. Mais Conan, habillé des pieds à la tête, était accroupi sur le sol de la grotte, ses bras étendus étreignant la paroi de pierre, alors que le terrain se soulevait et tremblait sous lui. Blotti à cet endroit, il se rappela des légendes dont son père lui avait parlé, à propos de géants installés dans les entrailles de la terre, et se demanda si quelques-uns d'entre eux, revenus à une agitation intense, n'étaient pas la cause de cette catastrophe.

Le grondement augmenta de volume, jusqu'à ce que Conan soit obligé de hurler à la jeune fille tremblante de le rejoindre. Des cris sans fin parvenaient de Kolari, les habitants saisis d'effroi s'enfuyant de leurs foyers qui s'écroulaient. Derrière Conan et la femme, un pan du plafond de la grotte s'effondra dans un rugissement de tonnerre, emplissant l'atmosphère de poussière de roches.

Comme Conan, jurant dans un grognement, saisissait les barres qui les retenaient prisonniers, le sol se fendit sous ses pieds. Une crevasse, semblable à un éclair noir, zigzaguait dans le roc où étaient scellées les charnières de la grille. Celle-ci branla sous l'étreinte désespérée de Conan, le gond inférieur venant de céder. Une poussée violente, et la grille se retrouva de guingois...

« Va-t'en! » hurla Conan, forçant les barreaux à s'ouvrir. La jeune fille se faufila dans l'étroit passage et s'enfuit dans la nuit en poussant des cris, pressant ses fourrures et ses vêtements légers contre sa poitrine dénudée.

La soulevant une fois de plus avec force, Conan libéra la grille de la charnière restée en place et la jeta en bas de la pente. Tandis que la terre continuait de vibrer et d'onduler sous ses pieds, il surgit en titubant dans la lueur de la lune et contempla, médusé, le spectacle des dévastations. Non loin de lui, il apercevait les maisons en ruine de Kolari et leurs locataires sans abri courant en tous sens, comme des fourmis après la destruction de leur nid.

– Conan! disait la voix de Toghrul. Conan, sauve-moi!

En contrebas, au pied du coteau, Conan vit la tête du maître des gladiateurs dépassant d'une large crevasse ouverte dans le sol. Il comprit que la terre s'était ouverte sous les pieds de l'Hyrkanien et l'avait englouti jusqu'aux épaules. Coincé dans la fissure, l'homme était incapable de se libérer.

– Sors-moi de là, implorait son maître.

– Pourquoi le ferais-je?

– Je te donnerai de l'or! Je te donnerai ta liberté! Mais sauve-moi tout de suite!

– Ma liberté...? (Conan rejeta la tête en arrière, et rit à gorge déployée, son premier vrai rire depuis que les Vanirs l'avaient capturé, dix ans auparavant.) Mais je l'ai déjà. Reste donc là, porc immonde! Et si la terre t'avale, bon débarras!

Conan se détourna et s'éloigna. Guidé par les rayons de la lune, il se dirigea vers un bouquet d'arbres sur le sommet d'un mamelon dans le lointain. Il n'avait ni provisions ni armes et ne savait pas où il allait. Mais au moins il savait que le climat était plus chaud dans le Sud. Derrière lui, la voix frénétique s'éleva dans un hurlement horrible quand la terre, dans un dernier sursaut, referma un peu plus la crevasse qui l'emprisonnait.

Conan ne vit personne, vivant ou mort, sur le chemin qu'il avait choisi, à part, après un certain temps, un guerrier hyrkanien coincé sous un arbre abattu. Dans sa chute, l'arbre avait brisé le dos de l'homme. Conan s'agenouilla et pilla le cadavre, prenant ce dont il aurait l'usage : les bottes, un briquet, une dague, une cape de fourrure et une bourse remplie de pièces. Il prit aussi son carquois et son arc, tout en se demandant comment il allait s'en servir. Cette arme n'était que rarement utilisée chez les Cimmériens et Conan n'avait jamais appris à tirer.

– Cela ne te servira à rien dans les puits écarlates de l'Enfer, Hyrkanien, dit-il d'un ton enjoué, et cela me sera bien utile avant que je t'y rejoigne.

En prononçant ces mots, il endossa l'équipement du mort, et se faufila parmi les arbres.

Puis, tandis que les premières lueurs de l'aube envahissaient le ciel à l'est, Conan accéléra le pas et mit le cap vers le sud.

LA SORCIÈRE

La plaine s'étirait vers le sud sous un ciel d'étain. De-ci, de-là, le sol était taché de noir, aux endroits où le vent avait balayé la neige, mettant la terre à nu.

Une fois encore, Conan mit un terme à son cheminement difficile pour jeter un coup d'œil en arrière vers le parcours qu'il avait suivi. Tendant l'oreille, il perçut des gémissements plaintifs révélateurs et comprit que les loups étaient toujours sur sa trace. Du lointain lui parvenait leur chant mystérieux... Il fronça les sourcils et se recroquevilla dans sa cape en peau d'ours. Si seulement il pouvait trouver un endroit rocheux, dans toute cette étendue morne et désolée, pour assurer ses arrières, il pourrait affronter la meute et se servir de son poignard de façon avantageuse.

L'air soucieux, il poursuivit son chemin à pas lents, mais la faible luminescence métallique de la brume immobile l'empêchait de discerner les alentours avec précision. Néanmoins, il continuait sa marche, ses yeux perçants de barbare cherchant un refuge contre les crocs affamés. Finalement, il en découvrit un. Ce n'était qu'une faible inclinaison de terrain, une ride sur la peau du sol, mais son sommet n'était qu'un amas de gros rochers. Sur la crête de cette petite butte, il espérait pouvoir résister car les animaux ne pourraient l'approcher qu'un par un ou, dans le pire des cas, par deux.

Lorsqu'il entreprit l'ascension de cette masse rocailleuse, ses pieds chaussés de bottes dérapèrent sur la couche de glace. Un vent froid se leva et fit pression sur sa cape, comme pour le retenir. Il ne se découragea pas et progressa un peu plus. Faisant une halte pour reprendre enfin sa respiration, il se retourna et une douzaine de silhouettes efflanquées, couvertes de fourrure noire, bondirent dans son champ de vision. Les yeux des loups brûlaient comme des braises ardentes dans l'obscurité déjà épaisse, la lumière grisâtre des cieux encombrés de nuages faiblissant.

Voyant que cette proie allait lui échapper, la meute poussa un chœur de grondements. Quelques instants avant que le loup le plus avancé n'atteigne le pied de l'amas rocheux, Conan découvrit un bloc de pierre lisse, dressé en l'air, jaillissant du flanc du monticule. Sa forme était bizarrement symétrique, comme si des artisans d'une race oubliée l'avaient taillé et installé à cet endroit pour servir de point de repère. Aux yeux de Conan, ce bloc représentait tout simplement quelque chose où il pouvait s'adosser et qui lui permettrait de garder ses arrières.

Hurlant et grognant, les loups se frayèrent un passage entre les rocs, cherchant tant bien que mal des points d'appui alors qu'ils progressaient, s'aidant de leurs griffes, sur la pente inégale. L'un d'entre eux fit un bond gigantesque dans les airs et voulut refermer ses mâchoires sur une jambe du Cimmérien, mais ce dernier lui taillada le museau de sa dague. Dans un glapissement de douleur, la bête retomba, donnant à sa proie un moment de répit.

Avançant précautionneusement sur la corniche devant ce bloc dressé à la verticale, à la recherche d'un équilibre plus sûr, les doigts de Conan sentirent une fente étroite dans le roc. Un coup d'œil rapide révéla une ouverture obscure, juste assez large pour qu'un homme puisse s'y glisser de côté. Une fois à l'intérieur de cette fissure qui allait lui servir d'abri, il savait que, quelle que fût la petitesse de l'espace, il bénéficierait d'une nette supériorité sur ses poursuivants.

Telle une panthère, Conan se faufila dans l'ouverture du rocher, mais sa cape fut coincée par une pierre déchiquetée et arrachée de ses épaules. A travers l'orifice, il regarda les loups se jeter sur la fourrure, leurs crocs déchirant la peau d'ours en lambeaux.

Pour un motif dont il ne pouvait découvrir la cause, les animaux ne tentèrent même pas de se glisser dans l'espace libre. Vu la façon qu'ils avaient de geindre et de gratter de leurs pattes le bloc rocheux, il crut qu'ils craignaient de franchir le seuil de cet étrange portail de pierre, en dépit de leur faim tiraillante.

Pivotant sur place, Conan se retrouva dans un endroit plus spacieux qu'il ne l'avait espéré, une sorte d'alcôve aux murs de pierre et au sol pavé et plat. Leur régularité fit penser au jeune barbare, l'esprit mal à l'aise, que cette chambre avait été construite par des êtres intelligents, humains ou autres. Il tâtonna dans les ténèbres, palpant son chemin en suivant la paroi lisse, et arriva à une ouverture d'où descendaient des marches finement travaillées menant vers des ténèbres plus denses. Il les descendit jusqu'en bas...

Au palier inférieur, le sol semblait recouvert de débris, du tissu pourri mêlé de morceaux fermes qu'il ne put identifier de prime abord. Il ramassa une poignée de ces détritus qu'il ne pouvait voir, se demandant s'ils étaient combustibles, puis il chercha dans sa bourse le briquet qu'il avait pris sur le cadavre de l'Hyrkanien. Rapidement, il obtint une flamme, car la toile était sèche et se consumait facilement.

Dans la faible clarté orangée, Conan constata que les murs étaient ornés de reliefs en pierre polie, un conglomérat de formes et de silhouettes curieuses qui lui étaient inconnues. Examinant le sol, il le trouva jonché de crânes et d'os, les restes d'au moins une vingtaine d'hommes. Les ossements étaient nets et secs, la chair étant tombée en poussière depuis longtemps.

Scrutant plus profondément les ténèbres, Conan découvrit un trône massif, sculpté dans un bloc de matériau opalescent, comme le marbre ou l'albâtre.

Sur ce siège honorifique gisait le squelette d'un guerrier, encore vêtu d'une armure en cuivre à l'esthétique étrange, que la corrosion de nombreuses années avait recouverte d'une couche verdâtre. Conan supposa que l'homme dont les os reposaient ici avait été de son vivant une fois et demie plus grand que lui, membre peut-être d'une race oubliée depuis longtemps.

Eclairant son chemin à l'aide d'une torche grossièrement façonnée avec un fémur enveloppé dans un morceau de tissu en décomposition, Conan s'approcha de cette silhouette en armes. Sous l'ombre jetée par le heaume imposant, le crâne paraissait figé dans un hurlement silencieux. Sur les genoux écartés du squelette en armure reposait une gigantesque épée, gainée de cuir si pourri que le fer était par endroits visible sous la peau. La poignée et le pommeau en bronze corrodé étaient recouverts d'une écriture indéchiffrable, fruit de la main d'un maître.

Conan saisit le glaive. Au contact de ses doigts, le fourreau tomba en poussière et de minuscules fragments de bronze s'étalèrent sur le sol dans un tintement fantomatique. La lame, maintenant totalement découverte, s'avéra être une grande longueur d'acier terne, parsemé de taches dues à la corrosion. Mais la rouille ne l'avait pas attaquée suffisamment en profondeur pour affecter sa résistance. Le tranchant, comme Conan l'éprouvait du pouce, était encore fin.

Les yeux de Conan furent assombris par de pénibles souvenirs, tandis qu'il caressait les plats impeccables de la lame et la finition exquise de la poignée. Il se souvint de la fabrication de la superbe épée d'acier qui avait été le chef-d'œuvre de son père. Effaçant cette réminiscence d'un haussement d'épaules, Conan soupesa l'arme antique. Vu son poids, il trouva l'équilibre si parfait qu'elle semblait n'avoir été conçue que pour son bras. Il la souleva au-dessus de sa tête, et sentit ses muscles gonfler de puissance et son cœur battre plus vite, se glorifiant d'une telle possession. Avec une telle arme, un guerrier ne pouvait aspirer à nul destin trop haut pour lui! Avec elle, même un esclave barbare, un gladiateur méprisé et marqué pour la vie, pourrait se tailler un chemin vers une situation de renom parmi les dirigeants du monde!

Excité par les songes que l'arme magnifique suscitait en son âme barbare, il fit une passe et fendit l'air dans un abandon sauvage. Comme le glaive affûté sifflait dans l'air confiné de cette chambre mortuaire, il poussa le cri de guerre vénérable des Cimmériens. Il le hurla haut et fort et le hurlement se réverbéra dans la pièce, troublant les ombres ancestrales et la poussière séculaire. Dans son exubérance, le jeune barbare ne s'arrêta pas un seul instant pour penser qu'un tel défi, si clairement exprimé dans un lieu comme celui-ci, pourrait réveiller des pensées et des sentiments qui y sommeillaient depuis d'innombrables siècles parmi les ossements de ceux à qui appartenaient ces émotions.

Tout d'un coup, Conan entendit un cri de guerre en réponse au sien. Il semblait provenir de très loin, porté par la brise. Mais il n'y avait pas de vent... Conan s'arrêta, le glaive toujours levé. Peut-être étaient-ce les loups qui hurlaient? Le cri dément se fit entendre une fois de plus, si proche maintenant qu'il battait contre ses oreilles et l'assourdissait. Conan se retourna brusquement. Il sentit ses cheveux se dresser sur sa tête et son sang se transformer en glace, parce que le mort était en vie et bougeait...

Lentement, le squelette se leva du trône de marbre, fixant le jeune Cimmérien de ses orbites profondes maintenant pleines, semblait-il, d'un feu infernal. Les os se frottaient les uns contre les autres, comme des branches d'arbres agitées dans la tempête, l'horrible crâne ricanant s'approchant sur ses pieds funèbres. Conan, le bras toujours levé, demeurait immobile, pétrifié d'effroi.

Brusquement, une serre osseuse jaillit pour saisir le glaive de l'étreinte de Conan. Engourdi de terreur, ce dernier reculait pas à pas. Seuls le souffle difficile du Cimmérien et le cliquetis des os sur le sol de pierre troublaient le silence.

Maintenant, le cadavre avait acculé Conan contre un mur. Tout gladiateur qu'il était, prêt à affronter homme ou bête, et ne craignant ni la douleur ni les ennemis mortels, il n'en restait pas moins un barbare et, comme tous ceux de sa race, il avait peur des horreurs de la sépulture et des êtres monstrueux qui peuplaient le monde des ténèbres ainsi que les enfers sous les enfers. La petite torche faiblissait tandis qu'il restait immobile, paralysé de frayeur. C'est alors qu'un loup hurla...

La terreur de Conan, galvanisé par ce son familier, fondit comme neige au printemps. Il abattit d'un coup tranchant le glaive qui envoya au loin la main squelettique qui tentait de le saisir. Puis il pivota sur le côté et, dans la lumière chancelante, chercha vainement l'escalier par lequel il était descendu. Implacablement, le crâne casqué avançait, et Conan se défendait avec des bottes rapides, puissantes. Finalement, il trouva les marches étroites et, en faisant un pas vers le haut, il plongea son arme à travers l'armure rouillée, transperçant la cage thoracique, à l'endroit où aurait battu un cœur plein de vie.

Poussant un soupir, comme un vent d'automne soufflant sur des laiches, le squelette s'arrêta en pleine marche. L'énorme silhouette chancela, fit deux pas indécis vers le trône, avant de s'effondrer en une masse informe d'os et de poussière. Le heaume résonna comme une cloche ébréchée en touchant le sol de pierre. C'est alors que la torche vacilla et s'éteignit.

Pendant un instant, le Cimmérien resta à fixer l'obscurité, incapable de comprendre que son adversaire surnaturel était réellement mort et que la splendide épée était à lui. Il se retourna donc et, tenant son arme prête, grimpa l'escalier.

Finalement, Conan émergea dans la clarté lunaire pour découvrir que les loups l'attendaient toujours. En hurlant, ils s'avancèrent vers lui, la langue pendant de leurs mâchoires aux crocs acérés. Avec un sourire crispé, le barbare prit position sur la corniche et leva la longue lame au-dessus de sa tête. Quand la première bête se propulsa sur lui, Conan pivota sur lui-même, son glaive décrivant un arc de cercle à l'horizontale. Fauché en plein bond, le loup fut renvoyé en l'air et tomba, gémissant, mort parmi les rochers.

Avant que le Cimmérien ne relève le bras qui tenait le glaive pour assener un coup dévastateur, un deuxième loup lui bondit dessus, les mâchoires béantes. Dans la blanche clarté de la lune, Conan plongea la pointe de sa lame dans la gueule ouverte, l'enfonçant profondément dans la gorge de l'animal. Les pattes du loup s'agitèrent convulsivement sur la surface glissante du rocher, alors qu'il tentait en vain de se dégager de la lame qui l'empalait.

A cet instant, un troisième animal fonça sur

Conan par le flanc, visant ses jambes. Encore gêné par la bête embrochée, Conan donna un violent coup de rein, juste à temps pour frapper le nouvel assaillant sur le museau. L'animal recula dans un gémissement puis fit une autre tentative. Mais Conan, ayant libéré son épée, assena à l'attaquant un coup qui lui fendit le crâne. Trois d'entre eux gisant sur le sol, les loups qui demeuraient battirent en retraite. Poussant des gémissements, ils trottèrent dans le lointain, la queue entre les pattes, et disparurent dans les brumes qui rasaient les cailloux.

Conan passa la nuit, un moment interminable et épuisant, parmi les rochers surélevés de la colline, guettant le double péril que représentaient les nouvelles attaques des bêtes affamées et les squelettes en mouvement de la caverne toute proche. Dans la lueur grisâtre de l'aube, il dépouilla les trois loups et, attachant les peaux ensemble, se confectionna un manteau grossier pour se protéger du froid. Il rôtit quelques morceaux de chair au-dessus d'un feu de petite taille et les dévora avec une joie vorace. Il enveloppa les autres dans la fourrure d'une patte de loup, afin d'assouvir sa faim pendant son voyage vers le sud.

Cela fait, il suspendit l'épée dans son dos, la passant dans le ceinturon du soldat mort et l'attachant avec une corde façonnée avec des tendons d'animaux. Ainsi équipé et approvisionné, il descendit l'amas de rocs et, prenant le pâle soleil comme point de repère, se dirigea vers le sud.

Trois jours plus tard, la toundra sans relief avait laissé place à un panorama ondulé de collines surmontées de bouquets d'arbres. Le sol sous ses pieds était rendu mou par la fonte des dernières neiges, et de l'eau claire ruisselait de la base des congères en dégel. Dans le lointain, une colonne paresseuse de fumée s'élevait à la rencontre des cieux dénués de nuages.

Conan se dirigea vers l'endroit d'où provenait la fumée. Arrivé à une clairière, il découvrit une habitation aux murs de pierre et au toit de chaume, creusée au flanc d'une colline. Des mâts en bois curieusement travaillés sortaient de la terre, avec des angles déments aux environs de la hutte, comme une sorte de palissade peu solide. Plusieurs menhirs avaient été sommairement taillés à la ressemblance de têtes humaines, grimaçantes ou hurlant dans la brise indifférente. Ses instincts primitifs sensibles au surnaturel, Conan pouvait presque sentir les émanations d'une puissance maléfique se dégager de ces pieux et roches énigmatiques.

La porte de la cabane était entrouverte et le barbare s'en approcha, progressant avec la prudence féline d'un léopard en chasse. Il s'arrêta brusquement, figé de surprise, car, attachée par une chaîne à une borne massive en pierre, il aperçut une silhouette accroupie, enveloppée de fourrures en loques. C'était un homme, trapu, aux jambes arquées et à demi nu, qui observait le nouveau venu avec les yeux d'un animal blessé. Aussi muet et immobile que le roc contre lequel il était blotti, l'être humain courtaud fixait le jeune Cimmérien de ses yeux bridés, noirs comme de l'ébène.

Soudain, une voix, aussi limpide que le son d'une cloche de vache au crépuscule, sortit Conan de sa contemplation peu ordinaire.

– Il y a de la chaleur près de la cheminée.

La voix était douce et attirante.

Conan leva le regard pour apercevoir un corps féminin se découper dans la lueur du foyer. De sa silhouette sans défaut, appuyée contre le portail de la demeure, rayonnait un mystère de mauvais augure mais tentateur. Ses yeux souriants, pleins de langueur, coururent le long du corps puissant du jeune Cimmérien, suintant d'un érotisme aussi efficace qu'une caresse.

– Ne désires-tu pas te réchauffer près de mon feu?

Le visage de la femme, encadré par sa longue chevelure noire, avait dépassé l'éclosion de la jeunesse, mais recelait une beauté attirante vieille comme le monde.

Conan, rendu méfiant par le pressentiment d'un danger énigmatique, n'hésita que le temps d'un battement de cœur, tandis que la femme, un sourire dérobé sur les lèvres, se détournait du seuil pour attiser le feu de charbons de bois de tamaris. Attiré par ses manières simples et la lueur de son visage ovale éclairé par les flammes, Conan se baissa sous le manteau peu élevé de la porte et pénétra dans la hutte.

Le feu jaillit et Conan examina la pièce dans sa clarté rosâtre. Les murs de pierre étaient décorés de peaux de bêtes suspendues et le sol recouvert d'autres peaux d'une douceur luxuriante mais provenant d'animaux inconnus du Cimmérien. Des crânes bizarres pendaient des deux mâts qui supportaient le toit de chaume : des ours avec des crocs gigantesques, des tigres à dents de sabre et des bêtes dotées d'une corne unique incroyablement longue.

Devant le feu, la femme installa une table basse sur laquelle elle posa un plateau en bois avec du pain d'orge et du fromage de brebis, une coupe de fruits séchés et une jarre de lait frais. Ensuite elle lui fit signe et il s'assit, reconnaissant, pour jouir du repas. Une fois à terre, il leva les yeux et vit la femme, appuyée contre le poteau le plus proche, qui l'examinait. Une expression amusée se dessinait sur sa bouche aux lèvres pleines.

– Du Nord, c'est de là que tu viens, dit-elle de sa voix gutturale.

Soudain conscient du fait qu'elle l'avait fixé du regard, Conan baissa les yeux, mal à l'aise. Sa main se posa sur l'épée qui reposait à son côté.

– Je suis un Cimmérien, répondit-il.

Devant le regard ardent du jeune homme et son embarras évident, la femme eut un rire.

– Tu es un esclave! Ne crois-tu pas que je puisse reconnaître un esclave à ses seuls yeux? Esclave barbare!

Il y eut un silence gêné. Puis, d'un mouvement sinueux, la femme rejeta en arrière ses longs cheveux noirs et erra dans la pièce avec une grâce troublante. Quelque chose dans son ombre, qui ne se trouvait pas exactement à l'endroit où elle aurait dû être, troubla le jeune barbare.

– Et où vas-tu, Cimmérien? demanda-t-elle d'un ton sec.

Conan haussa les épaules.

– Vers le sud.

– Pourquoi? continua-t-elle, un soupçon de cruauté dans son sourire.

Conan lui décocha un coup d'œil rapide.

– On dit qu'il y fait plus chaud et que l'on n'y pose pas de questions aux étrangers. De plus, il y a de l'or à gagner pour un homme sachant se servir d'une épée.

La femme se pencha au-dessus de l'âtre et jeta de la poudre sur les braises brûlantes. Les flammes rugirent brusquement, jaillissant pour retomber aussitôt. Elle contempla l'expansion des flammes, les lèvres retroussées, et dit :

– L'or, les femmes, le vol... voilà la civilisation ! Que connaît un sauvage comme toi de l'existence civilisée ? Mais ça n'a aucune importance. Dans peu de temps, ta colonne vertébrale sera clouée à un arbre.

La femme versa une coupe de vin à Conan puis le fixa du regard, immobile. Sous sa tunique délicate, ses seins voluptueux montaient et descendaient au rythme accéléré de sa respiration. Une lueur étrange brilla dans les profondeurs de ses yeux sombres. Et la clarté du feu faisait luire ses membres fermes pendant qu'elle frottait ses mains contre ses cuisses dans une excitation de plus en plus forte.

Vivement conscient des désirs de la femme, Conan plongea son regard dans la coupe de vin. La surface du liquide brillait comme de l'argent poli. Et quand Conan but longuement le vin opaque, sa virilité se mit au diapason de la luxure qu'elle exhalait. Pourtant, il ne lui faisait pas confiance. Il n'aurait pu préciser pourquoi, sinon qu'il y avait des choses mystérieuses en elle et dans l'endroit où elle vivait. Il remarqua le sourire qui, d'un seul coup, se transforma en masque figé, vidé de toute chaleur enchanteresse, ainsi que les yeux qui perdirent, l'espace d'un instant, toute humanité...

– Ils disaient que tu viendrais...

Elle parlait dans un chuchotement sifflant, tandis que son regard, phosphorescent à la lumière du feu, le contemplait fixement.

– Originaire du Nord, disaient-ils... un homme d'une grande force. Un conquérant qui allait humilier les rois, qui se saisirait un jour d'un trône et le défendrait contre les marées écarlates de la guerre et de la trahison. Celui qui écraserait les serpents de la terre sous ses pieds chaussés de sandales...

– Des serpents? As-tu bien dit des serpents?

La voix de Conan était tranchante comme un rasoir et son regard était perçant.

Elle lui retourna son regard avec les mêmes yeux.

– Que cherches-tu dans le Sud? Parle franchement, maintenant.

– Un emblème... sur un bouclier peut-être, ou une oriflamme. Il y a deux serpents, face à face, et pourtant ils ne sont qu'un, reliés entre eux par la queue.

Il serra les poings en se souvenant.

– Soutenant un soleil noir, aux rayons d'ébène, ajouta la femme, hochant la tête.

– Tu sais de quoi je parle?

Conan se rapprocha, agrippant la femme par les avant-bras. Elle se dégagea de son étreinte, son ombre ne la suivant pas exactement à la même vitesse.

– Je sais. Mais il y a un prix à payer, barbare.

– Nomme-le, gronda le Cimmérien.

Un sourire s'alluma sur ses lèvres pleines tandis que, les bras écartés, elle avançait vers lui. Le sang de Conan jaillit en lui alors qu'il l'enserrait dans l'étreinte de ses bras et sentait ses seins et ses cuisses pressés contre son corps. Elle se débattit dans son excitation pour défaire ses vêtements et ceux de Conan et, toutes pensées de résistance vaincues, il s'abandonna à l'extase de son désir.

Les corps dénudés luisaient dans la clarté des flammes, tandis qu'elle se frottait contre lui, son souffle brûlant de passion, et Conan répondait dans un mélange exalté de besoin et de douleur. Toute pensée s'évanouit dans l'intensité de l'émotion... Il sentit ses doigts labourer son dos et glisser dans ses cheveux en désordre, mais sa passion le submergeait complètement. Alors qu'il approchait de l'orgasme, un faible gémissement se fit entendre dans la gorge de la femme. Elle chuchota quelques mots, non moins ardents que sa technique amoureuse :

– A Shadizar, dans la province de Zamora, le carrefour du monde, tu trouveras ce que tu cherches. Mais tu serais fou d'y aller... Seuls les fous vont à la rencontre de leur propre mort...

Convulsée par un violent orgasme, elle aspira le dernier plaisir de son corps, et lui du sien.

Quelque chose, il ne savait quoi, lui fit ouvrir les yeux plus tard, le temps d'un battement de cœur. Un dégoût horrible remplaça la passion de l'instant précédent.

– Crom ! dit-il dans un souffle.

Car, tandis même qu'il observait la femme entre ses bras, ses dents d'ivoire s'allongèrent pour devenir des crocs semblables à ceux d'un loup. Ses lèvres et ses mamelons changèrent de couleur, virant au bleu iridescent, et les doigts qui étreignaient ses épaules se transformèrent en griffes prêtes à déchirer les chairs, comme les serres de quelque monstrueux oiseau de proie. Une fumée sombre s'éleva en circonvolutions légères des narines enfoncées dans un museau naissant, et la langue qui sortit de sa bouche était celle, fourchue, d'un serpent.

Conan, encore enfermé dans une étreinte d'amour, se retrouva prisonnier des bras implacables de la Mort. Il se débattit pour se libérer de la chose hideuse qui l'entourait de ses membres de fer, comme les anneaux d'un serpent gigantesque. Quand ses paupières se soulevèrent, il se trouva face à des pupilles en fente n'appartenant à aucune femme sur cette terre. Toute sa force, comprit-il, ne pourrait le libérer du destin qui l'attendait...

C'est alors qu'il se souvint de son entraînement dans l'Arène et des tours qu'Uldin lui avait enseignés. Alors que la goule l'étreignait plus puissamment, Conan n'opposa plus aucune résistance. Puis, brusquement, il donna un coup de rein, et roula avec elle vers le brasier, poussant son dos inhumain, écaillé, dans les braises ardentes. Ses longues boucles, où paraissait s'être développée une vie reptilienne propre, sifflèrent quand elles prirent feu.

Dans un hurlement aigu, la monstruosité lutta pour s'évader des flammes dansantes, puis elle se ratatina et son corps se noircit, des jets colorés de feu explosant dans un tourbillon d'étincelles. Du corps calciné surgit une boule de feu qui semblait ne rien peser et qui virevolta dans la chambre, illuminant momentanément les peaux suspendues et les crânes d'animaux. La porte s'ouvrit violemment, comme sous la poussée d'une main invisible, et le globe de feu fonça erratiquement dans les ténèbres. Une étincelle, comme une étoile filante, diminua peu à peu puis disparut dans le lointain. Avec elle, un cri d'agonie persistant s'évanouit dans le néant.

Baigné d'une sueur froide, et affaibli par le relâchement de la tension, le jeune Cimmérien s'écroula sur les genoux, et commença à ramasser ses vêtements.

– Crom! s'exclama-t-il, et il fit suivre le nom par un juron.

La puanteur de la chair carbonisée fut balayée par la brise nocturne qui s'engouffrait par la porte ouverte. Dans la cheminée, le feu se réduisit vite à un lit de braises fumantes.

Tandis que Conan s'approchait pour fermer le portail afin de se protéger du vent glacé et des êtres malfaisants qui infestaient les heures ténébreuses, son regard tomba sur la chose recroquevillée dont les yeux vifs reflétaient la lueur rougeâtre du foyer. Ensorcelé par la goule, Conan avait complètement oublié la pathétique créature qui le regardait maintenant de son visage impénétrable.

– De la nourriture! croassa le prisonnier. Je crie famine, barbare. Il y a des jours que je n'ai eu à manger.

– Qu'est-ce qui te dit que tu vas en avoir maintenant? grogna Conan. Et d'abord, que fais-tu ici?

– Je sers de repas pour les loups, les animaux domestiques de la sorcière. Elle m'a jeté un sort et enchaîné ici. Donne-moi seulement de la nourriture, pour que je puisse avoir la force, quand les loups viendront, de mourir comme un homme.

– Qui es-tu? demanda Conan dans un grondement.

Le petit homme se leva et fit face à Conan avec une dignité qui contrastait avec son aspect et ses loques misérables.

– Mon nom est Subotai, un Hyrkanien de la tribu de Kerlait, archer, assassin et voleur dans de meilleurs jours.

Conan examina l'Hyrkanien. Il était de petite taille, et élancé comme un furet. Le maintien de sa tête et de ses épaules reflétait l'astuce et la souplesse furtive, un courage endurci et une honnêteté que Conan trouva à son goût. Voici, pensa-t-il, un homme qui jetterait un mensonge au visage de n'importe qui mais ne le poignarderait jamais dans le dos...

Alors que les noirs yeux de fouine l'observaient avec espoir, Conan fouilla la cabane, découvrit des clefs et, à la lumière de la lune ascendante, ouvrit le verrou des menottes. Le petit homme grimaça curieusement en titubant vers la porte grande ouverte, frottant ses membres libérés.

Conan le fit rentrer à l'intérieur.

– Mange et bois, grogna-t-il.

Tandis que Subotai rongeait les restes du souper de Conan et buvait le vin, le Cimmérien rôda dans la hutte, sélectionnant des affaires dont il pourrait avoir besoin, ainsi que d'autres qui lui plaisaient : une ceinture rehaussée d'argent, un fourreau pour son épée, des bracelets incrustés de pierreries, un pendentif gravé d'une façon bizarre et une cape munie d'un capuchon en épaisse fourrure, destinée à remplacer les peaux de loup, non tannées, qui commençaient à dégager une odeur empuantissante.

L'aube n'était qu'une pâle lueur sur le vaste paysage de la plaine sans arbres, lorsque Conan ouvrit violemment la porte de la cabane de la sorcière afin de regarder le jour poindre à l'horizon. Une lumière argentée luisait sur une fine couche de neige fraîche, qui fondrait à la chaleur du soleil mais qui pour l'instant recouvrait la terre d'un manteau de reine, aux bords dentelés comme ceux d'un coquillage. Le jeune barbare, respirant l'air frais, n'était pas mécontent d'avoir échappé à ce lieu d'enchantements malfaisants. Il se retourna vers son compagnon, qui était assis, près de l'âtre, enserrant ses genoux de ses bras.

– Maintenant que tu es libre, où vas-tu aller? demanda-t-il.

– A Zamora, répliqua l'Hyrkanien dans un sourire

tordu. La capitale, Shadizar, est un repaire de voleurs, et détrousser est mon métier.

– Tu m'avais dit que tu étais un homme de guerre, dit Conan, le fixant du regard.

– Je proviens d'une race de généraux. Mais l'essence même de l'art guerrier est la ruse, alors j'apprends par le biais du vol.

Subotai, ses yeux noirs étincelants, retourna son regard à Conan, un rictus aux lèvres.

– On dit que c'est une profession malsaine...

– Et quelle est ton occupation, Cimmérien?

– Je suis un tueur.

Le rire de Subotai se réverbéra sur les murs de pierre de la hutte.

– Plus sanglant que le vol, certes, mais d'un avenir plus restreint. On attrape rarement les voleurs, et, dans cette éventualité, on les fouette... Mais les meurtriers sont crucifiés.

– Alors, pour quelle raison t'es-tu retrouvé ligoté, livré en pâture aux loups?

– J'ignorais que c'était une sorcière que j'essayais de voler. Elle m'attrapa dans les rets de ses enchantements, comme elle le fit pour toi. Maintenant, grâce à toi, je n'ai plus besoin de dérober.

Conan, impatient, resta à la porte, tandis que Subotai fouinait parmi les possessions de la sorcière, prenant un vêtement de fourrure dans un coffre, sélectionnant un arc et des flèches de son goût et attachant un glaive recourbé dans son fourreau à sa ceinture. Conan l'observa avec approbation glisser la nourriture restante dans un sac qu'il balança en travers de son épaule.

Ils quittèrent la hutte ensemble. Devant eux s'étendaient des collines ondulées, leur crête recouverte d'or liquide par la clarté de l'aube, et maculées, ici et là, aux endroits où des chênes de broussaille, noirs et décharnés, transperçaient la fine couche de neige.

– Je vais également en direction du sud, vers Zamora, dit brièvement Conan.

– Alors, faisons route ensemble... suggéra Subotai. Il n'est pas inutile d'avoir un ami à ses côtés quand les ennuis arrivent.

Conan baissa les yeux vers le petit homme, et haussa les épaules.

– Connais-tu le chemin menant à Zamora?

Subotai acquiesça.

D'un mouvement d'épaule, Conan se saisit de son équipement.

– En ce cas, allons-y.

LA PRÊTRESSE

Le voyage vers Shadizar fut long et fatigant. Au-dessus des hommes en marche s'étendait le vide infini du firmament; d'un bleu profond le jour, il était dépourvu de nuages à cette latitude et, la nuit, semblable à un ciel de lit de velours noir sur lequel les dieux prodigues auraient cousu une poignée de diamants.

A leurs pieds s'étirait une piste rarement foulée qui serpentait à travers la plaine plate et le long des courbures des collines immuables. Là, le sol noir dénudé étalait ses atours miteux d'herbes mouvantes, telle une catin au teint basané qui aurait dépassé la fleur de l'âge. Seules quelques broussailles brisaient l'éternelle monotonie de la steppe, cette source des grandes migrations humaines.

Conan et Subotai traversaient cette terre désolée d'un pas mesuré dévoreur de lieues, le petit homme étant souvent obligé de trotter pour rattraper les souples enjambées du Cimmérien. Ils couraient parfois, Conan bondissant littéralement, tandis que le cœur de l'Hyrkanien battait la chamade à son côté.

Une fois, alors qu'ils se reposaient, Conan grogna :

– Tu as des jambes puissantes pour quelqu'un de si petit, et des poumons comme des soufflets de forge.

Subotai sourit.

– Pour exercer durablement la profession de voleur, un homme doit apprendre à distancer ses ennemis.

Pendant les deux semaines qu'ils passèrent sur la route, ils atteignirent de riches terres boisées où des bouquets d'arbres se dressaient près de lacs et d'étangs creusés depuis des temps immémoriaux par le bas des glaciers. Ils traversèrent un col peu élevé et descendirent vers les rives du fleuve Nezvaya. Le courant allait vers le sud avant de virer à l'est à la frontière zamorienne. Les aventuriers en suivirent donc les berges.

Quand les provisions provenant de la demeure de l'enchanteresse furent épuisées, ils furent contraints de consacrer une partie de leurs journées à chercher de la nourriture. Conan pêchait à la lance les poissons de la rivière, avec une arme grossièrement façonnée grâce au tronc d'un arbrisseau, pendant que Subotai battait la forêt, une flèche encochée. Un jour il ramenait un lièvre, le lendemain un blaireau. Parfois, ils se couchaient le ventre vide...

Avec le temps, les forêts se raréfièrent, à l'exception d'une bordure d'arbres le long du Nezvaya. De vastes prairies s'étiraient devant eux, piquetées des teintes ambre, vermillon et bleues comme la fleur de blé, de la floraison de ce début de printemps. Les cieux radieux, ensoleillés, annonçaient le décès, regretté de personne, des frimas de l'hiver.

Quand une flèche de Subotai ramena un âne sauvage, les deux compagnons passèrent la journée à fumer la viande, afin de pouvoir poursuivre leur chemin plusieurs jours durant sans autres arrêts. Alors qu'ils se prélassaient près du feu crépitant, au-dessus duquel pendaient bandes et morceaux de viande en train de sécher, Conan oublia sa taciturnité naturelle pour en savoir plus sur l'habitant des steppes et son peuple.

– Quels dieux vénère ton peuple? demanda-t-il.

L'Hyrkanien eut un mouvement d'épaules.

– Je prie les Quatre Vents, qui sont les maîtres de la terre. Les Vents des Cieux apportent la neige, la pluie, l'odeur des animaux que nous chassons et le son des ennemis en marche. Dis-moi, Cimmérien, quels dieux résident dans les prières de ton peuple?

– Crom, le père des étoiles, roi des dieux et des hommes, répondit Conan avec brusquerie, car il n'aimait pas s'étendre sur de tels sujets. Mais mon peuple ne le prie que rarement, et moi, jamais. Crom reste à l'écart dans son ciel suprême, indifférent aux besoins et aux implorations des mortels.

– Ton dieu sanctionne-t-il vos péchés de punitions?

Conan gloussa.

– Il se moque des péchés des frêles humains.

– A quoi donc sert un dieu qui ne prête nulle attention aux prières et ne punit pas les erreurs?

– Lorsque je suivrai le long chemin qui mène au trône magnifique de Crom, il me posera une seule question : Ai-je résolu l'énigme de mon existence? Et si je suis incapable d'y répondre, il me rejettera et j'errerai dans les cieux vides, fantôme sans point d'attache. Car Crom est inflexible, impitoyable et éternel...

Subotai répliqua vivement :

– Mes dieux sont au service des hommes et nous aident dans nos moments de besoin.

Conan lui lança un regard noir.

– Crom est le maître de tes Quatre Vents, grogna-t-il comme pour se convaincre lui-même. Il les contrôle, tel un homme aux rênes des chevaux d'un chariot.

Le petit homme haussa les épaules, trop épris de sommeil, ou peut-être trop sage pour poursuivre une discussion futile.

Quelques jours plus tard, alors que les étoiles commençaient à clignoter dans le crépuscule, Conan et Subotai atteignirent la frontière de Zamora. Dans cette terre ténébreuse de secrets obscurs, d'espions vifs, de philosophes réfléchis, de rois dépravés et de femmes aux yeux de biche, chacun des voyageurs espérait trouver ce qu'il cherchait : Conan, la signification des serpents entremêlés soutenant un soleil noir, et Subotai, la fortune qu'il pourrait s'approprier...

– Zamora! soupira Subotai, accompagnant ce nom d'un geste large. Au sud se trouve Zamora. La contrée à l'ouest est la Brythunie, tandis que si tu suis le fleuve vers l'est pendant quelques lieues, tu pénètres sur le territoire de Turan. Zamora est traversé par toutes les caravanes du monde, chargées des richesses des royaumes lointains : les tapis superbes d'Iranistan, les fruits épicés de Turan, les perles renommées de Kosala, les joyaux des collines de fer de Vendhya et les vins capiteux de Shem...

» Ah, mon frère barbare, voici la civilisation...

antique, malfaisante, enfoncée dans le péché splendide. As-tu goûté les plaisirs de la civilisation, Conan de Cimmérie, ou vu ses nobles tours et ses bazars grouillants de vie?

– Pas encore, répondit Conan d'un ton sec. Allons dans cette cité frontalière avant la tombée de la nuit et ne perdons pas plus de temps à discuter.

Subotai haussa les épaules.

– La rhétorique, à ce que je vois, est un art inconnu des habitants de Cimmérie.

La ville frontière de Yazdir affichait une façade de demeures aux murs de pierre et aux toits de chaume, entourée d'un rempart haut comme deux hommes. A l'extérieur, un fouillis de granges, de porcheries, d'enclos et de parcs à bétail abritait une multitude d'animaux. Les deux gardes en cotte de mailles de faction au portail étaient trop absorbés dans leur partie de dés pour jeter un coup d'œil aux deux aventuriers qui passaient.

Bien que les rues fussent à peine plus que des ruelles bruyantes et boueuses, elles paraissaient beaucoup plus impressionnantes au jeune barbare que les chemins tortueux de son village natal, ou même que les artères des petites cités de Nordheim et d'Hyperborée. La place centrale de Yazdir était pavée de grandes dalles et entourée de plusieurs bâtiments plus imposants. Comme Conan restait bouche bée, Subotai lui désigna du doigt le temple, la caserne, la chambre de justice, l'auberge, ainsi que de grandes maisons qui semblaient être les hôtels particuliers des dignitaires locaux.

Sur la place, les marchands d'une vingtaine de nations exposaient des denrées exotiques. Certains remballaient leur marchandise afin de fermer leur échoppe pour la nuit, d'autres étaient encore actifs et vendaient à la criée. Conan acheta un pain rond et une saucisse et les dévora tout en flânant, couvant de l'œil les assortiments éblouissants d'armes, de vêtements, de bijoux, d'esclaves et d'humbles fournitures, comme des outils de ferme et des marmites.

Partout où il posait son regard, Conan voyait des merveilles : des bateleurs tapageurs avec des singes savants et des ours danseurs, des courtisans et courtisanes tout autant maquillés, une troupe d'acrobates aux yeux bridés venue d'une contrée inconnue d'Orient, un marchand de livres qui jurait que ses grimoires renfermaient la sagesse des siècles. Des magiciens dans des baraques en bois accomplissaient des miracles pour quelques piécettes. Des astrologues sentencieux proposaient des horoscopes et des prévisions sur l'avenir. Des marchands corpulents étalaient des tapis de laine délicate, des tissus lustrés et des plateaux de bagues et de bracelets, tandis que des mendiants difformes poussaient leurs calebasses de bois sous le nez des voyageurs et que des garçons faméliques faisaient des cabrioles, feignant la gaieté, pour quelques sous.

Sous le charme, Conan et son compagnon vagabondèrent parmi des enclos et des cages renfermant des animaux bizarres : des yacks, des chameaux et un léopard des neiges. Ils poursuivirent leur chemin dans une rue où, dans un fracas musical de métal, des forgerons travaillaient le cuivre, le laiton, l'argent et le fer. Au détour d'un carrefour, ils découvrirent des artisans ouvrageant le cuir et présentant à la vente chaussures, bottes, ceintures, fourreaux, selles, harnais et coffres rehaussés de cuir.

De temps en temps, Conan s'arrêtait devant une

boutique ou une autre pour poser la question : « Avez-vous connaissance d'un motif de deux serpents entremêlés et se faisant face, avec un soleil noir entre eux? »

Parfois, le marchand interrogé ne parlait pas l'hyrkanien, et le Cimmérien poursuivait son chemin, n'ayant pas encore appris la langue de Zamora. Parfois, la réponse était obséquieuse : « Nenni, jeune maître, je ne le connais pas. Mais j'ai des gobelets en pure verrerie shémite, fabriqués avec les sables limpides du fleuve Sulk... » ou vantant tout autre article que le marchand avait à vendre.

Ils continuèrent, quittant la cité frontalière de Yazdir pour les villes de l'intérieur de Zamora. Conan et Subotai maintenaient leur rythme reposant : marche, course légère pendant une heure, puis marche de nouveau... Mais le barbare le trouvait lent. Avec ses jambes plus longues, il aurait pu aisément abandonner derrière lui son compagnon aux membres inférieurs arqués. En outre, le petit homme se plaignait d'être obligé de marcher comme un simple paysan au lieu de chevaucher comme tout guerrier hyrkanien qui se respecte. Chaque fois qu'ils passaient aux abords de chevaux broutant l'herbe d'un champ, Subotai suggérait d'en voler deux, mais Conan, qui n'avait jamais monté d'animal, rejetait invariablement l'idée.

Finalement, ils arrivèrent à Shadizar, la capitale... la cité des voleurs, le repaire des brigands. Ici demeuraient, relativement en sécurité, tous les hors-la-loi du monde occidental, même des esclaves en fuite, des exilés et des hommes dont la tête était mise à prix, car ils pouvaient se cacher là de façon sûre, à condition qu'ils aient l'argent de la récompense promise s'ils étaient capturés.

Conan se retrouva au milieu d'une foule bigarrée. Jouant des épaules, il se frayait un chemin parmi des marchands richement vêtus, des artisans étalant des plateaux d'ornements en airain, de pierres précieuses et d'armes, des fermiers barbus habillés de toiles grossières, amenant au marché des chariots remplis de sacs de blé et d'orge, de carcasses de bœufs, et de cochons ligotés et grognants, des soldats qui se tenaient bien droit, des prostituées aux hanches mouvantes, des mendiants, des garnements et des prêtres. Il aperçut des Shémites courtauds, à la barbe bouclée, des Zuagirs maigres encapuchonnés, des Brythuniens en kilt, des Corinthiens chaussés de bottes et des Turaniens en turban.

Conan était fasciné. Jusque-là, Shadizar surpassait Yazdir en taille et en variété, tout comme Yazdir surpassait les cités de l'époque des combats dans l'Arène. Il n'avait jamais vu auparavant une collection aussi déconcertante de gens. Il semblait au Cimmérien qu'était rassemblé ici un échantillonnage de toutes les diverses peuplades de la terre. Il n'avait également jamais rien observé qui pût égaler les larges boulevards de la cité, ses temples à colonnes, ses palaces et ses demeures fastueuses couvertes de dômes et ses jardins intérieurs luxuriants. Il s'émerveillait qu'une foule si nombreuse pût habiter ici, sans s'entre-déchirer et s'entre-tuer, comme des animaux sauvages.

Tous les quartiers de la ville n'étaient pas aussi beaux que les propriétés des grands seigneurs et des princes, avec leurs colonnades de marbre et les parcs et jardins que l'on y apercevait. Dans les quartiers reculés, il découvrit des ruelles tortueuses grouillantes de vieilles femmes laides et de maquereaux, ainsi que des enfants maquillés outrageusement pour être offerts aux dégénérés, de même que la pauvreté et la maladie. En ces lieux, la chair était à vendre, ou au moins à louer. Chaque plaisir, si décadent fût-il, pouvait s'obtenir avec de l'argent.

Dans ces rues des faubourgs rôdaient aussi bien la violence que la mort rapide. Alors que Conan et Subotai flânaient parmi la foule, une femme poussa un hurlement. Les hommes, en jurant, s'enfuirent précipitamment. En un clin d'œil, tous deux se retrouvèrent seuls dans le passage étroit, la main sur la poignée de leur épée. A leurs pieds gisait un homme, étreignant une plaie béante à son ventre d'où coulait un flot de sang entre ses doigts.

– Que..., commença Conan, indécis.

– Ne pose pas de question, lui souffla Subotai à l'oreille. Allons-nous-en avant que la Garde n'arrive...

Conan ne put réprimer un mouvement d'épaules en se laissant mener par l'Hyrkanien dans un espace obscur entre deux bâtiments.

L'étroite ruelle débouchait sur un large boulevard pavé, bordé de boutiques décentes et d'arbres imposants. Un défilé occupait le milieu de l'avenue et les deux étrangers s'attardèrent pour le regarder passer.

La procession était conduite par un groupe de jeunes femmes et de filles, certaines à peine plus âgées que des enfants, qui dansaient et chantaient au rythme d'une myriade de tambourins. Elles étaient toutes habillées de vêtements blancs souillés, et des guirlandes de fleurs fanées enserraient leur tête à la chevelure défaite. Derrière elles marchaient des rangées de jeunes hommes qui battaient la mesure sur des tambours au son grave ou jouaient une musique discordante sur des cymbales, des lyres et des flûtes au son plaintif.

Les yeux de chacun étaient fixes, inconscients de ce qui se passait autour d'eux, à l'instar de dormeurs marchant dans leur sommeil. Parmi eux avançaient, dignes, des hommes vêtus de longues tuniques, le crâne rasé, portant des récipients en cuivre dans lesquels brûlait de l'encens qui emplissait l'atmosphère d'une douceur pleine de tentations.

Conan fronça le nez en humant les vapeurs à l'odeur douce-amère. Cette musique bizarre lui répugnait et le comportement curieux des marcheurs avertissait ses sens affinés de barbare de la présence d'un mal sans nom.

La musique discordante augmenta de volume lorsqu'un groupe de jeunes gens complètement nus fit son apparition. Chacun portait un serpent enroulé autour de son cou ou de ses épaules, lorsqu'il n'entourait pas un bras de ses anneaux épais. Ils progressaient tous à l'écart de leurs camarades, comme s'ils foulaient le sol d'un monde différent. La lumière du soleil faisait étinceler les écailles des reptiles, qu'elles soient d'un gris uniforme, brunes, noires, ou parfois tachées de marbrures bigarrées ou bien en forme d'anneaux brillants ou de diamants.

– Ces choses sont-elles venimeuses? demanda Conan à son compagnon.

– Certaines le sont. Le brun, là-bas, est, si je ne me trompe, un cobra mortel de Vendhya. Et ces gros-là, plus épais que ton bras, proviennent de jungles tropicales, à de nombreuses lunes de voyage dans le sud. Ils ne sont pas venimeux, mais si on les dérange ou les effraie, ils sont capables d'enrouler leurs anneaux autour de la gorge d'un homme fort et de l'étrangler jusqu'à la mort.

– Pouah! murmura Conan.

Les serpents lui faisaient horreur, lui rappelant de façon confuse la destruction de son foyer en Cimmérie. Plissant le front, il se tourna pour dire quelques mots à Subotai, mais celui-ci était absorbé dans l'examen d'une jeune fille dans le groupe suivant des marcheurs. La vierge, nota Conan, était d'une beauté fragile, en dépit de ses cheveux en désordre et salis, sa couronne de fleurs fanées et ses grands yeux perdus dans les rêves. La chemise trop légère qu'elle portait était déchirée, et, à chaque pas, dévoilait sa cuisse nue.

Fixant la jeune fille avec envie, le voleur secoua la tête.

– Quel gâchis! Un corps tel que celui-ci devrait réchauffer le lit d'un guerrier la nuit, au lieu d'être le jouet des prêtres et des serpents.

– Que veux-tu dire? dit Conan.

Subotai jeta un coup d'œil à son solide compagnon et vit qu'il était sérieux.

– Quoi, cette jeune femme, comme tous les autres, s'est offerte au culte de Seth, le Serpent. Je hais tous les reptiles et la plupart des prêtres, mais je méprise par-dessus tout les adorateurs de Seth.

– Un dieu serpent! dit Conan. Cela aurait-il un rapport avec l'emblème que je recherche?

Subotai étendit ses paumes tournées vers le haut. A cet instant, une pluie battante de pétales les submergea tous deux et un petit groupe de jeunes filles joyeuses les accosta. Celles-ci, l'œil vif et souriantes, paraissaient moins ensorcelées que les vierges qui défilaient.

– Viens avec nous! fredonna l'une d'elles à Subotai.

– Pas moi, ma fille, répondit l'Hyrkanien, un tantinet mélancolique. Peu m'importent les reptiles ou le dieu Serpent.

– Il y a de l'amour dans les bras du dieu Serpent, tel que les hommes ne l'ont jamais connu, murmura-t-elle, ondulant langoureusement. De l'amour que des hommes peuvent partager...

Subotai lui répondit en grognant :

– Depuis quand les serpents ont-ils des bras?

Comme la jeune fille s'éloignait pour essayer ses flatteries sur un spectateur plus accessible, une autre se glissa près de Conan et lui tapa légèrement sur le bras.

– Le paradis t'attend, guerrier, chuchota-t-elle. Tu n'as qu'à me suivre...

– Te suivre où? gronda Conan, fortement tenté.

Un marchand, debout sur le seuil de sa boutique, s'avança.

– Prends garde, étranger, dit-il d'une voix basse au Cimmérien. Les serviteurs de Seth sont fourbes. Ils vénèrent la Mort.

– Vraiment?

Conan était choqué car, pour lui, la Mort serait à jamais son ennemie.

Le marchand hocha la tête.

– Ils assassineraient leurs propres parents, pensant leur faire une faveur en les soulageant du fardeau de l'existence.

Conan le remercia brièvement d'un mouvement du chef et regarda la fille se mélanger à la foule.

Une ombre surgit entre le soleil et le jeune Cimmérien. Il leva les yeux et aperçut un palanquin somptueux qui reposait sur les épaules de huit jeunes femmes. Drapée de soie brodée d'un pourpre digne d'un roi et retenue par des cordes d'or, la chaise à porteurs elle-même reflétait l'opulence, mais Conan n'ouvrit pas de grands yeux d'ébahissement et ne retint pas d'un seul coup sa respiration pour cette merveille. Car dans la litière princière était assise une créature d'une beauté telle qu'il ne l'avait jamais imaginée. Comme le soleil levant éclipse la lueur de la lune attardée, cette femme surpassait toutes celles qu'il avait pu voir et les transformait en spectres sans importance.

Ses cheveux noirs comme le jais tombaient en cascade jusqu'à sa taille. Des yeux de saphir jetaient des étincelles dans l'ovale sculpté de son visage. Ses lèvres pleines étaient brillantes d'humidité comme la rosée du matin. Sa silhouette, souple et forte, était recouverte des vêtements incrustés d'or d'une prêtresse et, quand elle bougeait pour remercier la foule en délire, sa longue tunique s'entrouvrait pour dévoiler une cuisse parfaite, d'une blancheur exquise.

Lisant l'expression des yeux frappés d'admiration de Conan, Subotai lui dit dans un sifflement :

– Ne la regarde pas comme ça. C'est une princesse royale.

Comme s'il était ensorcelé, Conan resta pétrifié. C'était comme s'il n'avait pas entendu l'avertissement. Et, à cet instant, le regard de la princesse se porta sur Conan. Une lumière brilla tel un éclair dans ses yeux éclatants comme des pierreries et ses lèvres s'écartèrent, le souffle coupé. En levant la main, elle stoppa la progression ondulante de sa litière.

– Toi, le guerrier! appela la princesse d'une voix douce et rauque qui se réverbéra dans le sang troublé du Cimmérien.

– Oui, ma dame?

La voix de la femme enveloppa le jeune homme,

comme une vague déferlante qui retient un nageur dans une mer houleuse :

– Jette au loin ton glaive et viens avec nous. Evite la piste écarlate de la guerre. Retourne à une vie simple... le cycle éternel des saisons. Une époque de purification attend déjà au bord du monde, une époque de renouveau après l'écroulement de tout ce qui est vieux et décadent. Joins-toi à nous et tu te renouvelleras comme les serpents dans l'herbe qui abandonnent leur peau usagée et vivent encore, jeunes et rapides, agiles et splendides.

Conan secoua sa tête ébouriffée pour en évacuer les tourbillons d'encens et mieux comprendre le sens de ces mots mystérieux prononcés avec tant de ferveur. Mais la jeune femme interpréta son geste comme un refus car, lorsqu'il leva à nouveau les yeux, elle avait tiré les rideaux de son palanquin et était emmenée au loin par ses porteuses.

Conan était stupéfié. Jamais auparavant il n'avait vu une femme aussi désirable. Quand Subotai lui secoua la manche, Conan l'éloigna et se mit à suivre la litière qui disparaissait. Alarmé, le petit homme trottina à sa suite.

Un peu plus loin, l'avenue débouchait sur une vaste place bordée d'arbres où se rassemblaient les caravanes. Là, s'était formée une ville en miniature, une cité grouillante de tentes en poils de chameau ou en feutre de couleurs gaies. Les rangées d'ânes, de mules et de dromadaires étaient attachées au centre de la place, au milieu des domiciles de leurs propriétaires, tandis que sur les bords s'élevaient les murs de protection des caravansérails où les voyageurs fourbus pouvaient trouver le couvert et le repos.

Par-delà cet endroit de rassemblement aux carrefours affairés, Conan aperçut une tour noire élancée qui perçait l'étoffe ténue du ciel. En dépit de l'éclat de cette journée de printemps, la tour semblait enveloppée d'ombres.

Conan vit la procession poursuivre son chemin vers ce sinistre pinacle et il songea, en repoussant les passants des épaules, à prendre d'assaut la litière et sa superbe occupante.

La distance s'était réduite à quelques courtes enjambées lorsque Conan s'arrêta net. Tandis que ceux qui étaient à la tête du défilé s'apprêtaient à pénétrer dans l'huis béant de la tour, un chant s'éleva et stagna par-dessus les bruits de la rue.

« Doom... Doom... Doom... »

La confusion, la peur et une poussée de colère convulsèrent le visage du jeune Cimmérien, tandis que cette psalmodie qui ne laissait présager rien de bon réveillait en sa mémoire des souvenirs qui y dormaient depuis longtemps. Les sentiments qui envahissaient son cœur étaient si amers qu'il vit à peine les derniers groupes d'adolescents qui marchaient près de lui à moins d'une longueur de bras. Ce n'étaient que des jeunes gens, à peine plus âgés que des garçons, qui avançaient d'un pas mal assuré, le visage vide et sans couleurs, fustigeant leur chair nue. Les fouets avec lesquels ils se frappaient le dos et les épaules étaient confectionnés avec des peaux de serpents et garnis de pointes, remplacées en l'occurrence par des crochets à venin, sertis habilement pour qu'à chaque coup le corps des flagellants soit perlé de sang. Inconscients en apparence de la douleur, ils chantaient en avançant : « Doom... Doom... Thulsa Doom... Thulsa Doom... »

Conan resta à regarder, une expression lugubre sur le visage, jusqu'à ce que le dernier participant de la procession eût disparu dans la tour interdite.

« A Shadizar, dans la contrée de Zamora, lui avait dit la sorcière, tu trouveras ce que tu cherches. »

Et il avait déjà découvert les adorateurs fanatiques d'un homme, d'un dieu ou encore d'un diable, qui portait le nom de Doom.

– Imbéciles! aboya Subotai, crachant sur le dallage. Imbéciles et déments, amants des serpents et adorateurs de la Mort! Partout sur cette terre, ils élèvent ces tours noires, les citadelles de Seth. C'est tout le temps la même chose : ils prennent les jeunes et innocents dans leurs filets... des êtres sains qui délaissent leurs maris, leurs fiancées et leurs familles pour faire l'amour avec des serpents et des prêtres fous, dans des orgies impures.

– Qui était la femme que tu as appelée une princesse royale? demanda Conan. N'est-elle pas une prêtresse du culte du Serpent?

Il se rappela dans un mélange de dégoût et de désir les reptiles, brodés en fil d'or et d'argent, qui serpentaient en travers de la robe.

– Cette femme, comme tu l'appelles, lui répondit Subotai, est la princesse Yasimina, la fille du roi Osric et l'héritière du Trône de Rubis. Tu as dû voir le sceau royal en pendentif... Tu la dévisageais assez ouvertement!

– Que ferait une fille de roi parmi ces fidèles obnubilés par les serpents?

Subotai ne put réprimer une grimace.

– Elle est l'une d'entre eux, une grande prêtresse de Seth. Il y a longtemps, les prêtres l'ont ensorcelée avec leurs mensonges et leurs drogues. Ce sont tous des fourbes, t'a déclaré le marchand. Et on murmure qu'ils s'en prennent à des étrangers sur les routes et les étranglent pendant leur sommeil ou les poignardent dans le dos... à la gloire de leur dieu gigotant. La Mort rôde derrière ses yeux rêveurs, barbare.

– Le roi Osric encourage-t-il cette religion? Est-il également l'un d'entre eux?

– Nenni. Il se lamente trop sur la destinée de son unique enfant.

– Alors, si les adorateurs du Serpent ne lui plaisent pas, pourquoi n'envoie-t-il pas ses soldats pour les cerner et les anéantir?

– Les prêtres sont des hommes puissants, lui expliqua l'Hyrkanien. Osric n'ose pas les contrer ouvertement, car beaucoup dans Zamora le croient un étranger et donc un roi illégitime. Son père était un aventurier de Corinthie qui gagna ses galons de général dans l'armée zamorienne et s'empara du trône auquel son fils ne s'accroche que par le bout des doigts. Mais quelle est la raison de cet intérêt soudain pour la gloire fluctuante d'un bâtard? Son destin n'est d'aucune importance pour des gens comme nous.

– Il existe des contrées étranges, grommela Conan, et ceux qui habitent ici le sont plus encore...

LA VOLEUSE

Les deux aventuriers explorèrent les ruelles sinueuses de Shadizar en quête d'autres divertissements. Ils arpentèrent au hasard des rues larges et des venelles étroites, se saoulant de visions, de sons et d'odeurs si nouveaux pour le barbare. Tout en marchant, Conan méditait sur sa quête. Il supposait, peut-être à tort, que la sorcière sur la colline l'avait dirigé ici dans un but quelconque. Jusqu'à présent, à l'exception du mot « Doom » qu'on avait psalmodié, il n'avait rien découvert qui pût lui rappeler les pillards vanirs ou le sinistre étendard de leur chef... rien à part un culte d'adorateurs de serpents qui se consacraient à un dieu maléfique. La présence d'un élément reptile dans les deux cas pouvait fort bien n'être qu'une simple coïncidence.

Le soleil, comme une balle rouge-orange, tomba derrière les toits en dents de scie des grands bâtiments et la pointe aiguë de la tour menaçante. Des lumières apparurent dans les tentes sur la vaste place. Des chiens s'enfoncèrent dans l'ombre, cherchant des détritus, des visages furtifs aux yeux de prédateurs observaient, à l'affût dans des entrées sombres ou derrière des fenêtres à treillis, et, tandis que les passants se faisaient plus rares, de grands feux étaient allumés dans les rues vers lesquels convergeaient les mendiants pour glaner chaleur et compagnie.

Ayant trouvé une auberge, les deux promeneurs gaspillèrent dans un bon repas une partie de l'argent volé sur le cadavre du soldat. Conan dévorait un morceau de porc rôti, tandis que son compagnon questionnait le propriétaire.

– Mon nom est Kerlait, dit l'Hyrkanien pour engager la conversation. L'emblème de mon clan est depuis toujours représenté par neuf queues de yack et un crâne de cheval. Aurais-tu par hasard aperçu un tel étendard?

Le boutiquier, visiblement peu intéressé, avoua son ignorance mais signala qu'il avait entendu des voyageurs en parler.

– Les pavillons me passionnent, confessa Subotai avec enjouement. Peut-être aurais-je dû être un héraut! (Après un instant de silence, il ajouta avec un sourire désarmant :) J'en ai vu un que tu as dû apercevoir : deux serpents noirs face à face, soutenant un soleil de même couleur de leurs queues nouées...

La voix de Subotai s'attarda sur une note interrogative. Le marchand de nourriture bâilla avec indifférence.

– Je ne remarque que rarement ce genre de choses, elles ne m'intriguent pas... Les seuls serpents dans les environs sont ceux de Seth, adorés dans les tours maudites comme celle qui se trouve là-bas.

Conan lui demanda d'un ton sec :

– Il y a donc d'autres tours?

Le marchand acquiesça.

– Il y en a de nombreuses d'un bout à l'autre de Zamora, au minimum une dans chaque ville et chaque bourgade, du moins à ce que l'on m'a dit. Toutes bâties de fraîche date, comprends-tu, étranger? Car ce n'est que depuis ces dernières années que le culte de Seth s'est propagé à ce point.

– Ah? fit Conan.

Son intérêt incita le boutiquier à daigner livrer d'autres confidences.

– Il n'y a pas si longtemps, le culte de Seth ne regroupait qu'une infime minorité de gens... Maintenant, ils sont partout.

– Vraiment? s'émerveilla Subotai en adressant un clin d'œil de connivence à Conan.

– Oui! Mais cette tour a été la première de toutes. « La Tour du Serpent Noir », c'est ainsi qu'ils la nomment, et on la connaît de très loin sous cette appellation...

Un éclair d'amusement brilla dans les yeux de l'Hyrkanien. Il ouvrit la bouche pour poser une autre question, mais Conan le devança.

– Les marcheurs qui défilaient cet après-midi psalmodiaient un nom, quelque chose comme « Doom ». Sais-tu si c'est le nom d'un homme?

Le vendeur frissonna.

– Je ne m'occupe pas de leurs affaires, ainsi ils me laissent tranquille. Je ne connais rien de leur ordre. Certains disent d'eux que ce sont des meurtriers, aimant plus la mort que la vie, et les étreintes de leurs serpents venimeux plus que les embrassades de bras humains. Mais je ne sais rien sur leur compte... Admirez, jeunes messieurs, quelque chose que j'ai obtenu d'un marchand d'Easterling ce matin à peine.

Il montra une bourse en soie remplie de pétales fanés de la couleur de l'ébène.

– Le Lotus noir de Khitai, chuchota-t-il. Le meilleur!

Subotai se passa la langue sur les lèvres. Des pièces d'argent changèrent de mains et, lorsqu'ils s'en allèrent d'un pas peu pressé, le petit homme serrait avec force la bourse. Il glissa un des pétales sous sa langue et en offrit à Conan. Le Cimmérien refusa de la tête...

Dans les jours qui suivirent, Conan essaya de trouver un emploi de garde ou de soldat, mais ceux à qui il s'adressait rejetaient ses requêtes bafouillantes, dissuadés par ses quelques mots hachés en zamorien. Finalement, après avoir payé un autre repas pour tous deux, Conan dit à Subotai :

– Voilà tout ce qui reste de notre argent. Notre gîte est réglé pour la nuit, mais qu'allons-nous faire demain?

Assis à la table de la taverne qui avait absorbé leurs dernières piécettes de cuivre, Subotai réfléchit.

– Tu pourrais vendre ce pendentif autour de ton cou. Il est d'une facture bizarre et finement travaillé.

– Je l'ai trouvé dans la cabane de l'enchanteresse, objecta le barbare, et je ne doute pas qu'il serve à éloigner le mal. En outre, c'est une babiole d'homme riche et on pourrait penser que je l'ai volée.

– Les mendiants n'ont pas le choix, répondit l'Hyrkanien avec un haussement d'épaules. A moins que tu ne veuilles céder ton glaive antique... On pourrait également en obtenir un prix intéressant.

– L'épée, jamais! s'exclama Conan. Elle m'a sauvé des loups et me servira bien dans les temps à venir. C'est une arme de ce type que mon père aurait pu fabriquer...

– Alors nous serons affamés demain. (Le petit homme ne put réprimer un frisson.) Il est vrai que j'en ai plus l'habitude que toi, Cimmérien.

– Si tu n'avais pas gaspillé autant dans ce maudit Lotus noir, nous aurions toujours les moyens de manger et de nous loger!

Subotai ravala une réponse irritée et acheva son repas en silence. Ils étaient tous deux en train de devenir rapidement des amis et aucun ne caressait l'idée de se séparer à propos d'une telle querelle. Finalement, Conan dit en grommelant :

– Mène-moi à un vendeur de joyaux qui achète des objets façonnés dans des endroits éloignés.

Riant sous cape, Subotai conduisit le Cimmérien dans le quartier des voleurs connu sous le nom de la Truanderie. Lorsqu'ils passèrent devant la Tour de Seth, le dieu serpent exécrable de Stygie, Conan contempla sa hauteur majestueuse.

– Sais-tu ce qu'il y a à l'intérieur, bien gardé par

les disciples? demanda Subotai avec un regard sournois vers son compagnon.

– Non.

– Des pierres précieuses... des richesses infinies. Et le plus magnifique joyau de tous, appelé l'Œil du Serpent... On lui suppose des pouvoirs dépassant tout ce qu'un homme peut imaginer... Et sais-tu ce qui s'y trouve d'autre?

– Non.

– Des serpents. C'est la demeure de tous les reptiles que tu as vus lors de la procession. Désires-tu posséder un serpent, comme tous les adorateurs de Seth?

– Assez. Notre tâche est toute tracée, aboya Conan.

Mais ses yeux, ceux d'un homme né dans les montagnes, évaluèrent l'édifice, le jaugeant comme il l'aurait fait d'une paroi rocheuse dans sa terre natale de Cimmérie. Sans aucun doute, il pouvait être vaincu... à condition d'avoir l'équipement qui convenait, du courage et une épée robuste.

Subotai conduisit son compagnon le long de plusieurs ruelles reculées. Dans l'une d'elles, une vieille harpie, voûtée et les cheveux grisonnants, attira leur attention avec une amulette religieuse d'un aspect étrange.

– Un charme, pour vous garder du mal, implora-t-elle.

– J'en ai l'usage autant que toi, vieille femme, lui dit Subotai. Je suis le Mal!

Il se mit à rire.

– Que le lait de ta mère devienne aigre! lui lança-t-elle comme elle s'éloignait en boitillant.

Quand les deux compagnons se faufilèrent dans la rue des putains, des jeunes filles à la propreté douteuse les accostèrent avec révérence.

– Ici se trouvent les portes du paradis, dit avec cajolerie l'une d'elles, et elle sourit à Conan en soulevant sa tunique pour exposer une cuisse sculpturale.

– Dommage que nous n'ayons pas d'argent pour sa rétribution, constata Subotai. Je crains qu'elles ne puissent nous aimer pour nous-mêmes.

Se souvenant de la nuit passée dans la hutte de la diablesse, Conan regarda l'Hyrkanien d'un air vaguement dégoûté.

Dans la rue des animaux, la sensation de répugnance de Conan se transforma en répulsion. Partout autour d'eux, il y avait des bêtes de toutes sortes, originaires de nombre de contrées inconnues du Cimmérien. Elles grognaient, grondaient, aboyaient, bêlaient... et le sol était détrempé par leurs excréments. Les marchands discutaient et gémissaient à propos des tarifs et remarquèrent à peine le passage des étrangers.

– Est-ce que cela sent toujours ainsi? demanda Conan. Comment se lève le vent purificateur qui balaie au loin cette odeur pestilentielle?

Subotai resta muet car aucune réponse n'existait à la question de l'homme des collines.

Quelques instants plus tard, Conan jeta un coup d'œil dans une boutique sordide dont la porte était restée ouverte. Il aperçut un étrange rituel en cours qu'il lui était impossible de comprendre, à l'exception du fait qu'il mettait en scène plusieurs garçons nus et une vache blanche.

– N'y a-t-il aucune limite aux obscénités commises au nom de la civilisation? demanda-t-il à Subotai.

– Pas à Shadizar, du moins, répondit l'Hyrkanien avec la désinvolture née d'une longue expérience.

Conan fixa en silence une ombre difforme courant précipitamment devant lui. Il sentit que la monstruosité était un symbole de tout le mal que l'homme avait créé lorsqu'il avait bâti d'immenses habitations pour ses semblables.

La Truanderie était le terrain de chasse favori des violeurs, assassins et pervers en tous genres. Là également se rassemblaient les voleurs et ceux qui vendaient les biens qu'ils avaient dérobés à des commerçants moins scrupuleux que leurs collègues.

Les deux compagnons découvrirent l'échoppe d'un marchand de joyaux, un lieu mal entretenu que l'on pouvait rapidement abandonner si les forces de police venaient trouver son propriétaire. Conan ôta le pendentif serti de pierres précieuses de son cou massif et le tendit à l'homme, un Shémite d'un certain âge à en juger par son turban et sa barbe grise bouclée. Ses yeux perçants évaluèrent, sembla-t-il, le vendeur avec bien plus d'attention que l'objet proposé.

– C'est ancien, très ancien, grommela-t-il après avoir étudié le bijou avec un intérêt superficiel. Il provient de quelque contrée exotique à mille lieues ou plus en allant vers l'est. On y distingue la fatigue des siècles.

– Quelle est la signification des symboles gravés entre les rubis incrustés dans ce motif bizarre? demanda Conan. Ils traitent de magie... ou du moins c'est ce que je crois.

Le Shémite décocha un regard interrogateur au Cimmérien. Et bien que l'avarice pût se lire dans ses yeux porcins étincelants, sa réponse fut délivrée avec une indifférence étudiée.

– Ce bijou est antique et considérablement usé. Sans très grande valeur, dit-il. Quant à la magie, qui sait quels objets la détiennent, tant que ses propriétés ne se sont pas manifestées? Je vous en offre deux couronnes et demie, et c'est une offre généreuse.

Sur ce, tournant le dos à ses visiteurs, il se mit à épousseter une étagère bourrée de marchandises.

– D'accord, répondit rapidement Conan, ignorant la légère traction sur sa manche.

L'homme se retourna, et fit tomber les petites pièces d'or dans la paume retournée du barbare. Lorsque les amis se furent éloignés, Subotai explosa :

– Imbécile! Niais! N'importe quel idiot sait qu'il ne faut jamais accepter la première offre. J'aurais pu en obtenir le double ou le triple en marchandant un peu.

Conan regarda son compagnon d'un air mauvais.

– Pourquoi ne l'as-tu pas dit quand il le fallait?

– Tu ne m'avais pas prévenu de ce que tu comptais faire et on ne bouscule pas le bras d'un archer quand il a tiré sa flèche.

L'agitation coléreuse de Conan s'affaiblit rapidement jusqu'à ne devenir qu'un soupir. Il déclara :

– Je crains que tu ne sois dans le vrai. Je n'ai jamais appris les usages du marché. La prochaine fois que nous devrons marchander, je t'abandonnerai cette tâche.

– Admettre son ignorance, répliqua l'Hyrkanien, est le début de la sagesse, comme un philosophe de Khitai aimait à le dire... N'aie pas l'air si découragé! Nous avons assez pour ne pas mourir de faim pendant une quinzaine de jours. Avant cela, je suis certain que quelque chose se présentera.

Conan grogna.

– Et si ce n'est pas le cas, que ferons-nous alors? Je dois trouver le porteur de cet emblème, celui qui assassina mes parents... Mon honneur de Cimmérien l'exige!

– Plonge dans les Neuf Enfers avec ton oriflamme reptilienne et ta vengeance cimmérienne!

Subotai fit un geste de la tête vers la tour sombre qui, silencieuse et interdite, pouvait être distinguée de chaque rue et ruelle.

– Je crois que j'ai un plan pour nous rendre aussi riches que des seigneurs...

– Tu as plus de projets qu'un âne a de pattes, grogna Conan. Quel est ce plan?

– Si ceci est bien la Tour du Serpent Noir, ainsi que l'a appelée notre informateur, alors j'en ai entendu parler auparavant... à titre professionnel, comprends-tu, par mes frères voleurs.

– Et qu'as-tu entendu?

– Qu'elle renferme des richesses fabuleuses, chuchota Subotai, humectant ses lèvres sèches. Là est regroupé le tribut de tous les croyants du culte de Seth dans l'ensemble du royaume: de l'or, des drogues, des joyaux, du vin et des femmes! Mais plus spécialement des pierres précieuses. Les adorateurs de Seth attachent un grand prix à ces cailloux polis d'un éclat profond et ne cillant jamais à l'instar des yeux des serpents qu'ils vénèrent.

Conan poussa un grondement. Il n'avait jamais de toute son existence volé quelque chose de plus qu'un fruit dans l'arbre d'un voisin en Cimmérie, si l'on oubliait le pillage du cadavre de l'Hyrkanien et celui du repaire de la sorcière. En outre, jusqu'à ce qu'il eût rencontré Subotai, il avait méprisé les voleurs. Les villageois de Cimmérie ne se volaient pas entre eux, en dépit des nombreux raids effectués sur les terres des clans avec lesquels ils se querellaient.

Maintenant, se trouvant dans une ville, avec peu

d'argent et de pauvres chances d'emploi tant qu'il n'aurait pas acquis une meilleure maîtrise de la langue de Zamora, il savait qu'il devait découvrir un moyen de satisfaire son appétit de lion. Voyant son hésitation, Subotai poursuivit :

– On dit que la tour çontient le plus splendide joyau de la Création... On le nomme « l'Œil du Serpent » : c'est une pierre précieuse d'une telle rareté qu'on pourrait acheter un duché avec. On lui prête également des pouvoirs mystiques, mais je me méfie de telles rumeurs. Sa valeur en pièces sonnantes et trébuchantes me suffit.

Conan demeurait sceptique.

– Un tel trésor est, sans aucun doute, bien gardé.

– En effet, acquiesça Subotai avec sagesse, mais pas par des hommes! On raconte que ce sont des serpents qui errent en toute liberté dans la tour et ses passages tortueux, comme les chiens vagabondent aux abords des tentes de mon peuple.

– Alors? dit Conan.

Subotai écarta ses paumes graisseuses.

– Tu cherches des serpents, je cherche un trésor. Peut-être les trouverons-nous en même temps dans cette tour effilée...

Finalement, les deux compagnons tombèrent d'accord pour pénétrer par effraction dans la tour, encore que Conan appréciât assez peu cette idée. Le lendemain, penchés sur un dîner frugal, ils ébauchèrent un plan, leurs chuchotements de conspirateurs masqués par le crépitement d'un feu brûlant dans le foyer de pierre. Avec insouciance, ils prirent la décision de s'embarquer dans l'aventure la nuit même, dans la mesure où les cieux nuageux envelopperaient d'un suaire la pleine lune, fournissant une occasion parfaite pour réaliser leur dessein.

L'obscurité les habillait tous deux d'une cape de ténèbres veloutées tandis qu'ils rampaient le long du contrefort d'une pente escarpée au sommet de laquelle la tour sombre s'élançait vers les cieux emplis de nuages. Un mur, couvert de vigne vierge, semblable à une tapisserie antique, gardait la base du monticule. Aucune échelle de corde n'aurait pu leur procurer un accès plus aisé que ces vigoureux plants entremêlés. Le premier, étant le plus léger des deux, Subotai escalada rapidement le mur. Une fois de l'autre côté, il signala son succès d'un cri d'oiseau de nuit. Le jeune Cimmérien commença son ascension.

Dissimulés derrière une couverture de buissons peu élevés, les voleurs examinèrent la pente qui les séparait de la base de la tour. Des arbustes rabougris élevaient leurs branches menaçantes, comme pour les dissuader. Des rochers aux pointes aiguës faisaient jaillir leurs crocs à travers le sol stérile. La tour, noire contre les cieux voilés, s'élançait vers le haut, cylindre de pierre lisse, sombre, qui s'effilait en une cime d'une hauteur prodigieuse. Et entre la tour et les broussailles qui les abritaient, une mare miroitante étirait sa bouche grand ouverte dans un hurlement muet. Les intrus étaient sur le point de quitter leur cachette et de s'approcher de la tour lorsqu'une brindille se brisa avec un bruit caractéristique sous leur poids. Aussitôt une silhouette se matérialisa, sortie des ombres les plus denses de la paroi convexe de la tour.

A cet instant précis, la lueur argentée et glacée de la lune transperça les vapeurs nuageuses en les fissurant, pour révéler le visage de l'intrus. C'était une femme, jeune et belle. Les feux de l'astre de la nuit tombaient en cascade sur ses sveltes épaules et s'attardaient sur une cuisse dénudée, musclée, ainsi que sur une jambe longue et mince de danseuse ou d'acrobate. Conan retint sa respiration car, d'après ce qu'il pouvait voir d'elle, la femme était superbement désirable.

Par-dessus des sous-vêtements ajustés de soie noire, elle portait un costume court de cuir de même couleur qui laissait ses jambes et ses bras nus. Et, dans ce faisceau momentané de blanche clarté lunaire, Conan s'aperçut que les membres de la nouvelle venue étaient bronzés par le soleil et dotés d'une puissance dure comme l'acier. Ses brodequins étaient lacés serré sur ses pieds et sa chevelure blonde, ondulant sur ses épaules recouvertes de cuir, était retenue par des anneaux d'ébène. Un cercle de métal de teinte sombre protégeait son front, tandis que pendaient de sa ceinture une longueur de corde à nœuds en soie tressée et un grappin à trois branches. Un couteau recourbé, presque aussi long qu'un sabre, était attaché dans son fourreau contre sa cuisse.

Conan reprit son équilibre et une feuille sèche crissa sous lui. La femme lança un coup d'œil dans sa direction et la lame courbe siffla en sortant de sa gaine pour se pointer vers la poitrine de Conan, comme si les yeux de la femme étaient capables de percer les ténèbres à l'instar de ceux d'un chat. Puisqu'il était inutile de continuer à se cacher, le barbare se releva lentement sur ses pieds, gardant les deux mains bien en vue. L'équilibre et la forme de l'épée, constata-t-il, la rendaient aussi efficace pour le lancer que pour le combat rapproché.

Conan et la femme se regardèrent en silence pendant un instant, le temps que le pinceau de lumière faiblisse et disparaisse.

– Vous n'êtes pas un garde, murmura Conan.
– Pas plus que vous, lui rétorqua la jeune fille. Et qui est celui qui, à vos côtés, tente de ne faire aucun bruit mais respire aussi bruyamment qu'un homme corpulent ?
– Un autre voleur, répondit Subotai, en se levant. Je crains que ce ne soit quelqu'un dont les talents sont un peu rouillés.
– Et toi, qui es-tu? et d'où viens-tu? (La jeune fille s'adressa à Conan avec froideur.)
– Je suis Conan, un Cimmérien, tueur par profession, voleur par nécessité. Voici Subotai, un Hyrkanien...
– Voleur à la fois par goût et par profession, précisa son camarade avec une touche de fierté. Nous venons piller les richesses des amoureux des serpents.
La femme leur adressa un large sourire, ses dents blanches nettement visibles en dépit des ombres.
– Vous êtes deux idiots qui se précipitent en riant vers une mort certaine! Vous n'avez pas même une corde et un palan. Comment comptez-vous escalader la tour de cette façon?... en volant sur le dos d'un dragon? Il n'y a pas de fenêtres aux étages inférieurs.
– J'ai ma méthode, dit Subotai, encore que mon ami soit moins préparé. Et vous, gente damoiselle, qui êtes-vous?
– Je me nomme Valéria, répondit-elle brièvement.
Subotai en eut le souffle coupé.
– Pas *la* Valéria?
La jeune fille acquiesça de la tête et Conan décocha un regard intrigué à son compagnon.
– Voici une dame célèbre, Conan. La vraie reine des voleurs, à ce qu'on raconte... Mais dites-moi, ma

dame, où est votre troupe de brigands? Vous ne comptiez tout de même pas affronter la Tour du Serpent en solitaire.

La jeune fille haussa les épaules.

– Ce sont des idiots et des lâches, tous autant qu'ils sont! Certains avaient peur des morsures de serpents, d'autres du démon Seth, et tous redoutaient l'homme appelé Doom.

Conan sursauta à la mention de ce nom, et les yeux perçants de Valéria remarquèrent la tension de sa silhouette imposante.

– Tu ne crains pas ce nom, Cimmérien. Mais il signifie quelque chose pour toi, je pense... Ceux qui se trouvent dans la tour adorent des dieux étranges. En fais-tu partie?

– Ce ne sont pas mes dieux, femme, grogna Conan.

Elle eut un mouvement d'épaules, et tourna son attention vers la tour.

– Des horreurs rôdent derrière ces sombres murs, murmura-t-elle.

– Mais aussi la richesse et la fortune, dit Subotai.

Valéria sourit.

– Tu passeras donc le premier, petit homme.

Finalement, ce fut Conan qui escalada le premier la Tour du Serpent Noir. Il fallut lancer le grappin à trois reprises pour qu'il se loge solidement dans la maçonnerie, sur la bordure tout en haut de la tour. Conan testa la mince corde de soie et trouva qu'elle soutenait son poids. Ignorant ces préparatifs, Subotai était occupé à fixer des pointes d'acier semblables à des griffes aux sandales qu'il portait aux pieds et à attacher une paire de crochets en bronze à ses poignets et à ses avant-bras. Il enfonça alors les lames dans le mortier entre les pierres lisses et grimaça.

– Je ne fais pas confiance aux cordes, dit-il. Je grimperai à ma manière.

– Comme tu veux, répondit Conan dans un haussement d'épaules.

– Moins de paroles, ajouta Valéria d'un ton sec. La fortune de la moitié du monde est à portée de nos doigts, et vous perdez du temps en discussions inutiles.

Avec un grognement, Conan commença l'ascension. Valéria grimpa à sa suite, son corps svelte se déplaçant le long du mur avec une agilité qui ne paraissait nécessiter aucun effort. En riant, elle regarda par-dessus son épaule l'Hyrkanien qui peinait et lui demanda :

– Désires-tu vivre éternellement ?

– Je vais aussi vite que je le peux, haleta Subotai, son carquois et son arc enveloppés ressortant comme une bosse sur son dos. (Et, grommelant pour lui-même, il ajouta :) Cette femme grimpe comme un chat et crache aussi comme lui.

Au-dessous des grimpeurs, l'obscurité s'épaississait mais ils ne regardèrent que rarement en contrebas. Au-dessus d'eux la couverture de nuages se disloquait, des vents frais s'éveillant à l'est. La lune les contempla de son grand œil blanc, comme pour les illuminer afin que le monde entier les vît. Conan jura et jeta un coup d'œil à la cité endormie qui s'étendait au-dessous d'eux, parée des lumières des feux de joie et des feux de cheminée comme d'un collier de topazes, d'or et de perles luminescentes. Il dominait d'aussi haut les artères vides que les sentinelles arpentant les tours du palais royal, non loin de lui. Cette pensée le mit mal à l'aise et il accéléra sa progression.

Bientôt, il atteignit une fenêtre étroite d'où brillait une lumière intermittente. A l'intérieur, il entendit une musique bizarre, discordante, et un battement de tambour étouffé. C'est alors que parvint à ses oreilles un chœur de voix sifflantes qui ne ressemblaient pas à des chuchotements humains, de même que de l'encens à l'odeur douce-amère parvenait à ses narines. Soudain, une tête énorme jaillit dans l'embrasure. Des yeux froids, aux pupilles fendues, plongèrent dans ceux de Conan, tandis qu'une langue fourchue dardait à l'extérieur pour tâter l'atmosphère. Conan redescendit, perdant presque sa prise sur la corde, jusqu'à ce qu'il remarque qu'une vitre le séparait du reptile gigantesque.

Reprenant sa progression, Conan arriva au parapet. Là, les moellons s'élevaient comme les pointes d'une couronne, et des myriades de pierres précieuses aux couleurs claires étaient enchâssées dans le mortier, étincelant comme du gel sous la splendeur de la lune ou bien se fractionnant en éclats changeants.

Dans un soupir, Conan se rétablit par-dessus le parapet, mais alors qu'il se laissait tomber sur le chemin de ronde à l'intérieur du rempart, une silhouette énorme, de forme à peine humaine, mais avec des bras de la longueur de ceux d'un singe, se précipita sur lui. La créature – homme, démon ou anthropoïde, Conan ne savait pas exactement – lui assena un coup qu'il n'attendait pas et qui l'envoya bouler sur le dallage.

Se remettant sur pied d'une roulade et dégainant sa dague, il vit que, alors que son adversaire était enveloppé d'une cape et sa tête d'une capuche, ses mains découvertes étaient recouvertes d'écailles brillantes. Au lieu de s'apprêter à achever son antagoniste, la créature était penchée au-dessus de l'embrasure, cherchant à tâtons les crochets du grappin afin de jeter à bas la corde à laquelle s'agrippait Valéria.

Conan bondit sur le dos de la chose et la poignarda à plusieurs reprises. L'étoffe déchirée se fendit pour laisser apparaître une excroissance fongiforme qui dépassait de la base du cou, entre les épaules aux muscles épais. La grosseur bouffie s'écarta franchement et un œil écarlate parut, éblouissant. Dans un spasme d'horreur, Conan frappa, éteignant l'orbite. Giclant de la blessure, un liquide éclaboussa la poitrine du barbare. Et lorsqu'il ôta son arme pour frapper à nouveau, la créature tournoya et des mains énormes, écailleuses, se refermèrent sur la gorge de Conan.

Le barbare cogna violemment la tête obscène contre le parapet et plongea son poignard dans le ventre du monstre. Crachant son sang, la créature s'affaissa contre les créneaux, relâchant son étranglement. Reprenant son souffle, le Cimmérien avait sous les yeux un être surgi des profondeurs d'un cauchemar. Les pupilles aveugles, d'où s'écoulait du mucus, roulaient dans des orbites profondes, la balafre de la bouche, large, sans lèvres, bâillait tel un crapaud, à partir des plissements d'une peau lépreuse. S'accroupissant comme un léopard sur le point de bondir, Conan étreignit la forme inerte et, usant de tous ses talents de lutteur, se releva brutalement pour la balancer par-dessus le parapet incrusté de joyaux. Un gémissement diminua peu à peu d'intensité, suivi d'un lourd bruit mat.

Pas très loin derrière lui, une femme se mit à rire. Pivotant rapidement sur lui-même, Conan vit que Valéria s'était hissée à travers une embrasure et s'appuyait maintenant contre le parapet avec une grâce négligente.

– Pour un voleur, tu fais un bon tueur, gloussa-t-elle.

– Pour une voleuse, tu grimpes comme un homme des montagnes, répliqua-t-il en essuyant sa dague et en la rengainant.

LE JOYAU

– Hé!

Un chuchotement rauque leur parvint de dessous le rebord de la tour. Conan et Valéria se retournèrent pour voir un Subotai hors d'haleine effectuer un rétablissement et franchir le parapet de la tour.

– Je constate que vous avez été occupés, dit l'Hyrkanien, le souffle court, après qu'ils l'eurent aidé à sortir de l'embrasure. Quelle était cette forme grotesque qui m'a quasiment arraché mes pointes?

– Crom seul le sait, grommela Conan. Quelque créature infernale que les prêtres ont amenée ici. Tout va bien?

– Oui, quand j'aurai eu un instant pour reprendre mon souffle.

Les mains de Valéria caressaient les pierres précieuses incrustées dans les créneaux.

– Il y en a pour une fortune, ici! dit-elle, les yeux brillants. A croire qu'elle n'attendait que nous!

Dégainant son poignard de son fourreau, Valéria tenta d'ôter un gros saphir du mortier qui l'enchâssait. Subotai sortit son arc sans corde de son étui, en plaça une extrémité sur les dalles grossièrement taillées et l'encorda. Il observa alors Valéria.

– Arrête de t'escrimer sur ces jolis cailloux, ma dame, dit-il. Elles ne représentent qu'un salaire de misère comparées à ce qui se trouve au-dessous. En outre, tu vas émousser ta lame et tu risques d'en avoir besoin bientôt.

– Allons-y, grogna Conan, avant qu'un prêtre ou un garde ne nous surprenne.

Valéria versa la poignée de joyaux qu'elle avait dégagés dans une besace à sa ceinture.

– Au travail, donc, dit-elle en s'avançant vers la porte étroite qui rompait la ligne circulaire des tuiles du toit.

Elle serra la poignée ouvragée et tira vigoureusement, espérant rencontrer une résistance, mais la porte s'ouvrit si aisément que la jeune femme faillit perdre l'équilibre. Scrutant à travers l'embrasure béante, Conan fronça les sourcils devant la faible lueur verdâtre qui émanait de l'intérieur. Mais Valéria, marchant avec souplesse sur la pointe des pieds, la franchit sans peine apparente. Conan la suivit de près. Il avait l'impression d'un sol à moitié caché par des tourbillons de brouillard qui montaient à la hauteur du genou, d'un cercle de colonnes de pierre soutenant le toit, et, entre elles, d'une frise courant le long des murs. Une lumière sinistre, à vous glacer l'âme, que réfléchissait la fine couche de brume, obscurcissait tout autre détail.

Comme le brouillard, libéré des limites étroites de la petite rotonde, disparaissait à travers la porte ouverte, Conan eut conscience d'une ouverture circulaire, semblable à celle d'un puits, au milieu des lattes du plancher. De ces profondeurs émanait une lueur couleur d'émeraude, et on entendait le son assourdi d'un chant rythmé. Transportée par les brumes, une odeur putride s'éleva. Valéria se mit une main sur le visage, Subotai plissa le nez.

– Quelle plante ou quel animal peut puer ainsi? demanda-t-il à voix basse.

– Un champ de bataille vieux de trois jours, gronda Conan. C'est une odeur de charnier, ou je suis un Hyrkanien.

– Regardez ceci! souffla Valéria.

Elle désigna le bord du puits, d'où descendait une série de barreaux de fer formant une étroite échelle. A proximité dépassait un gigantesque crochet où était accrochée une poulie. Une corde résistante y était glissée dont l'extrémité disparaissait dans l'obscurité.

Conan examina le dispositif.

– La chose bestiale que j'ai tuée est certainement montée par l'échelle de fer. Mais si elle avait eu besoin de se hâter, elle aurait peut-être grimpé le long de cette corde, en supposant qu'il y ait une sorte de contrepoids en contrebas. Nous utiliserons les échelons, ne sachant rien de tout cela.

– Je ferais plus confiance à ma propre corde, murmura Valéria, le front soucieux. Ces anneaux semblent très écartés et mal fixés dans la paroi du puits.

– Allons, femme! grommela Conan, se baissant par-dessus le bord de l'étroite plate-forme. Si les échelons n'ont pas cédé sous le poids de la chose bestiale, ils supporteront bien le nôtre.

Cachant sa crainte derrière une attitude courageuse, Valéria se positionna au-dessus du vide, chercha un barreau d'un pied peu assuré et entama la descente. Subotai, étreignant d'une main son arc tendu et une flèche, passa en dernier.

En silence, ils cheminèrent vers les profondeurs inconnues. Les pierres polies d'une teinte noirâtre, serties de pierres précieuses étincelantes, se raillaient du firmament étoilé au delà du pinacle car, dans l'étroitesse du puits, on avait le sentiment que les cieux eux-mêmes se refermaient sur les visiteurs avec des intentions qui ne laissaient rien présager de bon. A chaque nouvel échelon, la psalmodie distante augmentait de volume et la puanteur du charnier les enveloppait.

Finalement, ils sentirent un sol dallé sous leurs pieds et virent la source de l'illumination verdâtre. Ils se trouvaient dans une chambre ronde en pierre d'où débouchaient deux ouvertures sombres. Un troisième orifice, de la taille d'une grande porte, était fermé par une grille de fer aux barreaux largement espacés qui laissaient filtrer de façon démoniaque l'étrange lueur. A la surprise de Conan, la bouche grand ouverte d'un second puits béait vers d'autres ténèbres, près de l'endroit où ils se trouvaient.

Conan et ses compagnons s'approchèrent précautionneusement et purent voir à travers les barreaux un hall gigantesque, soutenu par des piliers et éclairé d'une lumière vert émeraude qui palpitait. Le sol de cette énorme pièce brillait d'une luminescence bizarre, comme la surface calme d'un étang silencieux. Valéria chuchota :

– Comment ont-ils pu faire rentrer cette salle dans la tour? Elle est bien trop vaste!

– Nous devons être descendus bien au-dessous du niveau de la rue, dit Conan d'une voix mesurée.

Valéria et lui échangèrent un regard, riche de curiosité, mais aiguillonné par des piques de peur. La jeune femme haussa alors les épaules et glissa son corps svelte entre les barreaux de la grille. Conan la suivit avec plus de difficultés : il dut se mettre sur le côté et expirer brusquement pour forcer ses massives épaules dans l'écartement. Subotai, souple comme une anguille en dépit de son armement, eut tôt fait de les rejoindre.

Au delà des ombres dans lesquelles ils firent halte, entre deux rangées de colonnes, se trouvait un groupe de silhouettes revêtues de robes, le dos tourné aux intrus. A l'extrémité la plus éloignée de la salle taillée dans le rocher, se tenait un homme sur une sorte de saillie ou de balcon, son corps clairement visible au-dessus des têtes de la foule massée et révérencieuse. Dans la lumière brillante qui était dirigée sur lui, Conan s'aperçut que c'était un être humain d'une taille gigantesque à la peau noire. Splendide spécimen d'humanité virile, le Noir se dressait à demi nu, les mains levées et les yeux clos, entonnant le chant sonore qui avait troublé le silence.

Valéria donna un léger coup de coude à Conan.

– Voici Yaro, le second dans la hiérarchie, dit-elle dans un murmure. Seul l'homme nommé Doom est plus important dans le culte.

Durant un moment, Conan fixa des yeux la tache lumineuse, immobile, à la mention de ce nom. Mais il ne souffla mot. Subotai intervint à voix basse :

– J'ai entendu dire que ces hommes noirs peuplaient des contrées loin dans le sud. Yaro serait-il donc un Kushite ?

Valéria haussa les épaules.

– On dit qu'il est vieux de mille ans, et seuls Baal et Ishtar savent d'où il est originaire.

– Notre chemin est bloqué par les adorateurs, dit Conan doucement. Comment allons-nous les dépasser sans déclencher l'alarme ?

– Avançons sur le côté, chuchota Valéria. Je pense qu'il existe un autre niveau inférieur et sans doute un escalier pour l'atteindre.

Elle se faufila de pilier en pilier, ombre silencieuse parmi les ombres, suivie de Conan et de Subotai. Quand ils eurent presque atteint l'endroit où se trouvait la congrégation, Valéria pointa un doigt vers une cage d'escalier noire comme un cachot.

– Descendez, vous deux, leur souffla-t-elle, pour voir ce qu'il y a en bas. Je reste ici pendant ce temps-là pour garder vos arrières.

Les deux hommes, tendus d'appréhension, descendirent un étroit escalier en colimaçon dans une atmosphère immobile, fétide, qui amenait à leurs narines une puanteur de plus en plus forte. Ils atteignirent finalement une autre chambre voûtée, faiblement éclairée par une ouverture circulaire percée dans le plafond. Celle-ci, comprit Conan, faisait communiquer la pièce dans laquelle ils se trouvaient avec celle où se déroulait la cérémonie dont ils venaient d'être les témoins.

Alors qu'ils tâtonnaient dans l'air vicié, Subotai bondit et dit dans un sifflement :

– Par le sang d'Erlik, Conan! regarde ça!

Le sol au-dessous de l'ouverture circulaire était couvert de cadavres d'hommes et de femmes. Certains paraissaient récents, d'autres étaient en décomposition avancée et d'autres encore avaient été réduits à l'état de squelettes. Comme les deux hommes se rapprochaient de cette masse de putrescence, des rats s'enfuirent en couinant. Leurs yeux luisaient d'hostilité lorsque, une fois en sécurité, les rongeurs se retournèrent brièvement pour observer les intrus.

Dissimulé dans les ténèbres à proximité du trou, Conan leva les yeux et put apercevoir Yaro s'agenouiller sur son balcon. Quand le Noir se redressa, le chant baissa pour ne plus être qu'un chuchotement. Se mouvant aussi silencieusement qu'une panthère en chasse, le Cimmérien contourna l'amas de corps massacrés et se plaça directement au-dessous du maître, à un endroit d'où il pouvait observer sans être vu les visages du premier rang des adorateurs. Les adeptes du culte paraissaient composés de jeunes gens des deux sexes, encore que leur capuche jetât une ombre sur leurs traits en extase et que leur longue tunique dissimulât leur corps.

Pendant que Conan regardait le spectacle, un membre du groupe s'avança, ôtant sa robe encapuchonnée. Une splendide jeune femme, dont les formes sveltes étaient à peine couvertes d'une minuscule portion d'étoffe transparente, se révéla dans la clarté d'émeraude. D'un pas résolu, elle chevaucha un encorbellement en saillie, semblable à une vergue de navire, d'un côté de l'ouverture. Elle fut accompagnée par le chant solennel qui s'éleva dans l'air.

Subotai tira légèrement la manche de Conan et lui désigna un passage voûté à l'autre extrémité de la chambre. Conan arracha son regard de la fille en équilibre au-dessus du gouffre et suivit l'Hyrkanien. Après avoir fait des prodiges d'agilité pour se glisser dans cette ouverture qui ne lui arrivait qu'à la taille, le barbare se retrouva dans une rotonde d'une vingtaine de pas de diamètre, sans aucune autre entrée ou issue que celle par laquelle ils avaient pénétré à l'intérieur. Une paire de lampes, supportées par des appliques murales ouvragées, éclairait les murs curvilignes d'une lumière intermittente.

Le centre de la pièce était occupé par un pylône de pierre, tronqué, une sorte d'autel recouvert de silhouettes gravées et de hiéroglyphes entremêlés.

– L'Œil du Serpent! dit Subotai dans un sifflement, le doigt pointé. Par les dieux, regarde ça!

Les yeux de Conan, obéissant au geste large de l'Hyrkanien, découvrirent un joyau énorme, rouge comme un rubis et de la forme d'une larme, qui reposait sur le pylône de pierre.

C'est alors qu'un léger mouvement à la base de l'autel attira son attention. Un serpent d'une taille prodigieuse était enroulé autour de la stèle. Le jeune Cimmérien n'avait jamais entendu parler d'un reptile d'un si grand diamètre; cela défiait l'imagination. La lueur des lampes illuminait brièvement les écailles luisantes du monstre, ce qui faisait apparaître plus considérable encore sa taille gigantesque.

– La pierre précieuse la plus rare de la terre, et aussi la plus grosse, par Mithra! haletait Subotai. Nous pourrions acheter un émirat à Turan avec elle.

– Oui, à condition de pouvoir mettre la main dessus. As-tu vu ce qui la garde?

Subotai reprit sa respiration troublée, contemplant l'énormité qui s'étalait devant eux.

Conan fit un pas prudent en avant.

– Est-il endormi ou éveillé? chuchota-t-il. Ses yeux sont ouverts.

– Nul ne peut le dire, avec les serpents, répondit Subotai. Ils n'ont pas de paupières.

Conan avança encore de deux pas, mais le serpent restait toujours immobile.

– Si je pouvais lui trancher le cou d'un seul coup puissant..., dit-il dans un murmure.

– Oh, non! fit Subotai. Tu peux t'imaginer combien de temps il faudra à une telle vermine pour mourir. Son corps décapité te broierait en une masse informe dans ses anneaux en convulsion.

– Alors, grogna Conan, il nous faut donc prendre le joyau sans éveiller ce monstre. D'ici!

Se mouvant aussi doucement qu'il le pouvait, Conan fit passer son baudrier par-dessus sa tête et tendit son arme à l'Hyrkanien. Il avança ensuite avec des mouvements mesurés vers le pylône et son gardien reptilien. Lorsque seule la largeur d'une main sépara ses pieds des anneaux bombés de la créature, Conan étendit son bras le plus possible mais la pierre de rubis demeura hors d'atteinte d'une façon cruellement tentante.

Conan recula, le front soucieux. S'il faisait basculer son corps vers l'avant, soutenant sa poitrine contre le pylône, il pourrait attraper le joyau sans toucher les anneaux du serpent. S'il manquait son coup, il périrait certainement. Il inspira profondément, raidit le dos et, se hissant sur la pointe des pieds, tomba en avant jusqu'à ce que ses mains tendues soient en contact avec le bord de l'autel, arrêtant sa chute.

Affermissant sa prise de la main droite, il étira devant lui sa senestre pour extirper la pierre précieuse de l'anfractuosité dans laquelle elle se trouvait. Sans se soucier du fait que le joyau était froid comme de la glace dans sa paume, il la glissa dans sa tunique. Il était sur le point d'essayer de recouvrer son équilibre quand un autre objet sur l'autel attira son attention.

Près du creux dans lequel avait été nichée la pierre, se trouvait un petit médaillon de bronze, avec un motif en relief qui, en dépit de la faible lumière, réveilla des souvenirs dans l'esprit du barbare. A la vue des deux serpents ondulants avec leurs queues entremêlées, la mémoire de Conan recula jusqu'au jour atroce où, sur le chemin creusé d'ornières, maculé de neige piétinée, de son village de Cimmérie, des cavaliers virevoltants avaient lancé leurs chiens impitoyables et levé leurs épées contre les habitants sans défense. Et il se souvint de l'arc de cercle étincelant qu'avait décrit le glaive de Doom – l'épée de son père – et de la tête tranchée de sa mère...

Le visage grave, Conan serra le médaillon entre ses mâchoires et se rétablit en position debout. Se retournant, il s'apprêtait à revenir vers le passage voûté quand une expression d'horreur traversa la face de l'Hyrkanien.

– Derrière toi! croassa Subotai, les cordes vocales à moitié paralysées de terreur.

Conan pivota brusquement sur lui-même pour découvrir que le serpent était éveillé. L'énorme tête en pointe, aussi grosse que celle d'un cheval, s'était levée à la hauteur d'un homme. Les mâchoires baveuses s'ouvrirent, comme un pont-levis miniature, révélant des rangées de crochets aussi fins que des dagues.

Quand le corps imposant rampa vers lui, Conan dégaina son poignard à longue lame et, aussi rapide qu'un tigre, tel l'assassin entraîné qu'il était, il en frappa la tête du serpent qui approchait.

La pointe effilée de la dague empala la mâchoire inférieure du reptile et s'enfonça dans son palais, clouant les deux maxillaires ensemble.

Sifflant, le serpent blessé lança un anneau vers le corps de son attaquant pour l'emprisonner, immobilisant un des bras de Conan. D'une secousse de sa tête, la créature arracha le poignard des doigts du barbare et l'envoya hors de sa portée. Se débattant pour se libérer de l'étreinte mortelle, Conan recula, chancelant, contre le mur de la chambre, mais sans résultat efficace. Le serpent enroula un deuxième anneau autour de lui.

Le visage de Conan se noircit tandis que les anneaux infatigables compressaient son corps désormais incapable de respirer. De son bras libre, Conan tenta de frapper la tête reptilienne contre la paroi mais le serpent était si gros et si puissant que son effort fut infructueux.

Suffoquant de peur, Subotai dansait d'un pied sur l'autre, cherchant à trouver une cible dégagée sans mettre plus en danger son ami. Finalement, il encocha sa flèche et relâcha la corde. Le trait s'enfonça de la moitié de sa longueur dans le cou écailleux mais le serpent parut ne rien sentir.

Il lança un autre anneau meurtrier autour des jambes du Cimmérien, le traînant presque à terre.

D'une poussée puissante du torse et des épaules, Conan réussit alors à plaquer la tête du serpent contre le mur, de façon que la pointe de sa dague qui dépassait du crâne de la créature racle sur le mortier entre deux dalles. Avec la force qu'il lui restait encore, il frappa de son poing libre le pommeau du poignard, enfonçant l'extrémité effilée dans le mortier qui s'effritait.

Durant ce répit momentané, Subotai tira une autre flèche, puis une troisième. Ce dernier projectile traversa le cou du serpent et s'enfonça dans la masse, immobilisant le reptile. Comme il se débattait violemment pour se libérer, l'étreinte dans laquelle il retenait son adversaire se relâcha et Conan se dégagea, titubant sous l'effort.

– Attrape, Conan! Attrape! siffla Subotai, lançant son épée au barbare, la poignée en avant.

Conan saisit l'arme et pivota sur ses jambes à l'instant précis où le serpent se dégageait de l'entrave fragile. Alors que le corps couvert d'écailles rampait à toute vitesse vers le Cimmérien, ce dernier leva son glaive et, les deux mains étreignant le pommeau, abaissa violemment la lame à travers le cou du serpent, lui tranchant la tête tout net.

– Attention! fit Subotai, alors que le corps décapité ondulait comme un fouet gigantesque, envoyant Conan à terre et propulsant l'Hyrkanien dans les airs en direction de l'autel désormais vide.

Le reptile cessa rapidement de gigoter, le sang porteur de vie de la créature s'échappant sur le sol. Les aventuriers fourbus ramassèrent leur équipement éparpillé et firent demi-tour vers le hall recouvert de charogne.

Dans la chambre supérieure, la cérémonie approchait de son point culminant. Conan vit Yaro, le prêtre noir, se dresser de toute sa hauteur. A son geste de commandement, la jeune fille hallucinée, en équilibre sur l'encorbellement en saillie, leva les bras et tomba ou se jeta dans le puits rempli de cadavres.

Un chœur de cris de surprise et de terreur superstitieuse jaillit dans la chambre obscure quand personne n'entendit le bruit sourd du corps qui s'écrase ou le hurlement de la victime expirante. Yaro se pencha sur le bord, scrutant les profondeurs faiblement éclairées en contrebas.

Au lieu du corps disloqué sur le dessus de la pile de cadavres, il vit la jeune femme saine et sauve, que les bras d'un géant reposaient sur le sol. Il entendit son cri aigu « Notre dieu est mort, mort! » lorsqu'elle plongea son regard dans le passage voûté où gisait le serpent décapité. Il regarda le géant récupérer son épée souillée de sang, et le vit disparaître dans les ténèbres, un homme de plus petite taille à son côté.

Tandis que Conan et Subotai se précipitaient vers

l'escalier, le premier moment silencieux de surprise passa et explosa en clameurs de confusion. Lorsque les deux fugitifs eurent atteint la dernière marche, ils virent entre les piliers plusieurs silhouettes encapuchonnées penchées au-dessus du corps allongé d'une femme nue. Conan chercha d'abord s'il s'agissait de Valéria mais il s'aperçut rapidement que la femme allongée avait des cheveux noirs comme une aile de corbeau et qu'ils ne pouvaient être ceux de la voleuse.

– Le puits de la tour! haleta Subotai, et tous deux coururent du plus vite qu'ils pouvaient vers la grille qui séparait cette salle gigantesque de l'orifice menant au sommet de la tour.

– Les intrus! cria Yaro derrière eux. Ils s'enfuient de ce côté! Tuez-les, ô fidèles!

La foule se précipita en avant, à grands tourbillons de robes. Parmi les poursuivants se trouvaient Yaro, deux archers au crâne rasé et un homme armé d'une hache. Conan et Subotai se glissèrent à travers la grille.

– Par les Neuf Enfers, où donc est cette fille? rugit Conan en montrant les dents.

– Continuez, vous deux! leur répondit une voix familière. Je vais couvrir votre retraite.

– Viens! hurla Subotai en posant le pied sur le barreau le plus bas de l'échelle.

A contrecœur, Conan rengaina son épée et, attrapant l'échelon, suivit son ami dans son ascension. Les deux archers atteignirent le puits à leur tour et, s'agenouillant, encochèrent leurs flèches et tendirent leurs arcs.

Soudain, une petite silhouette encapuchonnée fit un bond en avant et trancha les robustes cordes. Un instant plus tard, un des archers gisait dans son sang, deux des fidèles à ses côtés. Une dague sanglante à la main, Valéria se défit du déguisement volé et se précipita vers la corde.

– Saisissez-la! hurla Yaro, comme un soufflet de forge.

L'homme à la hache fonça derrière la fugitive et lança son arme. Valéria esquiva le coup et la force du jet fit faire un demi-tour à l'homme. Sans attendre une seconde, Valéria attrapa sa dague entre ses dents, enroula l'extrémité de la corde autour de la gorge de son adversaire et serra de toutes ses forces.

Pendant qu'il se débattait, tirant sur la corde qui l'étranglait, Valéria fit rapidement un nœud et poussa l'homme qui s'étouffait par-dessus le bord de l'orifice creusé dans le sol. Alors, comme ce dernier tombait en tournoyant dans le puits ténébreux, la voleuse attrapa l'autre extrémité de la corde qui était engagée dans la poulie au sommet de la tour. Le poids de l'homme fit s'élever Valéria dans les airs sans aucun effort, hors de vue des fidèles qui s'assemblaient, poussant des hurlements de frustration devant les barreaux de la grille.

Propulsée vers le haut, Valéria dépassa Conan et Subotai qui se hissaient avec peine, prise après prise, sur les traverses étroites de l'échelle de fer. Accrochée à la corde des deux mains, sa dague entre les dents, la jeune femme rejeta la tête en arrière et éclata de rire, comme pour dire : « Dépêchez-vous, traînards, si vous voulez m'attraper! »

Bien plus tard, les hommes, haletant sous l'effort, atteignirent le sommet du puits et virent Valéria qui nettoyait le sang de son poignard et de sa bouche. Ils s'écroulèrent sur le sol pour reprendre leur souffle.

– Alors, l'avez-vous pris? demanda Valéria.

En silence, Conan tira le joyau brûlant comme la

glace de sa tunique et le tint bien en vue. Son sourire de satisfaction fut bref, car des bruits de poursuite s'élevaient, venant de plus bas.

– Ils grimpent à l'échelle! dit la jeune femme dans un murmure, scrutant la longue cheminée. Je crois que quelques hommes-bêtes les accompagnent. Cache l'Œil du Serpent!

– Eloigne-toi du parapet, répliqua Conan, faisant un geste de la tête vers l'embrasure de la porte constellée d'étoiles. Je vais leur couper la tête un à un quand ils atteindront cette plate-forme.

– Non! répondit Valéria. C'est trop dangereux! Descendons le mur de la tour avant qu'ils ne tranchent ma corde... Mais dépêchons-nous!

Bientôt, tous les trois, telles des mouches sur un mur, se cramponnaient à la corde et accomplissaient leur trajet initial en sens inverse, le long de la façade de la tour, reconnaissants à la lune cachée de ne plus contempler leur descente empressée.

A l'exception du Cimmérien, tous avaient regagné la sécurité de la terre ferme lorsqu'un visage horrible apparut entre les créneaux, bientôt suivi d'une main velue, manipulant un couteau qui coupa d'un coup sec la robuste corde qui avait supporté la fuite des voleurs. Voyant les brins s'écarter un à un, Conan jeta un coup d'œil rapide vers le bas pour repérer la surface noire de l'étang. Rassuré, il appuya fermement ses deux pieds sur la paroi de la tour, donna une poussée vigoureuse de ses jambes puissamment musclées et s'élança dans les airs, à l'instant précis où la corde lâchait... Faisant pivoter son corps souple comme un chat lors d'une chute, il plongea, sain et sauf, dans l'eau sombre.

Valéria éclata de rire quand Conan émergea, indemne, et ses éclats firent écho aux cris de rage des observateurs, de plus en plus nombreux sur le rempart.

– Les idiots! s'exclama-t-elle. Ils ont facilité notre évasion! Maintenant, aucun ne peut descendre pour faire obstacle à notre fuite de ces lieux impies!

Gloussant, Subotai enroula la corde et la balança par-dessus son épaule avant de suivre Conan et Valéria au delà du mur du jardin, dans l'anonymat des rues obscures de la ville.

LA MISSION

Le feu rugissait dans l'âtre de pierre d'une taverne crasseuse du quartier des voleurs de Shadizar. La fumée odorante qui se pelotonnait comme un chat paresseux autour des chevrons suiffeux n'amoindrissait pas l'éclat d'arc-en-ciel que reflétaient les centaines de facettes polies de l'Œil du Serpent. Trois silhouettes vêtues de capes, groupées tels des conspirateurs autour de la gemme posée sur la table de chêne grossier, faisaient de leur corps un bouclier aux regards éventuels des étrangers.

– Par Nergal, mais elle est magnifique! s'écria Subotai, ses yeux avides se repaissant du joyau étincelant.

– Oui, vraiment, fit Valéria d'une voix traînante.

Elle porta son gobelet de vin à ses lèvres sans détourner son regard de l'objet de leur admiration.

– Heureusement qu'elle est magnifique, grogna Conan. Elle a bien failli nous coûter la vie.

Subotai grimaça de déplaisir.

– Dois-tu éveiller ces souvenirs dormants? demanda-t-il. Un péril écarté est un danger oublié, comme nous le disons en Hyrkanie.

Néanmoins, le petit homme commença d'évoquer les événements qui avaient suivi leur découverte dans le temple de la Tour du Serpent Noir. Il rappela comment ils s'étaient faufilés par-dessus le mur des jardins du temple, tandis que d'autres membres du culte, alertés par leurs frères du haut des remparts, jaillissaient en un torrent de fureur d'une porte secrète de l'obscène lieu de recueillement. Il rappela à ses compagnons leur journée passée à se cacher, trop inquiets d'être poursuivis pour même oser s'aventurer dans les commerces locaux afin de se procurer de la nourriture, et comment, enfin, ils s'étaient frayé un chemin, bouche bée comme des nouveaux venus dans la ville, jusqu'au quartier sans loi où peu d'hommes honnêtes ou d'officiers de paix osaient venir en quête de voleurs et d'assassins. En soupirant, Subotai ferma les yeux pour chasser ces douloureux souvenirs. Puis il les rouvrit et dévora du regard la superbe gemme, comme lors d'un banquet royal.

– Ça en valait la peine, murmura-t-il. Penses-y, Cimmérien, aurons-nous deux duchés en Aquilonie, deux émirats au Turan, ou une paire de satrapies voisines dans la lointaine Vendhya? Et à quoi, dame Valéria, comptez-vous consacrer votre part du butin tiré de ce joyau?

– Tout d'abord il nous faut trouver un acheteur pour une pierre si coûteuse, murmura Valéria, jetant des coups d'œil attentifs autour d'elle.

La taverne était une ruche bourdonnante d'hommes aux visages rougeauds, suant, braillant de grossières chansons et frappant de leurs chopes le dessus des tables, tandis qu'une danseuse nue, au corps huilé luisant dans la clarté du feu, ondulait des hanches au rythme barbare de la musique.

– Tu n'as pas eu de problèmes pour te débarrasser des pierres arrachées aux remparts de la tour, remarqua le petit voleur avec un hochement de tête significatif en direction de la bourse de Valéria, gonflée de pièces d'or frappées à l'effigie barbue d'Osric, souverain de Zamora.

La jeune fille, pressant la bourse contre sa hanche, regarda avec méfiance les fêtards, foule composée de prostituées, de brigands de grand chemin, de maquereaux, de mercenaires et de gardes en dehors du service.

– Baisse la voix, imbécile, avant d'attirer l'attention! aboya-t-elle, les pupilles de ses yeux lançant des éclairs, telle une paire de poignards.

Subotai haussa les épaules. Un serveur jeune et élancé passa près d'eux en ramassant des coupes et des flacons vides; et l'Hyrkanien, effleurant le genou du Cimmérien, attrapa le bras du garçon.

– Trouve-nous des femmes, petit, des filles minces aux hanches rondes et aux mamelons pointus! Après avoir exploré les horizons du monde, j'ai maintenant décidé d'explorer ceux des plaisirs de la chair que j'attends depuis longtemps... Trop longtemps!

Le jeune serveur, avec une œillade complice, se mit à chuchoter des instructions à l'oreille de l'Hyrkanien. Conan et Valéria échangèrent un regard long et lourd de sens.

– Eh bien, camarade! Me voilà en route pour la maison de Madame Ilga pour une nuit de bombance bien gagnée. Quels sont tes projets? Et les vôtres, dame Valéria?

– Pour ce qu'il en est de nous deux, nous avons... d'autres projets, dit Conan.

– Alors c'est comme ça, hein? C'est bien ce que je pensais! Eh bien, amusez-vous tous les deux, mes amis; je vous souhaite à présent une heureuse nuit. Chaque homme a sa faiblesse; et je compte assouvir la mienne avec ardeur. Je vous laisse satisfaire la vôtre.

Valéria l'attrapa par la manche, comme l'Hyrkanien se hissait maladroitement sur ses pieds et se préparait à s'aventurer dans la nuit. Elle lui tendit une partie des richesses contenues dans la bourse rebondie.

– Sois prudent, petit homme! Souviens-toi : celui qui possède de l'or a beaucoup de compagnons intéressés, mais peu de vrais amis.

Subotai se moqua de sa témérité.

– J'ai tué des hommes auparavant, des hommes qui avaient des yeux dans le dos, comme cette monstruosité en haut de la tour, jeune Conan! De plus, cet or a été bien trop cher payé pour que je le gaspille à satisfaire des inconnus. Je compte le dépenser uniquement pour mon propre usage!

Avec un impudent salut, l'homme aux jambes arquées se mit en chemin à travers la foule et vers la rue obscure au delà de la porte de la taverne. Conan rencontra le regard pensif de Valéria dont les yeux brûlaient d'un bleu volcanique.

– Allons nous abriter dans le confort de notre chambre, femme.

Valéria sourit devant l'intensité du désir du barbare car il était aussi ardent que le sien. Pendant un long moment elle caressa la pierre rosée de ses doigts sensuels puis la glissa entre ses seins et suivit Conan à l'extérieur de l'auberge.

Une vieille femme boiteuse conduisit Conan et Valéria à l'intérieur d'une hutte éclairée de bougies et leur jeta un sourire de connivence, du coin de sa bouche édentée. Conan la gratifia d'une piécette et elle sortit de la pièce en s'inclinant bien bas. Le barbare ôta sa tunique tandis que la voleuse débouclait son ceinturon et quittait son armure.

A genoux, Valéria passa ses mains avides sur le corps nu de Conan.

– Dis-moi, souffla-t-elle, une chose, une seule. Quand je t'ai vu pour la première fois, au milieu des ombres, tu te mouvais avec tant de grâce... où as-tu appris à te déplacer ainsi?

Conan effleura ses seins et fit courir sa main sur son ventre ferme et ses hanches mobiles.

Valéria soupira de plaisir, se raidissant à mesure que les mains indiscrètes caressaient son corps frémissant.

– Où as-tu appris à te mouvoir ainsi?

Un instant, le visage impassible, Conan étudia la femme impatiente; puis, levant les mains à son cou balafré, il révéla les marques du cruel collier qu'on lui avait fait porter. Valéria embrassa les cicatrices avec frénésie et se jeta sur lui dans un élan irrésistible. Puis, ondulant sous son étreinte, elle rejeta en arrière ses longs cheveux blonds et découvrit aux yeux de son compagnon des cicatrices identiques. Elle aussi avait enduré de longues nuits dans l'Arène. Alors la bougie vacilla et s'éteignit, l'obscurité n'étant plus peuplée que de légers cris de bonheur.

L'aube trouva les amants dans la salle commune au plafond bas de l'auberge misérable, mangeant de bon appétit. Conan découpa une tranche de viande fumante sur la broche et l'offrit à Valéria du bout de son coutelas. La jeune fille attaqua le morceau avec enthousiasme et un filet de graisse courut sur son menton. Entre-temps, Conan s'était taillé un bloc de viande plus épais pour satisfaire son appétit vorace.

Conan n'oublia jamais cette rencontre amoureuse. Des années plus tard, il raconta à son scribe : « Si les dieux pratiquent l'amour, est-il possible que cela soit plus sublime? Aucune femme avant elle ou depuis elle n'a été son égale... Mais cela, je l'ignorais à cette époque. »

Ils accompagnèrent la viande avec du vin, rafraîchi par de la neige apportée des cimes, une boisson digne de seigneurs. Ivre d'amour autant que de boisson forte, Valéria adossée au grossier fauteuil, regardait Conan manger, admirant les souples tendons de ses muscles qui se déplaçaient sous sa peau comme la musculature d'un splendide animal.

Lui, de son côté, admirait la beauté sensuelle de la jeune fille, calmement assise devant le brasillement du feu, ses vêtements défaits révélant la courbe de son cou et de ses épaules. Conan avait découvert un minuscule trou percé dans le faîte du grand joyau, l'Œil du Serpent; et, à travers ce trou, il avait passé une fine lanière pour qu'en le portant Valéria ait moins de chances de le perdre. A présent, ses feux surnaturels brillaient contre la rondeur de ses seins, les embellissant encore.

Comme le matin s'avançait, Subotai, qui avait été ramené à l'auberge par les esclaves hilares de Madame Ilga, se remettait de sa nuit de débauche en proférant des grognements et des promesses de repentir. Avant que le soleil ne se fût couché, les trois voleurs s'embarquèrent à nouveau pour une soirée de plaisirs et de divertissements. Leurs vêtements usés avaient été remplacés par des justaucorps de cuir et des fourrures rares; leurs grossières parures de fer avaient été échangées contre des bagues et des bracelets de bronze poli et d'argent scintillant, forgés par d'habiles artisans. De solides bottes de cuir épais avaient pris la place de leurs sandales effilochées; et, avec l'aide de l'Hyrkanien, Conan avait choisi coutelas et épées sortis de la forge d'un maître d'armes.

Ces objets, ainsi que les plantureux repas et les plaisirs de la soirée, avaient été achetés avec l'or issu de la vente des joyaux que Valéria avait dérobés aux remparts de la tour. Les conspirateurs avisés n'avaient point encore essayé de vendre l'Œil du Serpent car ils savaient que des espions et des informateurs à la solde du culte seraient à l'affût dans les bazars de Shadizar, avides de pouvoir récupérer leur talisman sacré. A Turan, peut-être, ou à Vendhya, ils espéraient trouver un marchand aux moyens suffisants qui puisse acheter le joyau, et qui serait suffisamment prudent pour se taire sur cette acquisition.

Malgré leur richesse inhabituelle, les trois compagnons se lassèrent bientôt de leur existence oisive. Lutteurs, danseuses et festins : tout cela devint plaisirs viciés et insatisfaisants pour ces survivants d'un monde où le danger ajoutait un zeste de piquant à tout moment arraché pour l'amusement ou le réconfort. Et bien vite arriva leur délivrance de cet ennui; et ils furent pris au dépourvu.

Un soir, comme les trois amis se tenaient à moitié ivres et à moitié endormis au-dessus de leurs coupes dans la taverne sombre où ils avaient établi leurs quartiers que leur richesse leur permettait d'occuper, Valéria fut tirée de sa torpeur par l'éclat d'une pointe de lance reflétée dans la lueur du feu. Son cri à demi étouffé fit se redresser les autres, prêts à l'action. Ils virent leur table entourée de soldats aux visages déterminés, caparaçonnés d'armures de bronze doré et portant de lourds casques polis placés bas sur leurs fronts.

Conan, instantanément éveillé, se leva de sa chaise. Croyant que ces intrus étaient des gardes du temple du Serpent qui avaient retrouvé leur trace, il chercha un moyen d'évasion. Mais il se trompait : les soldats portaient, sur leurs cuirasses et à la crête de leurs casques, l'insigne royal de Zamora. C'étaient des légionnaires du roi.

– Que nous voulez-vous? grogna Conan, guettant les hommes avec méfiance. Nous avons fait la noce, c'est vrai, mais cela ne peut être contraire à la Loi royale...

– Debout et suivez-nous tous les trois! aboya un officier. Toutes vos questions trouveront réponse de la bouche de ceux qui nous ont mandés pour vous chercher. Ne causez pas d'ennuis à présent!

Subotai, toujours plongé dans les vapeurs de l'alcool, observa les lances pointées vers eux. Forçant un sourire obséquieux, il grommela : « Certes, pas d'ennuis... pas d'ennuis du tout!... » S'agrippant à la table pour se soutenir, il chancela et se mit sur pied avec effort.

Ainsi ils accompagnèrent les hommes d'armes : tirer l'épée aurait été suicidaire, malgré leur talent au combat. Seul Conan aurait peut-être tenté sa chance contre les douze autres; mais son amour tout neuf pour Valéria l'en empêchait. Il ne pouvait risquer qu'elle fût blessée, même si leur liberté en dépendait.

Sous un ciel sans lune, ils traversèrent des rues désertes, silencieuses à cette heure, car même les détrousseurs et les autres créatures de la nuit les avaient fuies. Finalement, ils atteignirent une vaste avenue au bout de laquelle s'élevait le dôme en spirale du palais du roi, se découpant sur la brillance des étoiles. Sur un ordre de l'officier, un portail du mur périphérique s'ouvrit. L'escouade de soldats mena les trois aventuriers sous des arcades soutenues par des piliers et le long de promenades de gravier qui couraient au milieu des pelouses de velours émeraude et des fontaines de marbre, dont les eaux abondantes emplissaient l'air de musique.

Comme le groupe atteignait la grande porte du palais, Subotai (un homme qui avait beaucoup voyagé) put apprécier l'architecture de l'ensemble. La demeure du roi de Zamora était réputée en sa qualité d'édifice le plus exotique à l'est de l'Aquilonie, construite comme elle l'était grâce aux profits du commerce avec l'Orient. Mais en passant devant les gardes qui se tenaient raides et guindés devant la porte, Subotai décela des vestiges de décomposition, des fissures dans la maçonnerie et des signes de moisissure. Il pensa avec sagacité que toute la richesse de cette monarchie ne pouvait suffire à combattre quelque pourriture intérieure, quelque cancer qui rongeait les entrailles de l'Etat, à l'instar des tentacules insidieux du culte du Serpent qui sapaient le courage et la résolution des citoyens.

Conan, moins porté sur la philosophie, jetait des regards acérés à droite et à gauche tandis qu'on les faisait avancer dans un labyrinthe de salles et d'escaliers de marbre tortueux. Cherchant à se repérer au cas où ils devraient se battre pour retrouver le chemin de la liberté, il prêtait peu d'attention aux balustrades d'ivoire et d'albâtre sculptés, aux riches tapisseries murales, aux bancs rehaussés de brocart et de soie ainsi qu'aux torchères bizarrement forgées, tous ces détails qui dénotaient un luxe allant bien au delà de son imagination la plus débridée. Et pourtant, à la longue, il se rendit compte que, même à la lueur incertaine des lampes et des bougies, ces magnifiques ornements n'étaient pas en parfait état. Il y avait des accrocs aux soieries, des taches sur les tapis, et la dorure se décollait des meubles précieux, comme faute de soins réguliers.

La grande salle du palais, malgré toutes ses parties sculptées, était habitée par l'écho comme un mausolée vide. Le bruit des pas résonnait à travers le silence; la poussière s'épaississait sur les dalles du sol. Comme les aventuriers et leur escorte approchaient du trône de Zamora, ils purent distinguer une silhouette à l'ombre du dais, pensive, main sous le menton, et des yeux qui désignaient le guerrier perdu depuis longtemps par la tentation du vin, de la décadence et de l'avilissement. A côté de la silhouette solitaire se tenait un unique serviteur qui conversait par chuchotements avec son supérieur.

Conan vit que le roi Osric, car tel il se révéla d'après le garde qui s'adressait à lui, était un homme déserté par la vigueur et dénué de tout espoir. L'âge pesait lourdement sur ses épaules affaissées et son visage ridé témoignait d'une vie de soucis et de déceptions.

Un soldat posa les armes des aventuriers captifs aux pieds du roi tandis que le capitaine, s'agenouillant à demi, annonçait :

– Les voleurs que vous avez demandés, Sire.

Subotai et Valéria, aguerris aux manières de la noblesse, s'inclinèrent bien bas, mais Conan resta impassible en face du souverain.

Un garde, donnant de la lance dans les côtes du barbare, siffla :

– Incline-toi, rustre!

Conan décocha à l'homme un regard aigu mais exécuta un hochement de tête hésitant.

Le monarque regardait les prisonniers d'un air absent, l'esprit ailleurs. Enfin, il se ressaisit et, d'un geste du doigt, indiqua à son officier de se relever. Pour combattre le silence pesant, l'homme décida de raviver la mémoire du roi :

– Ceux-là sont les voleurs qui ont profané la Tour du Serpent.

Alors, d'une voix rauque, tremblant d'émotion, le monarque prit la parole :

– Savez-vous ce que vous avez fait, voleurs ? Vous l'avez obligé à se présenter devant moi, devant mon propre trône... Yaro, le prêtre noir ! Pour m'intimider, non, me menacer, moi, Osric, Haut Souverain de tout Zamora ! Quelle insolence ! Quelle arrogance ! Ces prêtres du Serpent Noir ! Et c'est à vous, trois voleurs, de la racaille de bas étage, que je dois cet incident !

Conan jeta un regard en coin à ses compagnons. Valéria humectait ses lèvres en signe d'appréhension et de nervosité. Subotai lançait des coups d'œil acérés de ses yeux perçants, comme un rat qui cherche une sortie. Le barbare banda ses muscles, rassemblant ses forces pour une explosion de violence. Sans armes, il ne se nourrissait pas d'illusions quant à l'issue du combat. Mais mieux valait vendre chèrement sa peau plutôt que de présenter un cou sans défense à la hache ou au nœud coulant du bourreau. Peut-être entraînerait-il avec lui un garde ou deux dans l'autre monde...

Le roi continua de fixer les voleurs; mais à présent un sourire parcourait ses lèvres. Rejetant en arrière sa cape de velours, il se dressa sur ses pieds, s'écriant :

– Voleurs, je vous salue ! C'est un noble fait

d'armes que vous avez accompli! (Le roi émit un rire bref.) Vous auriez dû voir la tête du prêtre noir! Il était si furieux que de l'écume s'échappait de ses lèvres! Il n'est pas de vision que j'aie davantage appréciée depuis ma nuit de noces!

Puis, se tournant vers ses gardes du corps, il ajouta :

– Allez quérir des sièges pour mes amis aux doigts agiles, capitaine Kobades. Vous resterez avec nous, mais tous les autres retourneront à leurs occupations. Et apportez-nous du vin, du vin de la meilleure cuvée!

Un page s'avança avec des gobelets d'argent et un pichet d'excellent vin, et là, debout devant le trône de Zamora, ils burent à la santé du roi, ce dernier levant son verre à la leur. Subotai, émerveillé par ce soudain retournement de situation, avala vivement le contenu de sa coupe; Valéria et Conan, davantage habitués à l'adulation des foules après leurs victoires dans l'Arène, répondirent avec plus de grâce.

– Vous pouvez vous asseoir, dit enfin le roi.

Il fixa son regard au fond de sa coupe, rêveur. Quand il parla, ses mots étaient hachés, sa voix querelleuse.

– Cet homme, Thulsa Doom... Depuis longtemps je peste contre la présence de ce demi-dieu dans mon pauvre royaume. Des serpents dans ma belle capitale! A l'ouest, au sud, en Brythunie, en Corinthie, partout des serpents! Partout s'élèvent ces tours de jais avec leurs prêtres au cœur noir! Ils s'emparent de nos enfants et en font des monstres, des reptiles comme les serpents qu'ils vénèrent! Notre jeunesse corrompue lève ses crocs empoisonnés vers la gorge de ses propres parents...

Tremblant, Osric enfouit son visage dans ses mains. Les trois compagnons se regardèrent puis se tournèrent vers le capitaine Kobades. Le roi entrevit leurs regards.

– Mes propres gardes n'osent pas lever la main contre eux. Mes guerriers les plus braves, mes hommes d'armes les plus vaillants fuient leur devoir, échouent dans leurs promesses de dévouement. Vous seuls, pauvres canailles, avez osé défier Yaro dans sa citadelle!

» Tous ceux qui s'opposent aux prêtres du Serpent sont retrouvés et massacrés. Morts pendant la nuit... Avez-vous déjà vu ceci?

A un geste du roi, son serviteur lui tendit un poignard mince et effilé dont la lame de bronze ondulait comme le corps d'un serpent. Le tenant au creux de sa main tendue, le roi poursuivit :

– Voici le crochet du serpent, planté en plein cœur de mon père par son fils cadet, mon frère, qui avait été victime de leur magie. Et ma propre fille, la perle de mon royaume, la joie de ma vieillesse, est elle aussi tombée sous le pouvoir de Thulsa Doom. Elle s'est retournée contre moi et les anciens dieux. Est-elle porteuse d'un tel poignard, destiné à mon cœur? Est-ce là le destin qui m'attend?

Conan se renfrogna à la pensée de l'exquise beauté de la jeune fille dans le palanquin voilé. Subotai lui avait dit qu'elle était fille de roi, mais le barbare avait peine à croire qu'une si jolie créature puisse un jour assassiner son propre père, même en sachant qu'elle était prêtresse du dieu serpent.

En une soudaine explosion de colère, le roi Osric jeta violemment le poignard à terre et celui-ci resta sur le sol de marbre, objet malfaisant exposé aux yeux de tous.

– Chaque génération est plus faible que la précédente. Les jeunes d'aujourd'hui se complaisent à épouser ce culte du Serpent, cette religion fallacieuse. Ils aspirent à devenir esclaves ou mendiants, des rêveurs drogués. Quand j'étais jeune, les enfants avaient pour ambition d'être des héros, pas des parasites destructeurs.

Le roi baissa les yeux, vieil homme affaibli écrasé par des problèmes qu'il ne pouvait résoudre. D'une voix faible, il poursuivit :

– A présent il me faut faire appel à des voleurs pour sauver mon royaume!

Valéria, le ton empreint d'une pitié inhabituelle, posa une question au monarque tourmenté :

– Qu'attendez-vous de nous, Sire?

– Ma fille, ma petite Yasimina, elle le suit partout où il se rend... Yaro, je veux dire, Yaro le prêtre noir. Elle prétend chercher la vérité au fond de son âme... Ces idiots au cerveau dépravé oublient les anciennes vertus, les forces antiques. Ils se complaisent dans l'avilissement comme des porcs se roulent dans la boue, et en font une religion!

» Et à cet instant même, ma fille voyage vers l'est pour y rencontrer l'homme appelé Doom, dans le puissant sanctuaire de son culte, au centre de sa toile d'intrigues. Vous irez à la Montagne de Puissance et l'enlèverez pour me la ramener!

Le roi agita la main et, à son ordre muet, le serviteur apporta une urne sombre qu'il renversa légèrement. Et de tous côtés se répandit une stupéfiante cascade de pierres précieuses qui vinrent rouler aux pieds des aventuriers éblouis : rubis, améthystes, topazes, saphirs et diamants scintillants. Un second geste du roi arrêta le flot. Valéria était bouche bée; et l'avidité se lisait dans les yeux de l'Hyrkanien. Conan, soupçonnant quelque ruse, continua de regarder le roi.

– Allez, ramassez-les, encouragea Osric. Cela comptera pour une avance. Grâce à ces pierres, vous achèterez des armes et des chevaux. Vous pourrez engager des mercenaires pour combattre à vos côtés. Ramenez-moi ma Yasimina et vous recevrez tout le restant du contenu de cette jarre. Montre-la-leur, Vardanes!

Le serviteur avança le récipient, sur quoi Subotai y enfonça la main pour s'assurer qu'il n'y avait pas de double fond. Satisfait de son exploration et du fait que le vase contenait encore une myriade de joyaux, l'Hyrkanien hocha la tête et retira sa main curieuse. Valéria et lui rassemblèrent les pierres restées sur le sol et les rangèrent dans une bourse.

Conan observait ses compagnons qui, à quatre pattes, récupéraient les joyaux, puis s'adressa au roi, les sourcils froncés :

– Pourquoi donc n'avez-vous pas peur d'un coup de poignard dans l'obscurité ou d'un poison dans votre coupe?

Osric eut un sourire amer.

– Il vient un jour, mon ami, où, même pour les rois, les gemmes ne brillent plus, l'éclat de l'or se ternit et la nourriture et la boisson perdent leur saveur. Un jour où la salle du trône elle-même, malgré ses dorures, devient une cellule. Alors, tout ce qui reste encore est l'amour d'un père pour sa fille. Mais toi... que saurais-tu de cela? Tu es trop jeune, trop plein de vie.

» Quand ma fin viendra, des mains de Doom ou de celles d'un autre, je m'en soucierai peu, à condition que ma fille puisse seulement être libérée de cette malédiction et soit capable de servir mon peuple en tant que reine.

Conan acquiesça :

– Fort bien, Roi Osric, je tuerai ce Doom ou périrai en essayant d'y parvenir. J'ai moi aussi mon propre compte à régler avec lui. S'il m'est possible de sauver votre fille, cela aussi je le ferai.

– Ainsi, nous voilà d'accord, dit le roi, et il ajouta à l'attention du capitaine des gardes : Indiquez à mes hôtes les quartiers qu'on leur a préparés. Veillez à ce qu'ils soient à leur aise. Bonne chance!

Les trois aventuriers suivirent le capitaine Kobades à l'extérieur de la pièce hantée par les ombres, laissant Osric rêver sur son trône.

LA ROUTE

Deux jours durant, à la suite de leur entrevue avec le roi Osric, les voleurs se mirent au lit, épuisés. Beaucoup de préparatifs devaient être faits à la hâte : des vivres séchés, des outres de vin, des couvertures et cent autres choses leur étaient nécessaires pour ce voyage. Des joyaux devaient être convertis en pièces d'or, d'argent et d'humble cuivre. Et il y avait la question des montures.

Un matin, Conan et Valéria parcoururent le marché aux chevaux, tandis que Subotai, seul cavalier expérimenté de la bande, marchandait le prix de leurs destriers. A un moment, Conan attira l'attention de Subotai sur un étalon vigoureux qui piaffait au bout de sa longe et jetait des regards mauvais.

– Voilà celui qu'il me faut! s'exclama Conan.

– Combien de temps penses-tu pouvoir rester assis sur cette bête? railla l'Hyrkanien. En considérant que tu n'as jamais monté un cheval, laisse-moi t'en trouver un qui soit assez calme, lent et assez fort pour supporter ton poids.

Conan passa des heures à apprendre comment

monter l'animal que Subotai lui avait choisi. Grâce aux conseils de son ami, il apprit à maîtriser le pas, le trot et le galop et à seller, bouchonner et nourrir sa bête. Une fois, comme le vent poussait un buisson d'herbes folles vers le cheval, l'animal se cabra avec une rapidité inattendue et jeta à terre son cavalier. Jurant, le barbare se remit debout et entreprit de rattraper sa monture.

– Je t'ai dit de te servir de tes genoux! sermonna Subotai. Enfin, ce n'est pas grave; si telle est ta pire chute, tu auras davantage de chance que la plupart. Nous autres Kerlaits disons qu'un homme n'est pas un cavalier avant d'avoir chuté sept fois.

Ce soir-là, pendant que Conan était occupé à soigner ses muscles douloureux, deux des serviteurs du roi apportèrent dans la chambre un vaste baquet de bois. D'autres domestiques apparurent, avec des seaux d'eau bouillante. Quand ils se retirèrent, Valéria se débarrassa de ses vêtements et se glissa dans la baignoire fumante avec un soupir de satisfaction.

– Viens! dit-elle. Il y a assez de place pour nous deux.

Conan secoua la tête.

– Les bains chauds sont malsains. La vapeur est mauvaise pour les poumons.

– Sottises! J'ai pris des bains chauds toute ma vie, et regarde-moi! Et d'ailleurs, tu n'as pas le parfum d'un bouquet de roses. Je te frotterai le dos!

– Plus tard, peut-être, quand tu en auras terminé, refusa encore le barbare.

La jeune fille s'assit dans la baignoire, frottant ses membres sveltes. Tout à coup elle se tourna vers Conan.

– Aux diables de l'enfer avec Doom et la princesse! L'homme est mauvais, un sorcier qui peut mander des démons venus des abysses éthérés, des choses comme celle que tu as tuée sur le parapet. Quant à la princesse, si elle veut périr à son service, pourquoi devrions-nous la sauver? Qu'elle paie le prix de sa folie!

» Et de plus, on dit que cette Montagne de Puissance, la forteresse de Doom, est impossible à atteindre. Elle abrite des milliers de ses séides. Quelle chance avons-nous contre tant d'hommes? demanda-t-elle en se levant. Lance-moi cette serviette, veux-tu?

Baignée et séchée, Valéria s'allongea sur le vaste lit, jouant avec une poignée de joyaux. Elle regarda la lueur du feu étinceler sur leurs facettes polies comme elle les laissait ruisseler entre ses doigts, cascader dans l'espace qui séparait ses seins pointus et se répandre sur son ventre. Elle continua :

– J'ai parlé à Subotai et il est d'accord. Nous serions stupides d'entreprendre une mission aussi périlleuse. Prenons ce que nous possédons pendant que nous disposons encore de nos vies! Oublie Doom et son idiote de princesse! Ce que le roi nous a donné et ce que nous tirerons de la vente de l'Œil du Serpent nous rendra riches... Nous pourrons vivre comme des seigneurs.

Conan s'assit au bord du lit, le dos tourné, réfléchissant profondément. Elle rampa jusqu'à lui, répandant les joyaux sur le couvre-lit. Elle passa une main caressante le long de ses épaules carrées, embrassa sa nuque et, glissant ses bras autour de sa poitrine, appuya sa tête contre l'épaule du barbare.

Apparemment insensible aux attentions de Valéria, Conan restait immobile, fixant son poing crispé.

– Jamais je n'ai eu autant qu'à présent, murmura

pensivement la voleuse. Toute ma vie j'ai été seule. Souvent j'ai contemplé les mâchoires béantes de la mort, sans personne pour s'inquiéter de mon sort. Seule dans la nuit et le froid, j'ai regardé par des fentes dans les tentes des autres et j'y ai vu la chaude lumière du feu et des hommes et des femmes assis les uns près des autres, avec leurs enfants jouant à leurs pieds. Mais j'ai parcouru le monde... seule.

Elle regarda le visage de Conan mais n'y trouva que les ténèbres et la détermination.

– A présent, je t'ai. Nous avons la chaleur, la passion et l'amour. Et nous sommes riches... Nous n'aurons jamais plus besoin d'affronter des périls pour obtenir de l'or. Asseyons-nous ensemble auprès d'une lampe allumée pour bannir l'obscurité. Laissons quelque autre être solitaire lorgner l'intérieur et nous envier...

Valéria étendit la main, empoigna quelques pierreries miroitantes et les laissa gaiement glisser le long de sa poitrine nue.

– Viens, et vivons!

Sans un mot, Conan secoua la tête. Puis, lentement, il ouvrit sa main serrée. Sur sa paume reposait le médaillon de bronze dérobé à l'autel du dieu serpent... la plaque qui portait l'emblème de Doom, deux serpents se faisant face soutenant un soleil noir.

L'aube se faufila sur Shadizar, peignant de rose et d'or les dômes du palais royal. En entrant dans la chambre où Valéria reposait, la tendre lumière matinale la tira doucement de ses rêveries. Paresseusement, elle rejeta la couverture de soie et étira ses membres nus en une appréciation sensuelle des chauds baisers du soleil. Alors elle tendit le bras pour toucher le corps nu de son amant; mais il n'y avait là personne. Conan était parti.

En un instant elle fut totalement éveillée, contemplant l'oreiller déserté. A la place de la forme magnifique du jeune barbare, elle ne vit qu'une poignée de pierres précieuses étincelantes, sa part de l'avance du roi. Involontairement, sa main chercha sa gorge; l'Œil du Serpent était toujours pendu entre ses seins. Ses yeux avides explorèrent la chambre; l'équipement et les vêtements de Conan avaient disparu. Une larme coula le long de sa joue et fut immédiatement balayée. Les gladiateurs ne pleurent pas, se dit-elle froidement.

Loin vers l'est de Shadizar, un cavalier solitaire se frayait un chemin à travers une passe des monts Kezankian, là où les basses collines rejoignent la steppe rocailleuse du nord de Turan. C'était Conan, mais il n'était plus l'esclave en fuite et sans le sou qui une fois déjà avait traversé cette terre interdite. Le grand barbare était maintenant vêtu de précieux pourpoints et d'une cotte de mailles par-dessus ses vêtements. Un casque de fer coiffait sa tête. A son côté pendait l'épée ancestrale qu'il avait dérobée à la caverne du squelette grimaçant, aiguisée à présent comme le fil d'un rasoir et passée dans un splendide fourreau en peau de reptile. Pour se protéger des vents glacés des premiers jours du printemps, il avait endossé par-dessus sa cotte de mailles une cape en peau de loup.

Evoquant le passé, il passa la main sur la noire barbe rêche qui s'étendait sur son visage marqué. Le maître des gladiateurs, Toghrul, avait obligé ses combattants à se raser, de peur qu'ils n'offrent à leurs ennemis un avantage, et Conan avait gardé cette habitude. Mais maintenant, impatient de se mesurer à Doom, il avait cessé de s'y soumettre.

Le Cimmérien se remémorait aussi la merveilleuse femme dont il avait abandonné les tendres bras. Des années plus tard, il raconta à son scribe : *Je savais que Valéria ne comprendrait jamais. Ses dieux n'étaient pas les dieux nordiques. Je me rendais à l'est mais je m'inclinais devant le Valhalla. Crom attendait ma vengeance sur mes ennemis avec une calme indifférence. Je savais que ma vie était suspendue à un fil fragile. Mais je n'avais pas d'autre choix.*

Pendant des jours il suivit le tracé d'une étroite piste, rendue plus agréable par une profusion de fleurs sauvages, rouges, bleues, lavande et jaunes. Parfois il se collait à son cheval pour se protéger d'un orage soudain, tandis que le vent et la grêle venus des montagnes s'attaquaient à son visage ravagé par les intempéries. De temps en temps il s'arrêtait quelques heures pour permettre au lourd coursier que lui avait choisi Subotai de se repaître de la maigre végétation qui poussait alentour.

Chaque fois que Conan eut peur de s'être égaré ou écarté de son chemin, il demanda conseil à ceux qu'il croisait : un berger solitaire, un paysan en haillons, un nomade conduisant une charrette qui grinçait, remplie de ses maigres biens, tandis que sa femme et ses enfants poussaient devant eux un bétail famélique. Et toujours on lui indiquait la direction de l'est.

Un paysan édenté jeta un regard vide à l'imposante silhouette sur son puissant destrier. Conan lui montra le symbole du culte du Serpent, l'emblème de Doom. La lumière de la compréhension se fit sur le visage du simple et l'homme répondit :

– Beaucoup partis... enfants surtout... ils voyagent

par là, indiqua-t-il d'une main usée. (Puis, inversant la direction, il ajouta :) Nul ne revient jamais.

Un jour, le Cimmérien détecta une piste laissée par de nombreux pas. Il accéléra le rythme et, avant le crépuscule, vit un panache de poussière grise qui salissait le ciel céruléen. Prudemment, il s'approcha, gardant le nuage de poussière en vue, et finalement il rattrapa la source du nuage insolite. Comme il s'y attendait, il s'agissait d'une longue procession de pèlerins qui se dirigeaient vers les alentours sacrés de l'antre de Seth, le dieu serpent. Des jeunes, dépenaillés, décorés de guirlandes et de couronnes de fleurs mortes depuis longtemps, se traînaient en secouant des tambourins et en chantant de monotones incantations.

Conan les dépassa, observant soigneusement la colonne. Un des adorateurs l'appela comme il passait près de lui :

– Viens, ô guerrier! Joins-toi à nous! Jette ton épée et offre-toi au temps, à la terre, comme nous l'avons fait! Cède à ton destin! Viens avec nous à la Montagne de Puissance!

Grimaçant un sourire, Conan secoua la tête et continua d'avancer. Il est temps de se donner à la terre quand la vie vous a quitté, pensa-t-il.

La piste suivait une montée abrupte jusqu'à un col entre deux ravins de roches volcaniques et par-delà celles-ci, sur une plaine régulière, un pic conique s'élevait haut contre le ciel. Dans la distance, Conan pouvait voir les eaux scintillantes de la mer de Vilayet qui s'étendait à l'horizon. De son point de vue élevé, le barbare pouvait aussi apercevoir une seconde colonne de pèlerins avançant péniblement, à demi dissimulés dans un nuage de poussière, leur incantation rythmique portée jusqu'à lui par l'air ambiant.

Conan s'arrêta sur les terres hautes pour laisser souffler sa monture et étudier le paysage qui l'entourait dans toute la splendeur verdoyante de son feuillage printanier. Le long des rives de la vaste mer intérieure, à la droite de la Montagne de Puissance, s'étendait une région rocailleuse parsemée de quelques monticules. Abandonnant le sentier battu par les pieds de centaines de pèlerins, Conan éperonna son destrier vers le terrain inhospitalier, à une demi-lieue au sud de la montagne. Quand il y arriva, il reconnut les monticules comme des tumuli où certains peuples primitifs avaient coutume d'ensevelir leurs rois. Surplombant le reste, un tertre énorme s'élevait à la hauteur de plusieurs hommes, avec un diamètre d'une demi-portée de flèche. Autour de sa base, à intervalles réguliers, étaient plantés des piquets pointus; et sur chacun étaient empalés les restes d'un cheval et de son cavalier, encore en selle. Le vent et les intempéries les avaient réduits à l'état de squelettes, vêtus seulement de quelques morceaux de toiles éteintes et d'armures rouillées.

Conan fit le tour de l'édifice avec précaution, un tiraillement de prémonition surnaturelle raidissant sa peau. Il ne pouvait dire combien de temps la compagnie fantomatique se tenait devant cet endroit oublié, occupée à monter une garde silencieuse : mais il y avait quelque chose qui, au fond de son âme de barbare, hésitait devant l'inconnu et l'immortel.

De l'autre côté des monticules, il arriva à une étendue de pierres brisées et de maçonnerie en ruine, restes d'une cité depuis longtemps écroulée. Il mit son cheval au pas au milieu des décombres et des colonnes rompues, des dalles renversées et des murs effondrés, des fossés remplis de débris et des fantômes de puits asséchés depuis des siècles. La dévastation paraissait complète, sa cause au delà de toute compréhension humaine.

Alors, à sa profonde stupéfaction, Conan aperçut une hutte misérable, pas plus solide qu'une série de branchages liés ensemble par des peaux d'animaux sauvages. Devant l'entrée faite de cuirs effilochés, un petit feu brûlait, dégageant une forte odeur de viande rôtie dans l'air marin. Comme le Cimmérien menait sa monture pour observer de plus près cette précaire habitation, un homme à la barbe grise, l'allure sévère et vêtu de tuniques usées et sales, apparut et se mit à contempler l'intrus avec incertitude.

– Holà, grand-père! grogna Conan, en levant une main vide pour signaler ses bonnes intentions. Je viens en paix!

– Et tu fais bien! répliqua le vieillard avec une énergie qui faisait mentir son âge et ses rides.

Bien qu'il eût le crâne rasé, le visage plat et de pauvres vêtements, il suscitait, à sa façon étrange, le respect du barbare.

– Sache, jeune guerrier, que je suis un sorcier et que cette nécropole recèle les ossements de puissants rois et leurs esprits sans repos. Celui qui maltraite mon enveloppe physique devra compter avec des forces dont il ne sait rien.

– Peux-tu mander des démons, magicien? demanda le barbare d'une voix où perçait une légère dérision.

– Oui, cela, je le peux! Un démon plus féroce que n'importe lequel des habitants des Neuf Enfers! s'exclama le vieil homme avant d'avoir une quinte de toux.

– Quelle bonne fortune, alors, que nous soyons amis, dit Conan.

Il lança une pièce d'argent au sorcier qui l'attrapa au vol avec une agilité considérable.

– Voilà qui devrait payer pour quelques jours le partage de ton... auberge.

Au crépuscule, Conan, ayant ôté son casque et sa cotte de mailles, s'assit devant le feu, mâchant un morceau de viande fumée et du pain sans levain. L'ermite s'affairait alentour, offrant à son hôte une gourde de bière aigre et caquetant comme s'il n'avait eu de compagnie des années durant.

– Ces tumuli funéraires sont là depuis les jours des Titans, étranger, dit le vieil homme. De grands rois ont dormi ici, des rois dont les royaumes scintillaient autrefois comme l'éclair au-dessus d'une mer houleuse. Et bien des malédictions sont enterrées sous ces piles de terre, des malédictions si puissantes qu'aucun feu ne brûlera sur les tertres sans que les défunts ne l'autorisent. Voilà pourquoi je vis au-dessous de leur niveau.

– Es-tu le gardien de ce cimetière, alors? s'enquit Conan.

Le sorcier rit.

– Non, mais je chante pour ceux qui reposent ici, pour bercer leurs songes... Des récits de batailles anciennes, de héros forgés autrefois, de richesses et de femmes.

– Comment fais-tu pour vivre, bon magicien?

– Les gens du voisinage m'apportent de la viande et du pain et je jette des sorts et dis l'avenir à ceux qui le désirent. De plus, je fais pousser quelques légumes et des racines. Et personne ne vient m'embêter. Ils connaissent mes pouvoirs et ma position.

Conan tourna sa tête barbue vers la Montagne de Puissance.

– Qu'en est-il de ceux-là?

– Les idiots adorateurs du Serpent? Ils me connaissent bien. Mais ils me croient fou et, donc, restent à l'écart. Chaque printemps, celui qui s'appelle Doom vient ici pour faire des sacrifices aux fantômes de mes dieux endormis. Tu les as vus...

Il fit un geste en direction des squelettes d'hommes perchés sur leurs chevaux morts. Conan, ignorant si les restes étaient ceux des anciens rois ou des sacrifiés de Doom, mangea en silence pendant un instant.

– Y a-t-il des fleurs sauvages qui poussent par ici? demanda-t-il.

La mâchoire du vieil homme tomba de surprise.

– Des fleurs? Pourquoi diable...? (Puis, se reprenant, il ajouta :) Oui, je suppose qu'il est possible de cueillir quelques fleurs. Il y a un mois, la plaine en était couverte. Qu'est-ce que tu vas faire de ces fleurs?

– Tu le verras, dit Conan.

Le matin suivant, quand Conan se leva, il n'endossa ni son casque ni sa cotte de mailles. Au contraire, il sortit de sa besace la longue robe blanche de pèlerin. Ainsi affublé, il passa une heure à fouiller les alentours de la cité en ruine, cueillant les fleurs les plus robustes qu'il rencontrait. Quand, après avoir absorbé quelque nourriture, le barbare commença de tresser les fleurs en une couronne, le sorcier le contempla avec dégoût.

Impassible, Conan demanda au vieillard :

– Que sais-tu de ce Thulsa Doom? Sois rassuré, je ne suis pas l'un des siens.

Le soulagement s'inscrivit sur le visage de l'ancien et il grimaça un sourire édenté.

– Eh bien, tu n'as pas tellement l'air d'un pèlerin.

Si tu veux pénétrer à l'intérieur de la montagne ainsi déguisé, sois prudent. Les gens de Doom sont rusés, farouches et traîtres. D'ailleurs, tu ne peux porter cette épée, même sous ta robe. Ils décèleraient sa présence en une seconde.

– Alors, dans ce cas, il me faudra m'en passer.

Conan passa la main sous sa robe, défit son ceinturon et tendit le fourreau et la lame au sorcier.

– Garde-la huilée et trouve de quoi nourrir mon cheval, dit-il. Je te récompenserai bien lorsque je reviendrai... si je reviens.

Ajustant sa couronne de fleurs des champs tressées, Conan se mit en marche vers la montagne. Le sorcier, proférant des incantations protectrices, le vit s'éloigner.

La route se fit escarpée comme elle zigzaguait le long du versant de la Montagne de Puissance. Conan, marchant rapidement, se joignit à une cohorte dépenaillée de jeunes hommes et femmes. Leurs traits étaient tirés, leurs visages hagards et poussiéreux et leurs yeux hébétés. Tant était grande la différence entre le robuste barbare dans son vêtement propre et les pèlerins affaiblis, souillés, que Conan craignit que rien ne puisse le sauver d'être démasqué.

Sur le chemin serpentin, des filles en robes fraîches lancèrent des encouragements, chantant et attirant du geste les voyageurs. Au premier tournant du chemin, Conan aperçut un petit temple de marbre blanc qui luisait contre la sombre obsidienne sur laquelle il reposait. Cette chapelle blanche, la plus minuscule de celles de Doom, était décorée sur ses côtés d'une frise de formes convulsées, obscènes et reptiliennes. Et au-dessous de sa coupole renflée, tous les pécheurs devaient passer pour être purifiés et renaître.

A l'entrée voûtée de la chapelle, une femme arrêta Conan et lui offrit une couronne neuve; car celle qu'il s'était fabriquée quelques heures plus tôt était déjà fanée. Se baissant pour recevoir la couronne, il se prépara à continuer son chemin. Mais la fille leva la main pour le retenir. La panique s'empara de lui jusqu'à ce qu'il se rende compte qu'il s'agissait d'un rite supplémentaire.

– Tu dois renoncer à tout ce que tu possèdes, grand pèlerin, murmura la fille d'une voix chantante et monocorde. Tu dois te contempler dans de l'eau pure, comme jamais auparavant tu ne t'es contemplé.

– Je souhaite être purifié, entonna Conan, copiant la réponse du pèlerin qui le précédait.

Comme la fille lui souriait vaguement, Conan comprit qu'elle ne le voyait pas réellement et il supposa qu'on devait l'avoir droguée. Inconsciente de son agitation intérieure, la fille prononça rapidement les mots rituels, vides de chaleur et de sens : « A présent tu es à l'abri des dangers de la route. Nous sommes tous à l'abri ici à l'ombre de la Montagne. Ne crains rien, car voici la route du paradis! »

Conan grommela une réponse inintelligible puis se dépêcha d'avancer. Au tournant suivant, il dépassa une étroite crevasse entre deux plaques de rocher et se retrouva dans un amphithéâtre naturel, une zone en forme de cuvette, protégée du vent. Des tentes et des pavillons grossiers jonchaient le sol pierreux. De chaque côté se tenaient des gardes massifs, fiers et imposants dans leurs armures de cuir noir laqué. Et au delà de ces gardes, il vit, ou crut voir, les prêtres en robe noire du Temple du Serpent.

Instinctivement, le Cimmérien se jeta en arrière; puis il prit hâtivement une expression hébétée, bouche bée. Intriguée par son refus de continuer, une prêtresse courut dans sa direction.

– Y a-t-il quelque chose qui ne va pas? s'enquit-elle.

Conan eut un geste vers les gardes sans visage.

– Qui sont-ils?

– Ce sont nos amis. Ils sont là pour nous protéger.

– Nous protéger? Nous protéger de quoi?

La prêtresse répondit d'un ton apaisant, comme pour rassurer un enfant effrayé.

– Très souvent de nous-mêmes. Nous ne savons que rarement ce qui est bon pour nous; et nous sommes toujours écrasés sous les doutes et les inquiétudes. Nous sommes si aveugles que nous pouvons à peine entrevoir le chemin de la vérité. Seul le Maître peut nous mettre sur la voie du paradis.

Prenant doucement sa main, elle entraîna Conan vers la queue de la procession avec laquelle il était venu et l'y abandonna. Balayé avec les autres, il se trouva au milieu d'un groupe de jeunes hommes et de garçons qui étaient conduits en une longue file par des prêtres et à qui on ordonna de quitter leurs vêtements de voyage souillés. De l'autre côté de l'amphithéâtre, une colonne de femmes disparaissait hors de son champ visuel.

Le barbare resta un moment parmi la foule hagarde, perplexe. S'il se débarrassait de sa robe, le long poignard pendu à sa ceinture le ferait immédiatement découvrir. Comme la file s'avançait, il se glissa entre deux tentes et se cogna dans un prêtre mince, encapuchonné et vêtu d'une robe noire.

– Où vas-tu, mon frère? demanda l'homme avec douceur.

– Je... je ne sais, balbutia le Cimmérien. J'ai peur...

– Tu as peur de te dénuder, hein, mon garçon? Mais voyons, tu devrais être fier de ce corps splendide.

Le prêtre tendit le bras pour le toucher mais Conan écarta sa main. Inébranlable, le prêtre poursuivit :

– Comment peux-tu espérer atteindre le vide total, mon fils, si tu n'as pas la pleine connaissance de ton corps?

Conan repéra au milieu des rochers une crevasse parfaitement à l'abri des regards éventuels.

– Ne pouvons-nous parler seuls... là où les autres ne peuvent nous voir?

En souriant, il indiqua la cachette; et, avec un léger sourire compatissant, l'homme à la cagoule tourna ses pas dans cette direction, disant :

– Nous autres prêtres en savons beaucoup sur le corps et l'âme des hommes; tu ne dois pas éprouver de honte...

Une fois derrière les rochers, Conan se retourna.

– Dites-moi, demanda-t-il avec une feinte innocence, cette robe est-elle votre seul vêtement?

– Oui, mon fils, le seul.

– Bien, grogna le barbare, et il enfonça son coude dans les côtes du prêtre.

Les os craquèrent et seul un sifflement étranglé s'échappa de l'homme. Puis un coup puissant de gladiateur brisa la nuque du prêtre.

Bientôt, un homme grand dans une robe à

cagoule se déplaçait agilement le long de la file de pèlerins en direction du temple. Un prêtre, descendant du sanctuaire, croisa le regard de Conan et fit un signe énigmatique de ses doigts. Le barbare imita maladroitement le geste de l'homme et, remarquant l'expression de surprise sur le visage de l'autre, se dépêcha de passer son chemin.

Deux prêtres le dépassèrent, plongés dans une farouche discussion. Conan vit que sur leur poitrine était suspendu un médaillon semblable à celui qu'il avait dérobé sur l'autel de la Tour du Serpent. Tâtonnant à l'intérieur de sa robe peu familière, il en extirpa l'emblème et, malgré sa lanière peu pratique, le mit en évidence. Les gardes du temple, des hommes épais, brutaux, au front bas, observèrent avec attention ce prêtre bizarre; puis, voyant le médaillon aux deux serpents jumeaux, ils se raidirent et lui libérèrent le passage. Ainsi, Conan entra dans la Montagne de Puissance.

LA MONTAGNE

Avançant le long d'un corridor, Conan n'attirait pas l'attention, au milieu d'autres silhouettes qui se dirigeaient dans le même sens. Finalement, le barbare émergea dans une cour intérieure d'une beauté incroyable. Là, se trouvaient des jardins rehaussés de fleurs multicolores, entrelacées d'étranges arbres exotiques. Une fontaine déversait ses eaux cristallines dans un calme bassin, entouré de bancs de marbre.

Par-delà la fontaine, il vit un escalier de cérémonie dont les rampes impressionnantes montaient vers le portail d'un temple. Ce portail, splendidement décoré de sculptures de marbre, menait à un intérieur creusé, pensa Conan, à même la roche vivante. Dans ce vaste sanctuaire, le barbare discerna un demi-cercle de bancs de marbre, rang après rang, adossés à une promenade qui était entourée de colonnes pointues alignées, tels des obélisques.

Devant les bancs se dressait un dais auquel on pouvait accéder par une volée de marches plus petite. Au-dessus de la salle, un dôme de verre filé filtrait une source de lumière inconnue et donnait une brillance qui rivalisait avec celle de l'orbe du ciel.

Des femmes splendides, vêtues de voiles diaphanes, étaient massées au pied du dais, tandis que des pèlerins révérents se choisissaient des sièges parmi les bancs accueillants. Conan, se déplaçant sans hâte, se joignit au cortège des fidèles. Puis, assuré de sa sécurité, il étudia les jeunes gens l'entourant. Leurs robes de tissu fin et les rubans qui ornaient leurs fronts les désignaient comme des êtres au-dessus de la piétaille rassemblée à l'extérieur.

A cet instant, de gracieuses jeunes filles apportèrent des plateaux de bougies allumées et en offrirent une à chacun des fidèles. Tandis que la lueur émanant du dôme diminuait, les cierges effilés étincelaient comme des étoiles dans le ciel nocturne et, brillant dans les yeux des jeunes croyants, leur donnaient des visages de dieux.

Absorbé par ce spectacle, Conan n'avait pas remarqué que deux des sentinelles simiesques l'avaient suivi à l'intérieur du temple de la Montagne de Puissance. A ce moment, tapis dans l'ombre épaisse derrière lui, ils conversaient par signes avec Yaro, le gigantesque prêtre noir de Shadizar. Yaro était donc venu pour prévenir du vol du talisman dans le temple, afin que l'on répandît le mot dans toutes les contrées où le culte du dieu serpent avait une emprise. A cet endroit aussi, Yaro espérait découvrir des informations sur l'identité du voleur et préparer sa capture.

Appelé au temple par les gardes, le géant noir étudiait Conan de ses yeux étroits et pensifs. Il n'avait pu qu'entr'apercevoir le voleur qui s'était emparé de l'Œil du Serpent, à l'instant où Conan et Subotai avaient escaladé la fragile échelle menant au sommet de la tour; mais les épaules massives, les muscles gonflés, la crinière de cheveux noirs et rudes coupés à hauteur d'épaule étaient bien reconnaissables.

Le prêtre noir se tourna vers une autre silhouette dissimulée dans l'ombre pour lui murmurer quelque chose. En s'avançant, il se révéla comme un homme de stature imposante, portant une armure d'acier bleu au dos de cuir noir. Sur sa poitrine, deux serpents entrelacés en relief s'agitaient.

Rexor, car c'était lui, avait vieilli depuis le jour où il avait mené l'attaque contre le village de Conan et avait emmené le jeune garçon pour en faire un esclave de la Roue. Pourtant, le passage des ans avait en un sens augmenté sa vitalité. Les muscles noueux qui couraient le long de ses bras nus étaient doués d'une force incroyable, comme ceux de ses cuisses épaisses et de son cou robuste. Délivrée du casque protecteur, la brutalité de ses traits paraissait s'être affinée avec le temps : ses yeux étaient plus froids que jamais et sa bouche plus profondément marquée encore par les rides de la cruauté. Le gris qui marquait ses tempes dénotait un homme d'acier.

Ses yeux glacés mesurèrent le Cimmérien assis

devant lui. Il ne se souvenait pas de l'enfant arraché aux côtés de sa mère assassinée; mais cela ne comptait pas. Tout intrus dans le Temple du Serpent était un ennemi. Tout témoin non initié aux rites secrets était un impie et un blasphémateur infidèle, et le châtiment en était la mort, une mort lente et douloureuse.

L'attention de Conan était maintenant rivée sur la procession de prêtres qui marchaient d'un pas cadencé vers le dais. Leurs incantations d'une voix de gorge s'enflèrent quand deux rangées de femmes nues, aux seins entourés de serpents enroulés sur eux-mêmes, s'avancèrent dans les allées en dansant au son des cuivres et des claquements de cymbales. Derrière elles, un groupe de prêtres stygiens portaient des torches aromatiques qui emplissaient l'air de fumée ondulante, à l'odeur douceâtre et entêtante. Et enfin derrière eux tous se tenait la silhouette féline de l'homme appelé Doom.

Les yeux étrécis jusqu'à n'être plus que des fentes embrasées, Conan regardait son pire ennemi. Ignorant les magnifiques vêtements ornés de fourrures qui faisaient une somptueuse traîne à Doom, le barbare se concentrait sur le visage démoniaque. Les années n'avaient pas amoindri l'allure sensuelle de ces yeux sombres et de ces traits fins et ascétiques. Le temps n'avait pas non plus fléchi le sourire avec lequel il accueillit ses adorateurs et les jeunes filles extasiées qui jetaient des pétales de roses à ses pieds.

A la gauche de Doom et à un pas derrière lui, Conan vit une jeune femme d'une beauté à couper le souffle. Vêtue d'une robe de gaze qui accentuait ses formes splendides et sa chair dorée, elle marchait d'un air posé; mais le regard endormi avec lequel elle caressait son Maître était transpercé par un feu caché. Conan grogna en reconnaissant la princesse qu'il avait entrevue à bord d'un palanquin couvert, un jour à Shadizar. C'était Yasimina, la fille du roi Osric.

Tandis que Yasimina s'agenouillait en signe d'humble adoration, Doom s'avança, éleva les bras avec majesté puis tourna tout à coup ses paumes vers le sol. Les incantations cessèrent à l'instant même. Dans le silence sépulcral qui s'ensuivit, sa voix sonore monta et s'abaissa comme le tintement d'une cloche.

– Lequel parmi vous a-t-il peur de la chaude étreinte de la mort? Lorsque moi, votre père, je vous le demanderai, prendrez-vous la vie pour me satisfaire? Frapperez-vous le cœur infidèle, qu'il soit celui d'un ami, d'un amant ou d'un être aimé de votre vie passée?

Marquant un temps, il tourna son regard hypnotique vers les visages en transe, levés vers lui en signe d'extase. « Doom! » chuchotaient-ils, oscillant en rythme au flux de ses mots. « Doom! Doom! » La prière se poursuivit :

– Passerez-vous le nœud coulant d'une corde de soie sur les gorges des ennemis de Seth? Dans le monde entier, resterez-vous fidèles, insensibles aux menaces des chefs, des juges et des parents qui vous ont enseigné des mensonges? Emploierez-vous vos poignards pour répandre le sang du cœur des infidèles, pour leur donner la bénédiction infinie de la paix éternelle?

Les yeux magnétiques de Doom allaient de visage en visage et tenaient chaque adorateur sous son charme. A présent, les questions cessèrent et la litanie commença :

« Vous ne ressentirez que de la joie lorsque vous

accomplirez votre devoir envers votre seigneur et dieu, lorsque vous frapperez pour Seth et Doom, lorsque les infidèles s'agenouilleront devant le poignard, la corde, ou l'arc, en signe d'acceptation de l'inévitable. Vous aimerez toujours davantage le Sombre Maître, le Sage Serpent, car dans l'étreinte de ses anneaux se trouvent la vie éternelle et le bonheur indicible; car le jour de Doom approche, le jour de la Grande Purification! »

Plus son discours allait de l'avant, plus la voix de Doom gagnait en intensité. Il descendit lentement les marches du dais et se rapprocha de son public. Les yeux fixes, les adorateurs suivaient chaque mouvement de leur Maître, jusqu'à ce que leur regard aveugle finisse par se poser sur Conan. Les instincts primitifs du barbare l'avertirent du danger. Il s'apprêta à bondir vers la liberté.

« Vos parents vous ont trompés; vos professeurs vous ont trompés. Trompez les autres comme ils ont cherché à le faire! »

Fixant directement son regard plein de haine sur Conan, Doom pointa un doigt accusateur et s'adressa à lui :

« Infidèle, tu es trompé comme tu as toi-même cherché à me tromper. En ce jour tu vas périr. »

Conan se dressa, la bouche tordue en un rictus de mépris. Comme il se levait, des pas résonnèrent derrière lui sur le sol de marbre; prévenu du danger, il fit volte-face. Si félin que fût son mouvement, il n'était pas encore assez vif. Car au moment même où il pivotait, une lourde massue s'écrasa sur lui.

Le coup était dirigé vers sa nuque, mais fut légèrement dévié et atterrit sur sa tempe. La mort avait été esquivée mais le terrible choc envoya le barbare tournoyer dans un abîme noir, au delà de la douleur. Il ne ressentit plus les coups furieux frappés sur son corps inerte, lorsque les gardes se jetèrent sur lui dans un rictus de rage, comme des chiens sauvages. Des bottes cognèrent violemment contre les côtes et le ventre de Conan, tandis que d'impitoyables massues écrasaient son visage, sa poitrine, ses membres sans défense. Mais il n'en sut rien...

La conscience lui revint par étapes, comme un écolier rétif qui suit lentement le chemin de la classe. Chaque muscle lui faisait mal, comme si le moindre pouce de chair n'était qu'une vaste blessure. Les yeux à moitié écarquillés, Conan vit que le soleil brillait et comprit avec peine qu'un nouveau jour commençait. Tâtant sa mâchoire, il se força à mettre à l'épreuve chacun de ses membres et, stupéfait, il découvrit qu'aucun n'était brisé. La séance de coups avait été consciencieuse et soignée, mais elle ne l'avait ni estropié ni grièvement blessé.

Enfin, il osa ouvrir ses yeux enflés. Sa vision était si brouillée qu'il prit pour un rêve la fontaine sculptée qui répandait ses flots multicolores et cristallins. Mais comme il écarquillait les yeux sous des mèches de cheveux collés par la sueur et le sang séché, il distingua des sentiers de mosaïque qui cheminaient au milieu de parterres de jonquilles, de tulipes et de toutes sortes de fleurs qui défiaient la palette du peintre. Alors, il comprit qu'il était allongé au soleil dans un jardin. Il remarqua un haut mur qui entourait le jardin et en cernait les contours, couleur de pierre pâle qui était celle du lieu de culte situé plus bas, la prétendue Montagne de Puissance, le repaire de Thulsa Doom.

Au prix d'un grand effort, le Cimmérien leva la

tête à quelques centimètres au-dessus du sol où il était allongé. Il vit que le jardin était rempli de jeunes gens qui se tenaient assis au faîte du mur ou qui se promenaient parmi les allées et les fleurs, ou d'autres encore qui étaient assis aux pieds d'une silhouette gigantesque qui se concentrait sur l'absorption d'un fruit mûr, près de la fontaine. Conan eut un éclair de lucidité et reconnut Rexor, commandant des troupes sous les ordres de Doom, le chef suprême.

Une vague de nausées submergea le jeune barbare. Il se força à se dresser sur ses genoux; le monde oscillait terriblement autour de lui; et il vomit. En se débattant pour se remettre sur pieds, il se rendit à l'évidence : un cliquètement de chaînes accompagnait le moindre de ses mouvements. Il était de nouveau entravé, comme il l'avait été autrefois à la Roue ou à sa tâche de gladiateur. De lourds bracelets épais enserraient ses bras et ses chevilles, et de solides chaînes reliaient ces bracelets à un anneau de bronze incrusté dans le sol de pierre.

Tremblant de faiblesse et écrasé par le désespoir, le Cimmérien, privé de sa force, s'effondra à terre et resta dans ses vomissures. Un couple de jeunes fidèles s'arrêta pour contempler ce spectacle disgracieux avec une expression de dégoût. Les autres le passèrent sans lui accorder un seul regard. Comme venant d'une lointaine distance, Conan entendit leurs rires portés par le vent calme.

Combien de temps il resta ainsi, Conan ne le sut jamais; mais finalement Rexor s'avança vers lui et aboya :

– Le Maître souhaite te parler à présent. Mais toi, porc immonde, tu es indigne de te présenter ainsi devant lui.

Ce disant, Rexor se baissa pour défaire les menottes puis se releva et projeta dans la fontaine le prisonnier à demi inconscient. La morsure des eaux glacées raviva suffisamment le barbare contusionné pour qu'il puisse, sur l'ordre de Rexor, se hisser hors du bassin pour venir s'affaler sur un banc de marbre.

Un instant plus tard, la voix sifflante de Doom résonna à ses oreilles; et, levant les yeux, Conan vit le médaillon du Serpent suspendu en face de lui.

– Comment cette plaque est-elle venue en ta possession? demanda Doom de sa voix sonore. Est-ce toi qui l'as volée dans ma demeure de Shadizar? Et qu'est-il arrivé à l'Œil du Serpent? Sais-tu qui le détient? Dis la vérité et tu n'auras plus à souffrir. Refuse et la douleur, l'exquise, la sublime douleur emportera ton esprit jusqu'à l'extase ultime de la mort.

Conan cracha une giclée de salive sanglante puis referma la bouche, contemplant son ennemi en silence. Doom l'observait, son regard étrange plongé au fond des yeux du barbare comme pour sonder son âme. Finalement, le Maître du culte soupira, secoua la tête et empocha le talisman.

– Ses pensées m'apprennent qu'il a donné le grand joyau à une femme, dit Doom en se tournant vers son lieutenant attentif. En échange de quelques instants de plaisir, sans nul doute, sans pour le moins imaginer qu'il détenait la clé de la puissance du monde. Quelle perte! De tels animaux ne comprennent pas le sens de leurs actions... ni surtout leurs conséquences.

– Je le tuerai pour vous, Maître, rugit Rexor, la voix épaissie par une colère soudaine.

Doom secoua la tête puis se tourna vers la forme

ensanglantée à terre près de lui. D'une voix dénuée de colère, il dit :

– Tu as profané la demeure de mon dieu, tu as volé ce qui m'appartient, tu as assassiné mes serviteurs et tué mes animaux familiers. Tu as interrompu un rituel d'une extrême importance pour mes fidèles; c'est cela qui me peine le plus.

Un spasme de quelque bizarre émotion agita brièvement le sombre visage de Doom. La lueur sinistre d'un chagrin sans nom vacilla dans les profondeurs de ses yeux de braise.

– Tu as tué le grand serpent qui gardait mon autel. Yaro et moi sommes désolés de cette perte, car nous l'avions nous-mêmes soigné depuis sa sortie de l'œuf. Pourquoi? Pourquoi as-tu volé mes biens et m'as-tu dépouillé d'êtres vivants si précieux pour moi? Pourquoi as-tu violé le sanctuaire de ma religion et interféré dans une cérémonie que ton esprit de brute ne pouvait comprendre? Pourquoi as-tu envahi mon propre refuge et as-tu pris la vie d'un prêtre que j'appelais frère?

– Si Crom m'avait accordé quelques minutes de plus, j'aurais aussi pris la tienne! grogna Conan à travers ses lèvres craquelées et enflées.

– Pourquoi tant de haine? Pourquoi?

– Tu as assassiné mon père et ma mère. Tu as détruit mon peuple. Tu as volé l'épée d'acier finement forgé de mon père.

– Ah, l'acier, acquiesça Doom, plongé dans ses réflexions. Il y a bien des années, j'ai parcouru le monde à la recherche de l'acier, du secret de l'acier, qu'à l'époque je croyais plus précieux que l'or et les joyaux. Oui, j'étais obsédé par le mystère de l'acier.

– L'énigme de l'acier, murmura Conan, se souvenant des mots de son père, le forgeron cimmérien.

– Oui, toi aussi tu connais ce secret, n'est-ce pas?

La voix du Maître du culte s'était faite intime, persuasive. S'adressant comme à un ami, les paroles de Doom s'envolèrent, impavides, hypnotiques, débordant de perfidie.

– En ces temps, je prenais l'acier pour la plus puissante de toutes choses, plus puissante même que la chair ou l'esprit des hommes. Mais je me trompais, mon garçon! Je me trompais! L'esprit de l'homme ou de la femme peut tout maîtriser, même l'acier! Vois, mon garçon...

Doom indiqua du doigt la promenade qui courait en haut du mur du jardin. Une ravissante jeune fille aux tresses dorées s'y tenait, main dans la main avec un beau jeune homme.

– Jolie, n'est-ce pas, cette merveilleuse créature? Et le splendide garçon près d'elle est son amant. Sais-tu ce que c'est qu'aimer une femme, barbare? Ou d'être sincèrement aimé par elle?

Se rappelant Valéria, qu'il avait quittée avec tant de peine si longtemps auparavant, Conan pinça les lèvres et un sourd grognement d'assentiment retentit au fond de sa gorge.

– Peut-être le sais-tu, dit Doom avec l'ombre d'un sourire. Peut-être es-tu d'avis que l'amour est plus fort que tout. Mais je vais te montrer une force bien supérieure à l'acier, ou même à l'amour. Regarde bien à présent...

Levant ses yeux ensorceleurs, il fixa son regard sur le doux visage de la jeune fille souriante au-dessus d'eux sur le mur.

– Viens à moi, mon enfant, siffla-t-il, sa voix mélodieuse à peine plus haute qu'un murmure.

Le visage enfantin s'emplit de joie exubérante. Elle resta un moment au bord de la promenade. Puis, sans un regard à son amoureux, elle se précipita dans le vide et tomba avec un choc sourd sur les dalles de l'allée du jardin, beaucoup plus bas.

Conan détourna les yeux de la silhouette qui ressemblait à une poupée brisée allongée près de leurs pieds. Doom rit et la musique de son rire tournoya avec une note de triomphe.

– Voilà la force, mon garçon, dit-il enfin. Voilà la puissance! C'est une force contre laquelle même la solidité de l'acier ne peut rien, ni l'élasticité de la chair humaine. Qu'est l'acier, privé de la main qui le brandit? Qu'est la main, sans un esprit pour lui commander? Voilà le secret de la force. L'acier, peuh!

Thulsa Doom se tut et contempla le visage impassible de Conan. L'attitude renfermée du barbare, la masse de ses épaules contusionnées parurent diminuer le pouvoir du Maître du culte par leur injure muette. Il fit une tentative de plus pour affermir son autorité et pour impressionner le jeune barbare, au corps enchaîné mais à l'esprit libre.

Doom leva la main et suscita l'attention du garçon en pleurs qui était resté immobile au sommet du mur, prostré au-dessus du corps de la jeune fille désarticulée qu'il avait aimée. Les lèvres cruelles de Doom se retroussèrent, mouvement que seul perçut le Cimmérien aux yeux vifs, et un sourire factice éclaira son sombre visage, tandis qu'il chuchotait un ordre :

– Rejoins-la au paradis, mon fils.

Sans hésitation, se mouvant comme un somnambule, le garçon dégaina un petit poignard incrusté de joyaux et en plongea la lame acérée dans son cœur. Le soleil fit miroiter le sang qui jaillissait de la blessure, tandis que le garçon restait pétrifié, au faîte du mur. Puis il s'effondra soudain et tomba en avant, s'écrasant dans son agonie sur le corps de la jeune fille.

Il y avait une expression de triomphe sur le visage de Thulsa Doom lorsqu'il se tourna vers le barbare.

– Je possède, dit-il en souriant, un millier de leurs semblables.

Conan, que ce manège avait laissé froid, le regarda sévèrement.

– Que m'importe que tu puisses contrôler des imbéciles et des faibles? Jamais tu n'as affronté un homme véritable à armes égales, face à face ou à mains nues.

Les feux de la haine s'embrasèrent dans le regard de Doom. Quelque chose qui ressemblait à de la honte le traversa un instant et disparut aussitôt sous l'effet d'une volonté quasi surhumaine. Conan, imperturbable, poursuivit :

– Tu as assassiné mon peuple. Tu m'as enchaîné à la Roue de Souffrance, sous le fouet des Vanirs. Tu m'as condamné à combattre dans l'Arène, espérant que chaque jour serait mon dernier...

Doom leva fièrement sa tête sombre.

– Oui! Et vois ce que j'ai fait de toi, vois combien la vie a endurci ta chair et aguerri ton esprit! Observe la force de ta volonté, de ton courage, de ta résolution à me détruire pour venger les tiens. Tu m'as poursuivi à travers le monde jusqu'à ma citadelle de puissance pour prendre ta revanche sur moi à cause de torts que je suis censé t'avoir fait subir. Alors qu'en réalité, j'ai fait de toi un champion, un héros, un véritable demi-dieu. Et à présent, ce cadeau que je t'ai fait, cette force et ce courage et cette volonté que je t'ai légués à travers la douleur et la souffrance, tu souhaiterais les gaspiller en une simple vengeance. Quelle dérision! Quelle pitié!

Doom, apparemment en réel tourment, se mordit la lèvre inférieure avant de poursuivre :

– Je te procurerai une dernière chance de retrouver la liberté et de sauver ta vie. Réponds à deux questions : D'où tiens-tu la plaque avec les deux reptiles jumeaux? Où se trouve l'Œil du Serpent? Parle!

Conan secoua en silence sa tête ébouriffée.

– Fort bien, dit finalement Doom. Tu contempleras les fruits de ton insolence sur l'Arbre du Malheur.

Tournant soudainement les talons il se mit en route pour sortir du jardin, tandis que Rexor s'avançait pour s'occuper du prisonnier. Lorsqu'il atteignit le portail, Thulsa Doom se retourna une dernière fois pour lancer un ultime ordre à son fidèle lieutenant, de sa voix douce et mélodieuse :

– Crucifiez-le, fit-il calmement.

L'ARBRE

Un soleil rouge surplombait le paysage désolé. Une plaine régulière au sol crayeux, aussi blanche que de la neige fraîche, s'étendait à l'infini dans toutes les directions. Au-dessus du sol, tels des fantômes, des vagues de chaleur dansaient une danse de mort, scintillant dans l'air immobile, tandis qu'au niveau du sol le voyageur éventuel (eût-il été assez fou pour s'aventurer dans cette étendue sauvage) aurait trouvé sa répugnance naturelle encore renforcée par l'odeur métallique de composantes inhabituelles.

Au-dessus de cette étendue désertique s'élevait l'Arbre du Malheur, une monstruosité noirâtre et tordue, aux branches dénudées qui griffaient le ciel. Autrefois, peut-être avait-il été un noble pourvoyeur d'ombre, agréable à l'homme et aux animaux. A présent, ce n'était plus qu'un squelette sinistre et décharné, une chose mauvaise.

Haut perché sur son tronc noir était suspendu Conan le barbare. Son corps nu était couvert d'un mélange de poussière de craie et de sang séché, traversés de filets de sueur. Ses cheveux emmêlés pendaient en mèches épaisses autour de son visage tuméfié, masque craquelé et brûlé par le soleil où seuls les yeux semblaient vivre. C'étaient les yeux flamboyants et furieux d'une bête piégée et agonisante.

Des cordes, étroitement serrées, reléguaient ses bras au rang de rameaux fortement écartés. D'autres cordes maintenaient solidement ses jambes et ses cuisses contre la rude écorce de l'arbre. Si cruels qu'eussent été ces liens, bien pire encore était la douleur procurée par les deux longs clous qui perçaient les mains de Conan et les fixaient impitoyablement aux branches auxquelles on avait immobilisé ses bras.

Combien d'heures s'étaient-elles écoulées depuis que les sbires de Doom lui avaient infligé cette sauvage torture? Conan l'ignorait. Son esprit était engourdi par la douleur, les périodes où il pouvait raisonner clairement, intermittentes. La soif le tourmentait sans répit; les rayons du soleil mordaient sa chair en feu. Rien ne rompait la monotonie de ses souffrances, excepté quelques vautours, planant de leurs ailes paresseuses face au soleil de plomb. Ils attendaient sa mort pour venir se repaître de son cadavre. Ces oiseaux de proie semblaient être les seules autres créatures vivantes de toute l'étendue crayeuse.

Un vautour s'approcha en quelques battements d'ailes paresseux et vint se poser sur une branche au-dessus de la tête du Cimmérien. Il étendit son cou déplumé pour mieux voir l'homme crucifié dont la tête reposait à présent sur la poitrine, inerte. Aux yeux du rapace, la carcasse meurtrie de l'homme paraissait dépourvue de toute vie. Le charognard regarda de plus près, jetant des coups d'œil sur les côtés pour s'assurer qu'il serait le premier sur sa proie.

Conan demeura immobile. Dans un éclair de lucidité, il avait compris que, sans un peu de liquide, il serait emporté par la mort avant le coucher du soleil. Et il n'y avait qu'une seule chose à boire dans toute la plaine brûlante.

Le vautour quitta son perchoir. Silhouette solitaire contre le ciel immuable, il piqua, puis reprit de l'altitude avant d'attaquer. Il fonça vers le Cimmérien, projetant son ombre sur le visage de sa cible. Son bec crochu pointé vers les yeux de l'homme. Rassemblant le reste de ses forces défaillantes, Conan leva la tête. Il resta impassible lorsque le charognard enfonça ses serres dans sa poitrine, les ailes battant l'air, se préparant à frapper.

A ce moment, la tête de Conan bondit en avant. Ses mâchoires claquèrent, comme celles d'un loup, et ses dents solides plongèrent dans le cou frêle du vautour et stoppèrent net son caquetage de surprise et de douleur. Des ailes noires effleurèrent le visage du barbare, ravagé par le soleil. Des serres acérées raclèrent sa chair rougie, mais Conan ne lâcha pas prise et il enfonça ses dents plus profondément encore dans le cou décharné de l'oiseau. Il y eut un craquement final d'os rompus et les ailes du rapace se firent inertes. Conan suça le sang du vautour. C'était chaud et salé, mais pour le barbare c'était l'équivalent d'une coupe du meilleur vin.

Un peu revigoré, Conan releva la tête. Il vit que le soleil était maintenant sur le déclin et tachait de pourpre la plaine sinistre. Tout à coup, quelque chose dans le paysage poussa le barbare à reprendre ses esprits embrouillés. Etait-ce un panache de poussière, traversé de rouge par le soleil couchant, ou était-ce une colonne de fumée? Quoi que cela fût, cela se rapprochait, devenait de plus en plus distinct.

Pendant un long moment, Conan ne put discerner la nature de l'objet mouvant qui voguait parmi les vagues de chaleur comme un nageur dans une mer démontée. Finalement, la forme irrégulière se précisa et devint la silhouette d'un cavalier chevauchant d'un petit galop régulier. Abruptement, l'homme, qui montait comme seul un Hyrkanien sait le faire, poussa sa monture au grand galop. Malgré ses lèvres craquelées et enflées, Conan sourit.

– Par Erlik! Que t'ont-ils fait? s'exclama Subotai, bondissant de son cheval et attachant les rênes à une basse branche de l'arbre maudit.

Conan grogna une réponse mais sa gorge était si sèche que nul son articulé n'en émana.

Les mains tremblantes, Subotai fouilla ses fontes et y trouva un outil, une sorte de petite pince comme celle dont on se sert pour ôter les pierres des sabots des chevaux. La glissant dans sa ceinture, il escalada le tronc de l'arbre jusqu'à la hauteur où le Cimmérien était attaché. Avec une hâte frénéque, il lutta pour extraire des paumes de Conan les clous, des pointes qui avaient fait doubler de volume les mains du barbare. Tandis que celui-ci se mordait les lèvres pour ne pas hurler de douleur, Subotai tirait et s'acharnait jusqu'à ce que enfin les clous cèdent.

Alors, lâchant la pince, l'Hyrkanien trancha de son poignard les liens qui entravaient les jambes de Conan; et quand ces cordes furent écartées, il s'attaqua aux liens qui enserraient ses bras.

– Agrippe-toi à une branche avec un de tes coudes si tu le peux, conseilla Subotai. Je ne voudrais pas te voir tomber par terre...

Finalement, la dernière corde fut tranchée; et Conan, soutenu par le petit voleur, glissa mollement à terre. Adossé au tronc de l'arbre, l'homme blessé endura silencieusement ses tourments pendant que Subotai lui frottait bras et jambes pour réactiver la circulation du sang. Produisant une flasque de cuir remplie d'eau, il dit :

– Rince d'abord ta bouche et crache. Prends quelques petites gorgées. Si tu bois autant que tu en as envie, ça te rendra malade ou pire. J'ai vu des hommes mourir de cette façon.

– Je sais, gronda le Cimmérien. As-tu de quoi manger?

– D'abord laisse-moi construire un feu pour que Valéria puisse nous repérer. Nous te cherchions. Un mage nous a dit que nous te trouverions au sud de la Montagne de Puissance mais il ne possédait pas d'autres détails.

L'Hyrkanien rassembla des brindilles tombées au pied de l'arbre et cassa quelques petites branches, puis, avec un briquet, alluma bien vite le feu. En fouillant les alentours, il découvrit quelques brins d'herbe qui, une fois ajoutés aux flammes, dégagèrent une épaisse fumée. Cela fait, Subotai ramassa le vautour mort et, s'asseyant, se mit en devoir de le plumer.

– Par Crom, que fais-tu là? marmonna Conan.

– J'enlève les plumes, répondit le petit voleur.

– Tu ne vas quand même pas faire cuire cette chose!

– Pourquoi pas! De la viande, c'est de la viande. Et nous sommes tous deux affamés.

– Si je dois manger, il te faudra me nourrir, grogna Conan, réprimant son envie de vomir. Mes mains sont hors d'usage.

Subotai acquiesça et se pencha sur son petit feu. Bientôt, des morceaux de vautour empalés sur un bâton effilé rôtissaient joyeusement, leur graisse tombant goutte à goutte dans le feu, et la délicieuse odeur de cuisine emplit l'air. Après ce repas, maigre mais bienvenu, Conan soupira. Puis, le dos appuyé contre l'Arbre du Malheur, il s'endormit.

Le barbare se réveilla au milieu des tumuli funéraires des rois défunts, sur les berges de la mer de Vilayet. Valéria était penchée au-dessus de lui, lavant et apaisant ses blessures. Il avait un vague souvenir (ou peut-être n'était-ce qu'un rêve) d'avoir chevauché sur la monture de Valéria qui, installée derrière lui, guidait l'animal et redressait le blessé chaque fois qu'il était près de tomber de sa selle.

Il contempla ses mains, raides, enflées et infectées. Bouger un seul doigt était une torture.

– Ne plus jamais manier l'épée, grommela-t-il. Autant être mort!

Puis la conscience lui échappa à nouveau et la réalité disparut. Les heures interminables passées sur l'Arbre du Malheur avaient tant épuisé ses réserves de vitalité animale que ceux qui le soignaient craignirent de ne pouvoir empêcher sa mort. Il brûlait d'une fièvre suffocante, sa foi en ses propres forces l'ayant quitté.

– Vit-il encore? demanda le vieux sorcier, traînant les pieds jusqu'à la porte de la hutte où gisait le mourant.

– Oui, mais plus pour longtemps, répliqua la femme. Vieil homme, il t'a appelé magicien. Possèdes-tu un sort qui puisse l'aider, à présent? Ou peut-être tes dieux te doivent-ils une faveur?

Le shaman la regarda en silence. Prenant son expression lugubre pour la confession qu'il détenait bien des pouvoirs surnaturels, Valéria s'écria :

– Alors use de ton pouvoir! Rends la force au bras qui doit porter l'épée de la vengeance!

Le vieil homme prit un air accablé et résigné.

– Pour un tel sort, il y a un lourd prix à payer. Il y en a toujours un pour ce genre de rites magiques. Les esprits qui hantent ce lieu sacré et gardent les tombes des rois exigent toujours leur dû.

– Quel que soit le prix, je le paierai avec joie! dit Valéria. Au travail, sorcier!

Un vent étrange ulula et des ombres se profilèrent parmi les tombes. Au-dessus de la surface argentée de la mer de Vilayet, une lune pâle montrait le visage blafard d'un fantôme inquiet et son éclat terne éclairait la terre inculte entre deux des plus vastes monuments. En cet endroit sauvage, Subotai et Valéria observaient avec attention tandis que le vieux shaman attachait les membres de Conan avec des bandelettes de fourrure et voilait son corps inerte d'un suaire de tissu funéraire. D'une autre bandelette, il ceignit la tête du barbare, couvrant soigneusement ses yeux brûlés par le soleil. Sur ce bandage, à l'aide d'un petit pinceau, le vieil homme dessina les signes d'une rune inconnue.

Le magicien envoya ensuite Subotai sur la plage pour qu'il y puise un seau d'eau claire. Et quand l'eau fut apportée, le sorcier s'installa sur un morceau de tapis pour méditer et concentrer ses pouvoirs. Valéria, attentive au moindre mouvement du vieil homme, sentit qu'il plongeait tout au fond de son âme pour y puiser dans quelque source de force intérieure.

Enfin, le shaman sortit de cette transe mystique. Il répandit cérémonieusement l'eau sur le corps étendu de Conan tout en murmurant doucement de puissantes incantations. Cela fait, il demanda à Subotai de lier solidement les membres de Conan à quatre pieux profondément enfoncés dans le sol.

– Pourquoi cela? s'enquit Valéria.

– Pendant la nuit, dit sombrement le shaman en regardant l'Hyrkanien s'activer, les esprits de cet endroit, rendus furieux par ma magie, essaieront d'enlever le jeune homme. S'ils réussissent... (Sa voix se perdit.)

Valéria dégaina son poignard et tourna la lame pour la faire reluire à la lumière de la lune.

– Si tes esprits l'emportent, vieillard, tu le suivras bientôt.

Dans l'obscurité étouffante, les mots féroces de la jeune fille résonnèrent comme les feulements d'un couguar acculé.

Le shaman ne fit que hausser les épaules; un léger sourire, devant cette ardeur juvénile oubliée depuis longtemps, vacilla sur ses lèvres. Lentement, la nuit avança, tandis que la jeune femme et les deux hommes montaient la garde parmi les tombes ancestrales. La lune indifférente s'éleva haut dans le ciel de velours et fit son chemin au milieu des étoiles. Au sud, la Montagne de Puissance dressait son cône sinistre et noir contre le ciel lumineux. Nul criquet ne troublait le calme, le silence était total.

Tout à coup, Valéria agrippa le poignet de l'Hyrkanien. Subotai, qui somnolait, jura lorsque les ongles de la jeune femme lui transpercèrent la peau. Puis lui aussi aperçut Conan.

La vaste forme voilée du Cimmérien se soulevait; il se mouvait étrangement, sans volonté, comme saisi dans des mains gigantesques et invisibles. Les cordes qui le retenaient se tendirent et gémirent; et les pieux craquèrent en grinçant sous la tension de forces énormes et invisibles.

– Ils vont l'écarteler! se lamenta Valéria.

Le corps de Conan s'agitait et remuait si violemment que l'un des pieux fut arraché du sol. Le shaman ne répondit pas; mais il entama une étrange incantation sous la forme d'un cri silencieux et déplaça ses mains en de multiples gestes mystiques.

Valéria bondit sur ses pieds et plongea sur le corps de Conan, hurlant des imprécations dans la nuit. Avec frénésie, elle lutta contre les puissances invisibles, rugissant comme une lionne qui défend son petit, et, à ce moment, Subotai empoigna son cimeterre. Bondissant en avant, il en balaya l'air au-dessus du corps du Cimmérien inconscient et de la fille qui tentait de le retenir à terre.

A la stupéfaction de Valéria, le corps massif se détendit et glissa, immobile, jusqu'au sol. Le vent se leva sur la mer et les présences fantomatiques, s'envolant telles des nappes de brume, parurent flotter ailleurs.

– Ils sont partis, dit le shaman, tremblant. Mon sort était puissant et ils ont échoué.

Le regard qu'il jeta à Valéria était empli de pitié.

Tandis que le soleil matinal jaillissait au-dessus des vagues de l'océan, le magicien ôta les enveloppes sépulcrales du corps du barbare. Subotai sursauta. Valéria colla ses mains à ses joues pour retenir les larmes qui montaient à ses yeux fatigués.

Le grand Cimmérien s'éveilla, s'étira et bâilla. Puis il étudia ses mains avec un émerveillement complet. Ses blessures et ses contusions ainsi que les trous percés dans ses mains s'étaient dissipés comme s'ils n'avaient jamais existé. Avec un sourire de délice, il leva ses mains devant son visage et les tourna pour en observer chaque détail. Les blessures dues aux clous s'étaient faites si petites qu'on aurait dit de minuscules cicatrices. Les doigts, qui avaient été grotesquement enflés, étaient revenus à leur taille normale. Il ouvrit et referma ses mains pour vérifier qu'elles fonctionnaient parfaitement.

– Magicien, j'ai envers toi une dette immense, fit le barbare.

Rayonnant, le vieil homme hocha la tête. Valéria, qui avait offert sa vie pour la sienne et qui était épuisée par l'angoisse et le manque de sommeil, enlaça le Cimmérien de ses bras et le serra pour l'embrasser à plusieurs reprises.

– Mon amour est plus fort que la mort. Ni les dieux, ni les démons venus des limbes ne peuvent nous séparer! Si j'étais morte et toi en danger, souviens-toi que je reviendrais des abysses, des fosses même de l'Enfer, pour combattre à tes côtés...

Conan sourit et, l'attirant puissamment contre lui, l'embrassa goulûment. Valéria, encore insatisfaite, persista :

– Promets-moi que tu t'en souviendras, toujours.

Conan, amusé par cette insistance typiquement féminine, l'embrassa à nouveau et dit :

– Ne t'inquiète pas, je m'en souviendrai.

LA BRÈCHE

Tandis que Conan et ses amis se réjouissaient dans la cahute du magicien, la nuit était emplie par les rires dans la lointaine Shadizar. Dans la grande salle du palais, Osric, roi de Zamora, festoyait. Ses espions l'avaient informé que Conan était parvenu à la Montagne de Puissance et avait pénétré les défenses les plus secrètes de son temple; et à présent, le roi s'attendait au retour imminent de sa fille.

Son corps âgé était paré de robes de brocart étincelant, ses doigts ornés de bagues resplendissantes. Et il était assis sur son trône, fièrement, à boire un excellent vin dans une coupe d'or martelé. A la lueur joyeuse de nombreuses bougies, certaines hautes comme un enfant de cinq ans, d'autres épaisses comme la cuisse d'un homme, des courtisans anoblis se déplaçaient çà et là ou se massaient autour du roi pour raviver des amitiés éteintes depuis longtemps. Aux pieds d'Osric, des filles vêtues de larges pantalons de brillante gaze transparente paressaient sur des coussins de pourpre et d'écarlate, comme à l'époque de la splendeur ancienne du monarque-guerrier, avant que le culte de Seth ait infecté le pays de sa haine et de sa terreur.

Pourtant, même dans cette salle du trône, le roi ne se sentait pas à l'abri des assassins du Maître du culte, Thulsa Doom. Ainsi, des gardes aux visages déterminés se tenaient par deux à chaque porte et à chaque fenêtre ouverte pour protéger le souverain des furtifs pas nocturnes.

Osric interrompit son badinage goguenard lorsque le grand chambellan s'approcha du trône, le reflet des bougies scintillant sur les courbes polies de son bâton d'officiel.

– Sire, dit-il, je désirerais vous parler.

– Qu'y a-t-il, Choros? dit le roi en faisant signe au chambellan de se rapprocher.

– Sire, il est encore là, Yaro, le prêtre noir de Doom. Il demande une audience en privé avec Votre Majesté à propos de quelque importante affaire d'Etat.

– Il demande, dis-tu? fit le roi avec un sourire sans gaieté qui découvrit ses dents. Il exige, c'est plus exact. Eh bien, renvoie ce chien à sa niche et laisse-moi à ce rare moment de plaisir.

– Mais, Sire, insista le chambellan, il m'a dit que l'affaire en question concernait votre fille, la princesse Yasimina.

Le visage du roi vira au gris; ses yeux perdirent leur éclat.

– Très bien. Mais faites fouiller l'homme avec le plus grand soin. Ne négligez pas ses bagues, ses broches ou tout autre ornement. Ces adorateurs du Serpent sont audacieux et perfides. Entre leurs mains, l'objet le plus inattendu peut devenir une arme mortelle.

Comme le chambellan s'inclinait et quittait la pièce, Osric appela le capitaine des gardes.

– Fais évacuer la salle. Dis à mes invités que les affaires de l'Etat demandent mon attention. Je ne veux pas de témoins, excepté Manes et Bagoas, mes gardes les plus fidèles. Fais-les attendre chacun derrière un pilier, prêts à surgir au cas où ce chien noir tenterait quelque traîtrise.

– Fort bien, Sire, fit le capitaine.

– Et quand ils partiront, demande aux serviteurs d'éteindre les bougies les plus voyantes. La lumière blesse mes yeux.

Le capitaine fit une révérence et s'en alla, répétant les souhaits royaux à ceux qui entouraient le trône. Bientôt, courtisans, gardes et esclaves féminines se retirèrent, à l'exception des deux massives colonnes près du trône royal. Lorsque les bougies furent soufflées, de longues ombres rampèrent, pareilles à des serpents, le long du sol dallé.

Osric frémit et humecta ses lèvres. Mais il se tenait droit, impassible, dissimulant son appréhension derrière une attitude majestueuse. Il vida sa coupe de vin et la jeta au loin, oubliant que le serviteur qui aurait dû la rattraper avait quitté la pièce. Comme un coup de gong, le récipient frappa le marbre et, cliquetant, alla rouler aux pieds de Yaro.

Le prêtre noir avait pénétré dans la salle d'audience sans le moindre bruit et, d'un pas lent et mesuré, approcha du trône. Restant impavide face au roi, il croisa les bras sur sa poitrine et inclina son crâne chauve en une légère révérence. Osric le contempla en silence, mais le mépris et la peur brillaient dans ses yeux.

– Sire..., commença le prêtre.

– Eh bien, s'enquit le monarque, une bravoure feinte renforçant sa voix mal assurée. Vous désiriez me voir. Dans quel but?

– Un but essentiel, Sire, répliqua Yaro en s'avançant d'un pas vers le trône. Mon Maître, Thulsa

Doom, le vrai prophète de Seth, l'Eternel, souhaiterait faire honneur à votre maison en épousant votre fille, la princesse Yasimina.

– Faire honneur à ma maison! s'écria Osric d'une voix perçante. Honneur! Vous abusez de ce mot, et de ma patience.

– Sire, le mariage est une institution honorable...

– Monstre! Vous avez l'insolence de venir ici pour me dire cela? fit le roi, caressant sa barbe d'une main tremblante. Votre effronterie dépasse toute imagination!

– Aucune effronterie n'était cachée dans mes propos, dit Yaro d'une voix atone. L'honneur que Doom vous ferait s'étendrait même au delà de vous. Il est dans les souhaits du Grand Maître que, par cette alliance, Zamora devienne le vrai royaume de Seth et le centre d'un empire toujours plus vaste.

Bouillant de rage, Osric se leva.

– Assez! s'écria-t-il. Tant que je serai roi, je ne sanctifierai jamais cette monstrueuse union, cette infernale corruption des vœux du mariage! Gardes!

Les deux puissants gardes du corps sortirent de l'abri de leurs piliers de marbre. Yaro les contempla. D'une voix douce et sans expression, il dit :

– Vous aviez promis que nous serions seuls, en une audience privée, roi Osric.

Le rire du roi était pareil à l'aboiement du chien en colère.

– Pensais-tu que je me présenterais seul face à une vipère humaine du Culte du Serpent? Je n'ai pas vécu aussi longtemps pour offrir mon talon dénudé aux crochets du reptile qui rampe.

Yaro fit une révérence faussement servile.

– O rusé et puissant monarque... (Puis, se tournant vers les deux hommes d'armes :) Si je vous le demandais, assassineriez-vous cet infidèle au nom de notre maître, Thulsa Doom ?

Comme des somnambules, les gardes tirèrent leurs épées et avancèrent vers le roi qui se tenait, tremblant, sur l'estrade de son trône.

– A l'aide ! A l'assassin ! A moi, mes loyaux gardes ! cria vainement Osric, car ses faibles plaintes ne pouvaient traverser les lourdes portes, fermement barricadées selon les instructions du vieux roi.

Comme le son des lames épaisses hachant la chair humaine étouffait les cris frénétiques du souverain, Yaro se retourna et se fraya un chemin dans l'immensité obscure de la salle du trône. Les deux gardes essuyèrent le sang de leurs lames sur la robe du roi mort et le suivirent.

Sur les bords de la mer intérieure, Conan, Valéria et Subotai continuaient de profiter de l'hospitalité de l'ermite magicien. En l'espace de quelques jours, le Cimmérien avait pleinement recouvré ses forces et les trois amis cherchaient un plan pour sauver la princesse Yasimina, malgré les innombrables soldats et la fascination hypnotique de la jeune fille pour le Maître du culte.

Un soir, assis autour du feu dans la cahute du vieillard, Conan lança :

– Le sorcier me dit que la Montagne de Puissance contient un immense labyrinthe de cavernes, certaines naturelles, d'autres creusées par ceux qui ont construit le temple du refuge de Doom. J'ai vu quelques-unes de ces salles lorsque j'ai visité le repaire de Doom, déguisé en pèlerin.

– Tu as essayé d'entrer par la porte réservée aux fidèles et tu y as presque laissé ta vie. Si nous n'osons pas entrer par ce chemin, comment ferons-nous? interrogea Valéria.

– Il y a une entrée secrète, répliqua Conan. Derrière la montagne, un ruisseau a ouvert une brèche profonde et étroite. Loin le long de cette gorge, il se trouve une ouverture non gardée. Le vieil homme dit qu'il est le seul à en connaître l'existence.

– Tu veux dire que peut-être un bon voleur pourrait escalader cette gorge, s'emparer de la fille et s'enfuir avant que quiconque ne s'aperçoive de sa disparition? demanda Subotai.

– Comment le magicien connaît-il l'existence de cette ouverture? s'enquit Valéria, soupçonneuse.

– Le sorcier a vécu toute sa vie dans ces régions, répondit Conan. Il a exploré tous les passages de la montagne avant que Doom ait jamais posé le pied sur cette terre.

– Venant de dieu sait quel puits de l'enfer d'où il est issu! ajouta Subotai, curant ses dents avec une brindille.

Les yeux farouches du Cimmérien brillèrent d'un bleu volcanique et sa main droite se crispa comme autour du pommeau d'une épée.

– Ce même Enfer où, si Crom le permet, je le renverrai!

Valéria regarda attentivement Conan. Incapable de déchiffrer son expression taciturne, elle dit :

– Nous ne sommes là que dans un seul but. Pour ramener Yasimina à son père et pour récolter une fortune royale. Plus tard viendra le temps de la vengeance. Plus tard, lorsque nous aurons le trésor promis par Osric, nous pourrons engager des assassins ou lever des armées entières pour assiéger cette forteresse.

Subotai sourit en signe d'accord. Conan continuait à caresser en silence la lame effilée de son épée. Valéria ne dit plus rien.

Dans la froidure de l'aube suivante, ils quittèrent la demeure du magicien. Le vent ébouriffait la crinière des chevaux tandis que Valéria s'éloignait au galop, ses cheveux blonds flottant derrière elle sur un souffle d'air frais. Avant de la suivre, Subotai prit le temps d'ajuster son arc et son carquois rempli de flèches à la pointe fine. Gardant un contrôle étroit de son destrier, Conan s'avança au trot vers le sorcier qui se tenait assis, l'air lugubre, sur le seuil de sa cahute maintenant désertée.

Perdu dans ses prières ou en contemplation, le magicien se frottait les mains, inconscient de la présence du Cimmérien. Ses yeux restèrent baissés, même lorsque celui-ci parla.

– Souhaite-nous bonne chance, vieil homme, dit le barbare, car aujourd'hui nous sommes sur les genoux des dieux imprudents.

Incertain que ses paroles aient été comprises, Conan fit un salut de la main à la silhouette courbée, pressa sa monture et galopa à la suite des autres. Les yeux emplis de larmes qui ruisselaient sur ses joues ridées, le sage le regarda s'éloigner jusqu'à ce que cavalier et cheval aient été avalés par les brumes de la mer de Vilayet.

Les trois aventuriers traversèrent la plaine, choisissant un obscur sentier, et gravirent avec prudence les flancs de la Montagne de Puissance, de peur d'être remarqués par les sentinelles postées sur les hauteurs. Enfin, ils arrivèrent dans une région de rocailles éparses où un ruisseau avait creusé une brèche profonde. Plus loin, ce passage s'élevait abruptement vers une hauteur extrême. Emmuré par ces énormes parois de pierre, un ruisseau dégringolait en cascade du flanc de la montagne et s'écoulait, suintait, tournoyait sur les rochers et le gravier sablonneux pour enfin s'épancher en de calmes flaques au fil des pentes escarpées.

Arrivés à un endroit où des arbres nains s'accrochaient au sol inculte, ils mirent pied à terre et attachèrent leurs chevaux. Subotai tira de ses fontes plusieurs objets curieux qu'il avait fabriqués avec l'aide du shaman. C'étaient des sacs de peau de chèvre, aux coutures calfatées avec de la poix. Tandis que les deux hommes gonflaient ces sphères grotesques et en attachaient solidement les ouvertures, Valéria mélangeait dans un petit récipient de l'huile minérale et du charbon de bois en poudre pour composer un enduit épais et collant. Rejetant leurs vêtements, ils en couvrirent leurs corps selon un motif de zébrures, comme le soleil dansant sur de longues ombres. Des bandeaux noirs enserraient leurs cheveux. Et, dans cet accoutrement, ils placèrent sur leur tête de petites branches de verdure pour que l'observateur inattentif voie un buisson et non une forme humaine.

A la lueur grise d'un après-midi nuageux, le torrent semblait glacé et dangereux. Mais il représentait le seul moyen d'accès à la citadelle. Ainsi, ils s'abandonnèrent au ruisseau un à un, leur arme favorite attachée au dos dans du tissu noir, s'agrippant aux outres gonflées.

Tantôt avançant dans l'eau glaciale jusqu'à la poitrine, tantôt escaladant des rochers submergés, ils se frayèrent un chemin jusqu'au haut du ravin. Là, l'eau cascadait avec une force brutale. Conan saisit un éperon rocheux et se hissa jusqu'en haut d'une berge escarpée. A leur tour, Valéria et Subotai sortirent de l'eau. Et, leurs corps frémissant sous la morsure du froid, ils se mirent en route le long de l'escalier rudimentaire de roches écroulées.

Derrière eux, l'eau grondait comme le tonnerre, au-dessus d'eux, les parois du ravin semblaient se refermer, bloquant la pâle lumière du jour finissant. Ils s'arrêtèrent un instant sous un rocher particulièrement imposant. En regardant vers le haut, loin sur les crêtes massives, ils aperçurent l'éclat d'un feu encadré par l'entrée d'une caverne. L'ouverture n'était qu'une simple brèche dans le mur de roc, haute et étroite, comme une meurtrière de forteresse.

Soudain, par-dessus le tonnerre de la chute d'eau, ils entendirent la cadence lente et mesurée des battements de tambours. Tandis qu'ils poursuivaient leur escalade tortueuse, la palpitation prit davantage de volume, basse, persistante, implacable.

– On dirait que ce diable de Doom est sur le point d'accueillir ses imbéciles de suppôts, murmura Conan à Valéria. Si seulement je pouvais mettre la main sur lui...

La jeune femme sentit la panique étreindre son cœur, une panique plus glacée encore que le vent sur son dos nu.

Elle conféra une urgence particulière à sa réponse à peine audible :

– Seulement la fille, Conan. Nous sommes venus seulement pour la fille.

Le Cimmérien acquiesça brièvement et reprit sa montée. Pareils à des ombres dans le crépuscule, ils atteignirent l'entrée de la caverne et s'y glissèrent. Aussi silencieusement que des spectres dans un cimetière, Conan et Valéria se dissimulèrent dans de petites fissures des parois de la caverne, tandis que Subotai, sur ses pieds agiles, avançait vers la lueur du feu.

Les tambours s'arrêtèrent. Et, cachés dans leurs sombres recoins, les intrus entendirent une cacophonie de sons légers : des grincements qui auraient pu être les voix de rats affamés, le lent égouttement de l'eau sur la pierre; enfin, de l'entrée de la caverne, l'étrange ululement du vent.

Au bout de longues minutes, Subotai revint de son exploration et leur fit signe avec excitation. Ils avancèrent avec précaution en essayant de ne pas déloger quelque gravier en chemin, de peur que le bruit ne les trahisse.

– Silence! Ecoutez! souffla Conan, s'arrêtant soudain. Les tambours recommencent...

Dans une salle placée au-dessus du plafond rocheux de la caverne, ils entendirent la fureur des tambours, puissante et exigeante, accompagnée par un chant plaintif issu de centaines de jeunes voix accordées aux palpitations rythmiques. Sous le couvert de ce bruit frénétique, les trois compagnons arrivèrent à la caverne plus vaste d'où provenait la lueur du feu.

Devant leurs yeux, éclairée par de nombreux feux de joie, se trouvait une scène venue de l'Enfer lui-même.

Les flammes bondissantes peignaient le toit rocheux bien au-dessus de leurs têtes, en rouge, en orange, en jaune. Et grâce à cette illumination surnaturelle, ils découvrirent l'immensité de la caverne qui s'étendait devant eux. Elle était aussi vaste que l'intérieur d'un temple. Et, comme dans un lieu de culte, le toit en forme de dôme était soutenu par des colonnes de pierre à chaux. Celles-ci ne semblaient pas être le fruit du travail de l'homme mais plutôt le résultat de l'eau gouttante qui s'était nourrie de parcelles de chaux des années et des siècles durant. L'émerveillement l'emporta sur la prudence comme ils contemplaient ce paysage magnifique.

– Des gardes! siffla Subotai, touchant le bras de Conan.

Tout à coup, à la lueur vacillante des feux, les intrus distinguèrent en effet les formes mouvantes d'hommes en armes. Sur un geste de Conan, ils se glissèrent de nouveau dans les ombres et y cherchèrent refuge. Là, dans l'obscurité étouffante, leurs corps camouflés rendus invisibles, ils se préparèrent à l'action. L'Hyrkanien tira son arc et, en posant une extrémité sur le sol rocheux, banda l'arme d'un geste agile. Conan sortit son épée de son fourreau enveloppé de toile tandis que Valéria dégainait sa longue lame.

Bientôt, ils le savaient, ils auraient besoin de toute leur science du combat.

LA CAVERNE

De sa cachette, Conan observait prudemment les flammes sauvages et les gardes bardés de cuir et de fer. Il humecta ses lèvres mais resta immobile, comme s'il attendait quelque signal pour se jeter sur les gardes et engager le combat. Car il n'y avait apparemment pas d'autre moyen d'entrer dans la caverne sinon la force.

Subotai paraissait malheureux. Un voleur se réjouit de sa maîtrise des arts furtifs, et une bataille rangée ne met à l'épreuve aucune des qualités dont il s'enorgueillit.

– Devrons-nous nous battre pour entrer, Cimmérien? murmura-t-il enfin. Je ne suis pas un lâche, par Erlik, mais cela semble stupide de tenter notre chance ainsi contre de pareilles difficultés, quand par l'habileté et la dérobée nous pouvons atteindre notre but sans dommages.

– Ils nous tournent le dos, acquiesça Valéria. Cela nous donne quelque avantage.

– Ils ne savent rien de l'entrée de cette gorge, si le vieux sorcier a dit vrai, grogna Conan en signe d'assentiment.

– Jusqu'ici, il ne s'est pas trompé, murmura Valéria.

Conan grommela quelque chose d'indistinct. Le jeune Cimmérien rêvait d'un combat. Son sang bouillait et il lui tardait d'infliger sa vengeance à ses ennemis, après ce qu'on lui avait fait subir. Pourtant, il savait que révéler leur présence dès maintenant leur ferait perdre l'avantage de la surprise.

– Regardez par là, sur la gauche! chuchota avec excitation Subotai qui étudiait leur position de ses yeux perçants. Voyez-vous ces piliers de roche, là-bas? Ils sont à l'écart des parois de la caverne. Ils nous feront écran si nous pouvons longer le flanc de la caverne sans faire de bruit.

– C'est étroit, remarqua Valéria, et les parois forment saillie, par endroits. Toi et moi, nous pourrions passer, mais Conan?

– Cela ne m'ennuie pas de laisser un peu de peau derrière moi s'il le faut, répliqua Conan, souriant. Au moins, je me débarrasserai de cette boue huileuse que j'ai sur le dos.

Suivant Subotai, ils se frayèrent un chemin le long des parois, leur avance masquée par les stalagmites dressées telles des dents de géant. Leur rude chemin menait vers le haut, si bien que lorsqu'ils s'arrêtèrent pour observer la scène depuis une brèche dans la paroi rocheuse, ils surplombaient toute l'immensité du sol de la caverne.

Ils virent en son centre un vaste chaudron soutenu par quatre piliers massifs de pierre noire, le récipient lui-même semblant, à distance, être fait de pierre. Des flammes rugissaient, jaillissant d'ouvertures percées dans le sol rocailleux, leurs clameurs rageuses griffant l'air chargé de fumée.

Tout autour du chaudron, des hommes-bêtes énormes et couverts de sueur s'affairaient à entretenir le feu sous la vaste marmite, tandis que d'autres travailleurs simiesques étaient aux prises avec une sorte de grande spatule qui servait à agiter le contenu fumant. De grands quartiers de viande bouillante flottaient dans le chaudron, tandis que d'autres bouchers découpaient des carcasses pour les ajouter à ce ragoût aromatique. Au delà de la marmite s'étendait une généreuse salle à manger fournie de tables à tréteaux et de bancs faits de troncs fendus en deux.

Tout à coup, les trois intrus se raidirent et écarquillèrent les yeux, incrédules. Suspendus à des crochets à viande, ils virent des corps humains, exsangues, écorchés, comme des quartiers de bœuf ou des volailles plumées. De la chair délicate, presque translucide, qui recouvrait les visages livides et les membres immobiles, on pouvait déduire qu'il s'agissait de pèlerins venus adorer leur dieu serpent à la Montagne de Puissance. Comme les aventuriers observaient en silence, horrifiés, deux hommes-bêtes hachèrent l'un des corps avec leurs tranchets et, trottant jusqu'au chaudron, en jetèrent les morceaux dans le liquide bouillonnant.

Valéria pâlit et enfouit son visage dans l'épaule de Conan. Le Cimmérien jura. Subotai vomit. Heureusement, le battement rythmique des tambours s'amplifiait, masquant le son révélateur. Tandis que le bruit augmentait, le regard des observateurs se tourna vers les battements frénétiques qui emplissaient la caverne d'échos innombrables. Les tambours étaient aussi larges que le chaudron. Et la peau tendue qui les recouvrait vibrait non grâce aux battements de mains ou de bâtons, mais sous les pieds nus de silhouettes grotesques et cabriolantes.

Les danseurs, naturellement hirsutes comme des bêtes ou enveloppés étroitement dans des peaux d'animaux sauvages, paraissaient étrangement déformés. Les ombres qu'ils jetaient à la lueur incertaine des flammes avaient la forme de démons surgis des régions les plus reculées de l'enfer.

– Quelle sorte d'hommes ou de diables sont-ils? chuchota Subotai, abasourdi.

Conan haussa les épaules, se souvenant des énormes gardes à l'allure anthropoïde qu'il avait croisés en chemin.

Les murmures des intrus furent stoppés net par le bruit des armures. Ils se fondirent dans l'obscurité, tandis qu'une patrouille d'hommes velus en cuirs de bataille entrait en bon ordre dans la salle des repas; les hommes se débarrassèrent de leurs casques et s'assirent à table. Bientôt, un groupe de retardataires les rejoignit et leurs grognements bestiaux augmentèrent encore le vacarme.

Conan fit un signe péremptoire de son pouce pour faire avancer ses compagnons. Progressant avec la plus grande prudence, ils dépassèrent le chaudron fumant et son contenu effroyable et finirent par atteindre une autre partie de la caverne où le peuple troglodyte semblait habiter. Là, les femmes et les enfants des hommes-bêtes, aussi hideux que leurs mâles, poursuivaient leurs affaires domestiques.

– Des Trolls! marmonna Subotai, les yeux écarquillés. Les légendes de mon peuple parlent d'eux.

– Non, ce sont les descendants d'une race ancienne qui a vécu dans les cavernes en des temps au delà de la mémoire humaine, fit Valéria, secouant la tête.

– Comment ont-ils pu se dégrader pour tomber ainsi au niveau des bêtes? demanda l'Hyrkanien.

– D'après ce que j'ai entendu, dit Valéria, cela ne s'est pas passé ainsi. Ce ne sont pas des hommes devenus des bêtes, mais des animaux qui ont presque atteint le stade des humains. Mon peuple raconte qu'il y a très, très longtemps, il y avait deux branches de notre espèce : nos ancêtres et ces habitants des ombres. Mes parents les appelaient ainsi car ces hommes-bêtes ne peuvent supporter la lumière du jour et ont choisi d'établir leurs foyers dans les grottes souterraines. Quand nos ancêtres se sont répandus partout à travers le monde, cherchant la terre fertile, ces habitants des ombres se sont enfoncés plus profondément encore dans les cavernes.

– Et se sont nourris de chair humaine, fit Subotai avec dégoût.

Valéria acquiesça :

– Ce Doom doit les élever ici pour ses fins sacrilèges. Il les nourrit avec les corps de ses fidèles. Et sur ceux-là il entraîne ses adorateurs à tuer.

Conan s'assombrit.

– C'est donc ainsi que ce prophète du Serpent protège ses enfants sans esprit... avec une armée d'hommes-bêtes cannibales qui se remplissent l'estomac avec les imbéciles qui le suivent.

– Ou avec ceux qui ne veulent plus le suivre, corrigea Subotai.

Une fois passées les habitations des hommes-bêtes, les trois aventuriers atteignirent la face opposée de la vaste caverne et se trouvèrent face à un pont de lianes suspendu entre deux gigantesques troncs d'arbres. Ce pont étroit surplombait une crevasse large et profonde qui avait été ouverte bien des siècles plus tôt par quelque violente convulsion intérieure de la montagne. Au delà de cet obstacle, ils apercevaient un vaste portail taillé par l'homme, à travers lequel brillait une étrange opalescence. Ne voyant là aucun garde, ils s'aventurèrent à découvert, Subotai menant la bande, une flèche toute prête.

Soudain, à l'autre extrémité du pont, un jeune être simiesque apparut. Grand d'à peu près un mètre trente, l'enfant-bête était déjà massif et musclé et dégageait une force impressionnante. Tirant une hachette de sa ceinture, il retroussa les babines et se mit à gesticuler sauvagement. Puis il chargea.

– Ils ne savent pas parler, maugréa Conan, se préparant à défendre sa vie et celle de la femme qui le suivait.

A l'instant même où le Cimmérien parlait, la corde d'un arc vibra et le garçon fut transpercé d'une flèche.

– Il était si jeune, soupira Subotai.

– Oui, mais il aurait grandi, dit Valéria. Avançons.

Guidés par la lueur verte incandescente, ils se

hâtèrent de dépasser la porte non gardée et se retrouvèrent dans une salle étroite, comme celles que les serviteurs utilisent pour attendre les ordres de leurs maîtres. Il n'y avait là aucun signe d'une éventuelle embuscade. Pourtant, ils se déplacèrent d'un pas furtif, guettant le plus petit signe, se collant aux parois pour profiter des moindres ombres.

– Ceci doit être l'entrée réservée aux gardes de Thulsa Doom, et de ceux qui servent les fidèles adorateurs de Seth, commenta Conan.

– Et puisqu'ils sont tous serviteurs du dieu serpent, Doom ne voit pas le besoin de poster une sentinelle en ce lieu, acquiesça Subotai.

– Avançons tout de même avec prudence, répliqua Valéria. Nous ignorons ce qui nous attend plus avant.

En silence ils s'avancèrent dans la salle, puis le long d'un escalier taillé à même le roc. Et, à leur grande surprise, ils parvinrent au seuil d'une pièce drapée de gaze fine qui se transformait en un pavillon à travers lequel palpitait la lueur verte. Autour de cet édifice à demi dissimulé par les voiles translucides comme par une brume d'été, les intrus abasourdis virent des arbres gracieux et des parterres de fleurs aux teintes délicates, plantés dans des fosses creusées afin de restituer à la caverne l'ambiance d'un jardin. Le sol de marbre poli bleu-noir resplendissait comme les eaux calmes d'un lac. Et, d'encensoirs d'argent, de la fumée odorante montait vers les cieux immobiles. Par-dessus les palpitations lointaines de tambours, une flûte chantait comme un rossignol pour tisser un charme séduisant.

Dans la lueur éthérée de ce pays de rêve se faufilèrent les trois aventuriers, glissant, tels des spectres immatériels, de renfoncement en renfoncement. Derrière les draperies du pavillon, ils distinguèrent les silhouettes de douzaines de jeunes gens des deux sexes, vêtus de gaze ou complètement nus. Certains somnolaient; d'autres faisaient l'amour avec langueur; d'autres encore étaient assis en une transe mortuaire, le dos appuyé à des colonnes de malachite qui retenaient les draperies entourant ce palais du plaisir.

Si lentement se déplaçaient les oisifs, pour autant qu'ils se déplaçaient réellement, que Conan regarda ses compagnons et forma silencieusement le mot : « Drogués! »

Le regard vif de Subotai repéra deux gardes anthropoïdes, leurs corps velus allongés en un sommeil porcin, tout près de ceux dont ils étaient les gardiens. Même les léopards, enchaînés à une colonne, avaient été affectés par le puissant narcotique qui flottait dans l'air avec l'encens. Ils avaient étendu leurs têtes ensommeillées entre leurs pattes et fermé leurs yeux d'or en fusion.

Soudain, Valéria effleura le bras de Conan et tendit le doigt. Avec un choc, Conan reconnut son ancien ennemi. Thulsa Doom était assis dans une alcôve, en une sorte de transe, les bras et les jambes croisés, la tête penchée pour mieux inhaler une spirale de vapeur droguée qui émanait d'une urne sculptée placée sur un brasero.

Devant lui était agenouillée la princesse Yasimina de Shadizar. Son vêtement transparent avait glissé de ses épaules, révélant la douce courbe de ses seins haut placés. Tandis que deux servantes chantaient un poème exotique en un langage étrange, la princesse, noyée dans ses rêves sensuels, faisait onduler lentement sa poitrine nue et courir ses mains avides le long de ses hanches dénudées. Sa tête était rejetée en arrière, les yeux mi-clos, et elle se léchait les lèvres du bout de la langue.

Comme sous hypnose, Doom leva la tête et reput son regard de la beauté sans voiles de la jeune fille.

– La princesse? chuchota Valéria.

Conan acquiesça. Ses yeux bleus flamboyaient de colère et de dégoût.

– Ainsi, tel est le paradis de Seth! murmura Subotai. Le prophète pourrait m'y convertir en m'arrachant au culte d'Erlik, si seulement les femmes étaient aussi vivaces qu'elles semblent prédisposées à l'être.

Valéria le regarda froidement puis se tourna vers Conan.

– Que faisons-nous à présent? souffla-t-elle.

Mais elle ne reçut nulle réponse.

– Si nous attendons encore un peu, dit Subotai, ils s'endormiront tous. Et alors... Qu'en dis-tu, Cimmérien?

Deux paires d'yeux fixèrent Conan. Mais son attention était rivée au fond de l'alcôve où Doom et Yasimina étaient perdus dans leurs paradis artificiels. Valéria sursauta. Jamais elle n'avait vu une telle expression sur le visage de Conan. La haine et une férocité animale s'étaient emparées du Cimmérien, et avec elles une tristesse du cœur qui défiait même les larmes tant elle était profonde.

Valéria et Subotai jetèrent un regard inquiet vers le mur vert jade qui s'étendait derrière le Maître du culte et sa prêtresse. Là, soutenue par deux pointes d'argent, était suspendue une large épée, à la garde façonnée comme des andouillers de daim et au pommeau travaillé pour ressembler à des sabots d'élan. Longue et superbement forgée, la lame étincelait comme un miroir de toute sa longueur à la pâle lueur verdâtre.

C'était une œuvre d'art, une arme de pur acier atlante, l'épée forgée par le père de Conan.

LA DÉLIVRANCE

Obsédé par la scène qui s'offrait à lui, le jeune Cimmérien s'avança, laissant la prudence aux vents du Destin. Seul reprendre possession de l'épée de son père comptait désormais pour lui. Valéria et Subotai, ignorant totalement le péril imminent, se tenaient loyalement à ses côtés.

Comme les trois silhouettes, aux bras prêts à frapper, se plaçaient de manière à interdire toute fuite, Thulsa Doom luttait pour dissiper la stupeur qui le tenait sous sa coupe. Ses yeux s'étrécirent lorsqu'il discerna les trois visages déterminés et les trois lames à moins de quelques pas de sa personne. Une colère plus terrible que tout ce que les deux gladiateurs avaient pu voir auparavant tordit son visage et les immobilisa pendant un instant.

Valéria enfonça ses ongles dans le poignet droit de Conan et murmura :

– Regarde!

Subotai prit sa respiration et jeta une malédiction hyrkanienne. L'un des léopards enchaînés à un pilier avait ouvert ses yeux félins mordorés et, les oreilles baissées, regardait en silence. Conan était pétrifié.

Une transformation terrifiante se produisit sur la forme mince de Doom. Son cou ondula et sembla s'allonger. La partie inférieure de son visage se bomba vers l'avant, agrandissant ses mâchoires. Son nez aquilin s'étiola et disparut tandis que son front s'abaissait. Des rides apparurent sur son visage ascétique, d'étroites lignes sombres comme celles qui parcourent la glace d'une rivière lors du dégel printanier. Les rides s'entrecroisèrent pour former un dessin de larges écailles se chevauchant. Tandis que ses lèvres s'amincissaient et disparaissaient, ses yeux dormeurs s'arrondirent en deux orbites dépourvues de paupières, aux pupilles fendues, colorées de rouge. Une langue fourchue d'un violet sombre se profila hors de la bouche de la tête de serpent qui était à présent celle de Doom, vacilla pour tester l'atmosphère et se retira précipitamment.

– Crom! grogna Conan, comme la tête de reptile et son cou oscillaient, tel un cobra dans son panier à l'appel sifflant du charmeur de serpents et de sa flûte.

Subotai fut le premier à retrouver la voix.

– Il nous faut brûler ce nid de serpents, chuchota-t-il.

– Une telle corruption ne peut être nettoyée que par la torche, acquiesça Conan.

– Mais seulement une fois la princesse sauvée, souffla Valéria.

– Et l'épée de mon père.

Avec la rapidité d'un puma sautant sur sa proie, Conan bondit dans l'alcôve, plongea au delà de la tête de serpent, et ôta la grande arme de son support. A cet instant, Valéria traversa vivement le sol de marbre pour se dresser, les jambes écartées et l'épée au poing, au-dessus de la prêtresse de Seth à genoux.

– Viens, siffla-t-elle.

La princesse Yasimina leva les yeux sur la guerrière, magnifique de force et de détermination, et hurla.

– Debout! commanda Valéria, et comme la fille terrifiée n'obéissait pas, elle saisit ses longs cheveux et la hissa sur pieds.

La jeune fille se débattit faiblement tandis que Valéria lui empoignait le bras et la traînait, à moitié gémissante, à travers la pièce où les amants repus et les fêtards drogués reposaient près de leurs gardes en une satisfaction sans passion.

Une fois la princesse réticente sortie de l'alcôve, Conan et Subotai ne prirent le temps que de porter une bougie allumée à une tapisserie de gaze, puis à une autre, et à une autre encore. Un à un, les fidèles s'éveillèrent, toussant et frottant leurs yeux irrités par la fumée. Puis, voyant des draperies enflammées tout autour d'eux, ils crièrent leur terreur irréfléchie et se pressèrent vers les portes à l'autre bout de la salle.

Un garde bestial tenta de s'interposer entre les trois fuyards et l'escalier par où ils espéraient s'échapper. Il y eut un éclair d'acier et l'homme-bête s'écroula, à demi tranché en deux par la lame atlante de Conan.

Subotai lança une torche enflammée au visage d'un jeune fidèle qui s'avançait vers lui en brandissant un poignard. Hurlant et se tenant le front, le garçon s'éloigna en chancelant.

Comme il approchait des escaliers protecteurs, le Cimmérien fouilla des yeux la pièce en flammes dans l'espoir d'y voir Thulsa Doom mort dans son alcôve. Mais ce qu'il vit le déçut : les voiles ne brûlaient plus, la fumée s'envolait et il n'y avait pas trace du mage qui ne semblait être nul autre que le dieu serpent lui-même.

Au delà du chaos, près des étroits escaliers qui avaient permis aux intrus de pénétrer dans les lieux, se tenait Valéria. A ses pieds était accroupie une Yasimina bouleversée et tremblante dont les regards furtifs trahissaient le désir frénétique d'échapper à ses ravisseurs.

Soudain, un léger sourire crispé voleta sur ses lèvres sombres. Tel un ver luisant, il éclaira son visage un bref instant puis disparut. Mais pour Valéria, ses sens entraînés de combattante de l'Arène prévoyaient des ennuis à venir. Elle entendit un raclement de bottes sur le roc derrière elle, aussi faible que fût le son, comparé aux battements incessants des tambours dans la caverne au-dessous et aux cris de panique emplissant ce paradis détruit créé pour les amants. Valéria fit volte-face.

Sa lame siffla comme la langue d'un serpent et elle se trouva nez à nez avec un énorme guerrier vêtu d'une armure de cuir ornée de fer. Il n'était pas jeune et son visage était lugubre comme la mort. Les muscles de ses bras paraissaient solides comme des bandes d'acier. Il était flanqué de quatre guerriers hirsutes, porteurs de gourdins à pointes, et une lourde menace brillait dans leurs yeux animaux.

– Rexor! lança la princesse Yasimina. Rexor, sauve-moi! Sauve-moi pour notre Maître qui m'aime!

Repoussant la princesse qui tomba à terre, Valéria se baissa pour esquiver le coup de massue d'un garde. Puis, à la vitesse de l'éclair, elle frappa. Son tulwar jaillit et sur sa pointe bondissait la Mort. Le garde vacilla et agrippa sa gorge; le sang en giclait entre ses doigts velus.

Sautant, parant, plongeant, Valéria tournait autour des gardes, évitant des coups qui l'auraient écrasée comme un insecte. Un second garde l'attaqua, en grondant et en rugissant. Mais la jeune fille agile feinta et pourfendit l'autre entre les deux plaques renforcées de son armure de cuir. L'anthropoïde gémit, porta la main à son ventre ouvert, et s'effondra. Sa lame, tachée de sang, en atteignit un autre au cou. Hurlant hideusement, il se précipita vers elle. Valéria esquiva, laissant l'élan de ce plongeon en avant emporter le soudard inhumain dans une draperie enflammée au centre de la pièce.

Alors Rexor et le dernier garde se rapprochèrent d'elle. Ils l'acculèrent dans un coin et elle sut qu'elle était piégée et qu'elle serait rapidement privée de la liberté de mouvement qui avait déterminé son succès. A cet instant précis, Conan, comme quelque grand animal de la jungle, surgit entre deux draperies, brandissant l'épée de son père dans ses poings de bronze. L'homme-bête se retourna lorsqu'il entendit le Cimmérien, mais la lourde épée de Conan transperça son armure et le fit tomber à genoux, le crâne fendu.

Comme Valéria se déplaçait vers le premier lieutenant de Doom, Conan rugit :

– La princesse s'enfuit! Rattrape-la! Je veux Rexor pour moi!

Les yeux du géant se colorèrent de rouge à la vue du jeune Cimmérien. Il avait laissé Conan brisé et vaincu sur l'Arbre du Malheur. A présent il était sauf et vigoureux. Mais Rexor n'avait pas le temps de s'interroger sur ce miracle. La longue épée serrée entre les mains de Conan s'élevait en prévision d'un puissant coup d'estoc.

Deux lames s'entrechoquèrent avec la fureur d'une tempête. Une pluie d'étincelles suivit un choc cinglant et l'arme de Rexor, victime de la supériorité de l'acier atlante sur un fer moindre, s'écrasa sur le sol de marbre. Rexor lança son arme vers la tête de Conan et, quand le Cimmérien plongea, le guerrier du Serpent bondit en avant et entoura son adversaire de ses bras implacables.

Conan lâcha la grande épée de son père, inutile à si faible distance, et fit face à son ennemi avec des forces intactes. Les deux géants chancelèrent au milieu de la salle dévastée par le feu, insensibles aux flammes et à la fumée, leurs muscles puissants se gonflant pendant cette étreinte, affrontement de deux volontés de fer. Sans répit, ils combattirent avec les mains, les pieds, les dents. Quand enfin Rexor réussit à enserrer la gorge de Conan, ses doigts massifs se refermèrent comme les mâchoires d'un piège d'acier sur le cou nerveux du Cimmérien. Luttant pour obtenir de l'air réparateur, Conan dégagea l'un des doigts épais et le tordit vers l'arrière jusqu'à ce que l'os se rompe. Avec un hurlement de douleur et de fureur, Rexor relâcha sa prise et projeta le jeune homme contre le pilier central.

Tandis que Conan, étourdi, s'affaissait contre la colonne de malachite, se forçant à recouvrer ses esprits, Rexor se baissa pour ramasser la longue épée forgée par le père du Cimmérien tant d'années auparavant. A cet instant un des léopards, rendu fou par les flammes, brisa la chaîne qui l'attachait à un pilier et bondit sur le dos de Rexor qui fut entraîné à terre. L'homme attaqué se débattit en vain contre les griffes acérées de l'animal féroce. Enfin, il tomba sur le sol en hurlant, tandis que le félin enragé décampait loin de la confusion, sa chaîne rompue cliquetant à sa suite sur les dalles de marbre.

Conan, la tête lui tournant, se dressa sur ses pieds. Rexor gisait dans une mare de sang, la grande épée hors de sa portée. Reprenant son arme, le Cimmérien fouilla la fumée étouffante à la recherche de Valéria et de la princesse. Il vit la voleuse, parmi les draperies calcinées, qui essayait de contrôler sa captive rétive.

Comme il s'avançait, un craquement sinistre au-dessus de sa tête força Conan à lever les yeux. Les soutènements du pavillon, autour desquels couraient de petites flammèches, pareilles à des souris lumineuses, commençaient de s'effondrer. Une poutre, puis une autre s'écroulèrent. La colonne de pierre sur laquelle le toit reposait se brisa, répandant des morceaux de roche brisée sur le sol poli.

Poursuivant son chemin, le barbare se précipita pour aider Valéria. Yasimina luttait pour se dérober et, malgré son agilité et sa détermination, les forces de Valéria s'épuisaient. Lorsque Conan atteignit sa sœur d'armes épuisée, le grondement de la maçonnerie qui s'effondrait emplit la salle qui se vida rapidement. Le pilier de malachite tomba et Rexor fut cloué au sol. Des toiles de tente, des bougies à demi brûlées et les tuiles brisées du toit ensevelirent l'homme gisant à terre.

Le spectaculaire effondrement de ce décor fantastique et le fracas prolongé de sa destruction avaient distrait Valéria. Profitant de cet unique instant, Yasimina réussit à dégager son bras et à s'enfuir. Le Cimmérien se lança à sa poursuite. En quelques longues enjambées, il la rattrapa et la maîtrisa. La fille ensorcelée, criant des insultes, se mit à griffer le visage de Conan.

Conscient du danger qu'ils couraient tous si d'autres gardes arrivaient, Conan abandonna son code barbare de chevalerie et la gifla violemment. Stupéfaite, la fille hystérique se tut, n'offrant plus aucune résistance tandis qu'il s'emparait de son corps menu, le jetait par-dessus son épaule musclée et se mettait à courir vers la sortie, Valéria sur ses talons.

Ils zigzaguèrent à travers la salle, évitant des piles de décombres fumants et des groupes terrifiés de fidèles adorateurs qui cherchaient désespérément parmi la fumée le chemin qui les mènerait aux corridors intérieurs du palais de leur Maître et à la sécurité. Près des escaliers par où ils étaient arrivés, Conan et Valéria trouvèrent Subotai, accroupi derrière une jarre, son arc bandé pour le cas où d'autres gardes auraient surgi dans les ruines flamboyantes qui avaient été autrefois un jardin de plaisirs.

Comme ses compagnons émergeaient de l'âcre brouillard, Subotai cria :

– Par ici, pour que le feu ne nous coupe pas la retraite!

Dévalant les étroits escaliers, ils réintégrèrent l'immense caverne où vivaient les familles des serviteurs simiesques de Thulsa Doom. Ils se précipitèrent sur le pont, et l'avaient traversé juste à temps pour se dissimuler derrière un rocher quand une escouade de gardes les dépassa, en route pour aller combattre le feu. Se fondant dans l'obscurité, Valéria et Subotai guidèrent Conan et son fardeau inconscient par le passage étroit qui menait à travers les rochers épars jusqu'à la brèche par où ils avaient effectué leur entrée. Et tout le long du chemin, les grands tambours faisaient résonner leur incantation démente :

« Doom! Doom! Doom! »

Derrière eux, là où s'était dressé le pavillon des plaisirs, l'incendie et le chaos s'apaisaient. Les combattants du feu, épuisés, se replièrent et s'inclinèrent sur le passage de Thulsa Doom, venu des profondeurs de sa forteresse montagneuse, vêtu de son armure, sa tête revenue à son aspect humain, ses yeux flamboyant de fureur. Le chef des gardes bestiaux s'avança pour le saluer.

– Remercions Seth que vous soyez sauf, Maître, s'écria-t-il. Nous savions que notre dieu vous épargnerait le malheur!

Le Maître du culte acquiesça brièvement puis la colère submergea son visage livide aux paupières fendues.

– Où est la princesse Yasimina? Pourquoi n'est-elle pas ici pour m'accueillir?

Un morceau de débris bougea. Un grognement parcourut la foule. Sur l'ordre de Doom, les gardes soulevèrent des poutres calcinées et écartèrent les restes des ornements ravagés. Des mains charitables aidèrent Rexor à se relever. Ensanglanté et meurtri, il se tint devant Thulsa Doom.

– Sais-tu où est la prêtresse? explosa Doom.

– L'homme que vous avez crucifié... avec d'autres, ils ont tué trois gardes, ils m'ont blessé. Ils l'ont emmenée pendant que j'étais inconscient!

– Infidèles! Assassins! Pourvoyeurs de mort! siffla le Maître du culte. Ils ont profané mon sanctuaire. Ils ont violé notre lieu sacré. Ils mourront dans des lacs de sang! Retrouve-les, bon Rexor, et ramène-les-moi! Morts ou vifs! Va!

Rexor salua et se détourna. Suivi par ses monstrueux hommes-bêtes, il disparut au milieu des spires de fumée qui s'élevaient des derniers brasiers.

A travers la vaste caverne, les intrus fuyaient, leurs pas étouffés par les battements incessants des tambours. Ils ne s'arrêtèrent pas pour regarder le chaudron bouillonnant et son contenu macabre. Ils ne remarquèrent pas les hommes-bêtes qui festoyaient à la lueur des feux. Ils priaient leurs dieux respectifs de laisser les stalagmites protectrices les dissimuler aux regards éventuels de quelque habitant repu de la caverne.

Puis, comme par miracle, un carré de ciel étoilé fut en vue. Conan grogna de soulagement tandis qu'ils se glissaient dans la brèche. Ils se retrouvèrent sur la même corniche d'où ils avaient investi la Montagne de Puissance. La même chute d'eau rugissait tout près, bienvenue après les rythmes obsédants des tambours dans la caverne.

LES ADIEUX

L'air pur de la nuit caressa doucement les corps des sauveteurs et de leur captive. Une brise légère jouait comme les doigts d'un amant avec les longs cheveux de la princesse Yasimina. Et la jeune fille remua sur l'épaule de Conan.

– Avec un peu de chance, dit Subotai, essoufflé, nous pourrons être loin de cet endroit maudit avant qu'ils ne nous découvrent.

– Je crois qu'ils nous ont ratés dans le noir et qu'ils cherchent un autre passage, chuchota Valéria.

– J'entends leurs armures cliqueter dans la caverne. Il faut nous presser, fit Conan, secouant lugubrement sa crinière sombre.

Il déplaça la forme inerte de Yasimina pour

qu'elle repose sur son dos, les bras passés autour de son cou.

– Attache ses poignets ensemble, Valéria. J'aurai besoin de mes deux mains pour descendre le long de ces rochers.

La voleuse défit sa ceinture et l'attacha autour des poignets sans force de la princesse, tout en maugréant :

– Si la fille glisse de ton dos, elle va t'étrangler.

– Je te laisserai ce privilège à toi seule, sourit Conan. Et, ses épaules pliées, il agrippa le talus escarpé et tâtonna vers le rocher le plus proche, en route vers la sécurité.

Alors que le barbare entamait sa périlleuse descente, la conscience revint entièrement à Yasimina. Ses rêves narcotiques s'étaient dissipés et avaient été remplacés par une réalité de cauchemar. Un torrent d'eau ruisselante semblait vouloir l'engloutir. Sous elle s'ouvrait un abîme noir et sans fond et elle y était entraînée par un géant graisseux et malodorant. Au-dessus d'elle, à contre-jour sur la corniche, se trouvaient un homme qui tenait un arc bandé et une guerrière armée d'un poignard. Yasimina hurla et son hurlement aigu déchira l'étoffe de la nuit.

Conan marmonna une malédiction sur le dos d'Osric et de tous les siens, ajoutant :

– Reste tranquille, si tu ne veux pas mourir.

Mais la princesse, plus par terreur que par défi, s'écria d'une voix hystérique :

– Maître, Maître, sauvez-moi ! Seigneur Doom, sauvez-moi !

Prenant un appui précaire sur un petit rocher rectangulaire, Conan lâcha sa prise d'une main, suffisamment longtemps pour gifler le visage qui touchait son cou. Etourdie, la fille se tut. Mais trop tard.

Sur le haut de la montagne, des feux de sentinelles se mirent à briller. Des visages scrutèrent le vide obscur. Des objets lancés passèrent en sifflant et s'écrasèrent sur les rochers, en contrebas. Le barbare ne pouvait savoir s'il s'agissait d'armes ou simplement de pierres. Ainsi, poussé par les circonstances à se presser davantage encore, Conan termina sa descente et, prenant abri derrière un arbre noueux, s'aventura à lancer un regard vers ses compagnons.

Valéria, agile comme une chèvre des montagnes, était déjà bien avancée dans sa descente, mais Subotai, encore loin sur la corniche, visait quelque chose au-dessus de lui, sur la montagne. Pendant que Conan regardait, une flèche vola vers le haut, décrivit une parabole et atteignit sa cible. Avec un cri inhumain, un homme-bête chancela et tomba, se convulsant, dans son feu de signal.

Une autre flèche suivit le chemin de la première. Un autre garde, la poitrine transpercée, vacilla au bord du précipice. Il tomba dans le ravin en hurlant, dégringola le long de l'étroite gorge de pierre et plongea dans le gouffre avant que l'écho de ses cris ne s'éteigne enfin.

Tandis que Conan observait la scène, les premiers hommes-bêtes qui avaient découvert la brèche commencèrent à s'y glisser. Perturbés par le son étrange des hurlements dans l'écho, ils hésitèrent un moment pour se mettre en quête de la source de ces sons creux et bizarres. Cette hésitation donna à Subotai l'occasion qu'il attendait pour se jeter pardessus la corniche et s'accroupir sur les rochers en forme d'escaliers. Puis, lorsqu'ils revinrent dans la caverne pour raconter l'étrange incident qui venait de se dérouler, l'Hyrkanien dévala les rochers et rejoignit ses amis là où le sol s'inclinait à nouveau avec plus de douceur.

– Erlik les fasse tous rôtir dans l'huile bouillante! s'exclama Subotai en inspectant ses phalanges écorchées et ses paumes mises à nu. Cette fois, j'ai bien cru que c'en était fini de moi.

– Trouvons nos chevaux avant que ces diables ne donnent l'alarme, dit Valéria. Nous avons traversé le ruisseau quelque part par ici.

Ils cherchèrent à percer l'obscurité pour découvrir les outres gonflées d'air sur lesquelles ils avaient traversé l'eau vive; mais la profusion de roches et de crevasses était telle que mille recoins impénétrables s'y trouvaient... Finalement, ils abandonnèrent leurs recherches.

– Suivons cette berge jusqu'à la plaine, dit Conan, ramassant Yasimina et la hissant par-dessus son épaule gauche une nouvelle fois.

– Mais le ruisseau est large à cet endroit, et nous autres, hommes du désert, sommes peu habitués à nager, objecta l'Hyrkanien.

– Eh bien, fais de ton mieux, fit Valéria. Nous aurons les mains pleines avec cette fille stupide.

Subotai ouvrant la marche, les trois aventuriers se frayèrent un chemin le long du cours d'eau capricieux. Ils avançaient en silence, reconnaissants de la protection que leur offrait la nuit sans lune et de ce qu'ils avaient réussi à éviter Doom et ses sentinelles simiesques. Le fardeau de Conan ralentissait leur marche. Mais au moins la princesse endormie n'ameuterait-elle pas un autre contingent de gardes.

Trop vite, leur sembla-t-il, la lumière de l'aube irradia le ciel, chassant les étoiles amicales. Les oiseaux au nid se levèrent en piaillant dans le feuillage qui masquait leur chemin, révélant la position des fuyards à l'œil observateur. Valéria, fermant la marche, commença de s'inquiéter.

– Je vois une route ou un sentier qui entoure le flanc de la montagne, murmura-t-elle. A quoi pensez-vous qu'elle serve?

– Elle conduit à une plate-forme de guet, sans aucun doute, maugréa le Cimmérien. Ils avaient posté des sentinelles tout le long du chemin lorsque je suis venu par la route, déguisé en pèlerin.

– Nulle sentinelle ne rôde en cette matinée, dit joyeusement Subotai. Nous ne sommes plus loin des chevaux; nous y arriverons, une fois passé ce réservoir de moulin. L'eau y est si calme que même moi je n'aurai aucune difficulté à la traverser.

– J'aiderai Conan à s'occuper de cette brune tigresse, dit Valéria en entrant dans l'eau, brisant la surface plane comme un miroir.

– Prions Crom pour qu'elle ne crie pas à nouveau, grommela Conan en plaçant la princesse sur les bras solides de son compagnon.

Quand l'eau froide la réveilla, Conan jeta un regard à Yasimina et grogna :

– Dis un seul mot et je te noie de mes propres mains.

A eux deux, Valéria et Conan portèrent la princesse qui geignait à travers l'eau immobile. Subotai avait déjà franchi le cours d'eau en pataugeant et émergé sur l'autre berge. Il monta la garde tandis que Conan et Valéria traînaient la jeune fille terrifiée hors de l'eau et se jetaient face contre terre, haletants, sur une butte verdoyante.

Avec sa vigilance infaillible de voleur, Subotai inspecta des yeux la route de montagne qui conduisait à la plate-forme des gardes.

– Allons-nous-en, Conan, sinon ils humeront notre présence. Oh, par Erlik! Regardez, là-bas!

Il indiqua du doigt la piste sinueuse, sur la colline au-dessus, où un groupe de silhouettes était apparu.

– Par Crom! Doom et Rexor avec une escouade de leurs sous-hommes! gronda Conan.

– Ils nous ont découverts, souffla Valéria. Doom nous montre du doigt.

Rexor sembla lancer des ordres et les hommes-bêtes hochèrent la tête en signe d'assentiment. Bien vite, ils dévalèrent l'étendue dévastée en poussant des cris inhumains. Bien que nulle étincelle d'intelligence ne brillât au fond de leurs yeux porcins, leurs bras velus semblaient menaçants quand ils s'avancèrent, brandissant des armes, gourdins, masses et haches affûtées. Les premiers rayons du soleil enflammaient leurs colliers de servitude et ricochaient sur le métal qui ornait leurs armures de cuir.

Les trois compagnons s'apprêtèrent à livrer bataille. Valéria gardant le dos de Conan, tandis que Subotai, dégainant son léger tulwar, protégeait le flanc gauche du Cimmérien. Et alors les brutes furent sur eux. Attaquant de concert, ils esquivaient, virevoltaient, tailladaient et frappaient. Chacun parait des coups destinés à l'un des deux autres, comme une équipe de combat ne montrant nulle faille. Poussés par l'amour et le désespoir, Conan et Valéria, dans l'extase du combat, se battirent avec plus d'agilité qu'ils l'avaient jamais fait auparavant ou qu'ils le feraient jamais plus tard.

Des os craquaient sous les coups furieux de Conan. Du sang coulait au contact de l'épée de Valéria, rapide comme un trait. Un homme-bête tomba à terre, puis un autre et un autre encore. Un soldat simiesque saisit le tulwar de Subotai à pleine main. Ignorant la douleur, lorsque le bord acéré comme le fil d'un rasoir déchira sa chair et ses tendons, la créature arracha le cimeterre recourbé de l'étreinte de Subotai puis leva sa hache pour l'achever. L'Hyrkanien bondit de côté et Conan pourfendit le ventre du sous-homme.

Adossé à un rocher, Subotai attrapa son arc, banda la corde, encocha une flèche et tira. La corde était trempée et le tir fut peu précis, mais un autre assaillant s'affaissa, agrippant la flèche à demi enfoncée dans sa chair. Aussi vite qu'il avait commencé, le combat fut terminé. Geignant et grondant, les brutes survivantes s'enfuirent en désordre. Tels des chiens battus, ils remontèrent la colline, découragés, jusqu'au poste de garde où se tenait toujours Thulsa Doom, à côté de son lieutenant.

Trois paires d'yeux épuisés suivirent l'ascension des soudards sur le terrain ravagé. Trois paires d'yeux s'élevèrent pour observer la silhouette majestueuse de Doom, debout, jambes écartées, discutant avec son sbire. A la vitesse de l'éclair, le Maître du culte s'empara d'un serpent enroulé autour de son cou et, d'un geste étrange, étira la vipère pour la transformer en une flèche écailleuse. Puis, recevant un arc de la main de Rexor, il banda le trait qui, un instant plus tôt, avait été un serpent vivant et tira.

Droit vers le cœur de Conan fila la flèche empoisonnée. Plus vif encore fut le bond de la guerrière qui se fit bouclier vivant pour protéger l'homme qu'elle aimait. Ainsi, la flèche meurtrière enfonça sa pointe dans le sein de Valéria et ressortit entre ses omoplates.

Valéria s'affaissa mais Conan la rattrapa. Tombé à genoux, il la berça de ses bras puissants. Puis il leva les yeux et lança un regard plein de haine à son ennemi de toujours. Doom contemplait son lieutenant qui défaisait la corde du grand arc. Un sourire mince et mauvais apparut sur son visage.

– Vous avez visé juste et tiré splendidement, Maître. Mort à l'infidèle! cria Rexor, rempli d'admiration.

Le sourire perfide se transforma en grimace inhumaine. Par-delà l'espace découvert, sa réponse porta :

– Mort à tous ceux qui s'opposent à moi!

Sur ce, tournant les talons, Doom s'éloigna.

Conan était courbé au-dessus de la jeune fille blessée et embrassait ses lèvres pâles. Voyant la pointe de flèche qui dépassait de son dos, il l'en arracha, tandis que Valéria, trop faible pour crier, gémissait de souffrance. Dans la main du barbare, le trait devint à nouveau un serpent. Transporté de répulsion, il le précipita dans les eaux cristallines du ruisseau somnolent.

– Vis! Il faut que tu vives! chuchota-t-il. J'ai besoin de toi.

Valéria réussit à grimacer un pâle sourire.

– Le magicien... m'avait dit... que je devrais payer les dieux...

La voix de Valéria était aussi légère que le bruissement des feuilles dans la brise mourante.

– A présent j'ai... payé.

Conan la serra contre sa poitrine et leurs cheveux mouillés s'entrelacèrent, blond avec brun, à la lumière du soleil levant. Le vent se leva sur la mer de Vilayet.

– Serre-moi... plus fort, gémit Valéria. Embrasse-moi... souffle ta chaude respiration dans mon corps...

Il l'embrassa farouchement, passionnément, berçant son corps inerte comme une mère berce son enfant blessé. Le visage de Valéria prit une teinte crayeuse. Ses longs cils reposaient pareils à des taches sombres sur ses joues livides.

– Froid... si froid, souffla-t-elle. Tiens... moi... chaud...

Ses lèvres cherchèrent une dernière fois les siennes. Puis sa main tomba, sans vie, sur l'herbe verte.

Conan la serra contre lui jusqu'à ce que Subotai touche son épaule et secoue la tête en silence. Alors il enfouit son visage dans les cheveux blonds.

Tandis que le soleil montait toujours dans le ciel limpide, trois cavaliers menaient leurs chevaux écumants à la porte de la demeure du sorcier. Conan mit pied à terre, le corps inerte de Valéria entre ses bras, pendant que Subotai sautait de sa monture pour aller détacher les liens qui retenaient la princesse à la selle de son coursier.

Le vieux magicien se précipita à leur rencontre. Voyant le fragile fardeau de Conan, il effleura l'un des poignets ballants et leva les yeux vers Conan en réponse à la question muette du barbare : des yeux pleins de compassion et vides d'espoir. Valéria était morte.

Le Cimmérien emmena le corps mince de la jeune fille à l'intérieur de la cahute du vieillard tandis que Subotai, désignant du doigt la princesse captive, lui criait :

– Je reste dehors et m'occupe de garder ce bagage. Tu dois rester seul pour lui rendre l'hommage qu'elle mérite.

Avec l'aide de l'ermite, Conan allongea Valéria sur une couverture et la débarrassa de ses vêtements souillés et trempés pour laver sa chair pâle du sang séché qui la pigmentait. Le grand joyau dérobé dans la Tour du Serpent répandait toujours son feu glacé sur la poitrine de la guerrière. Le vieux sorcier l'examina, émerveillé.

– Ce talisman... J'aimerais l'étudier à la lumière, dit-il enfin en désignant la lueur du jour qui avait trouvé son chemin par l'étroite fenêtre de la cahute.

Sans un mot, Conan retira le joyau et le confia au magicien.

Le vieil homme emporta la gemme sous la fenêtre et observa sa brillance qui parait l'humble masure de son éclat rougeoyant.

– Ceci est l'Œil de Seth, n'est-ce pas? dit-il finalement. Connais-tu quoi que ce soit de ses propriétés magiques?

– Non, répondit Conan. Pour moi, ce n'est qu'une babiole bonne à être vendue.

– Chez nous autres magiciens, il a une grande réputation. Comment te l'es-tu procuré?

– Nous l'avons volé à la Tour du Serpent à Shadizar, avoua Conan. Nous avons risqué nos vies pour l'obtenir.

– Pas étonnant que les fidèles l'aient gardé si soigneusement, ou qu'ils tentent de vous exterminer pour le reprendre! dit le sorcier. L'un de ses nombreux pouvoirs est de commander aux hommes-bêtes que Doom emploie comme serviteurs. Lève-le sur l'un d'eux et il ne pourra s'empêcher de t'obéir.

Le magicien rendit le joyau à Conan qui passa la cordelette autour de son cou. La gemme pesait sur sa poitrine comme de la glace lorsqu'il dit :

– Merci, vieil homme. Peut-être aurai-je encore à l'utiliser. Et maintenant, au travail.

Ils parèrent Valéria d'une fine chemise de soie qu'elle avait achetée à Shadizar pour porter les jours de fête. Ils croisèrent ses mains sur sa poitrine et entre elles placèrent son épée. Ils passèrent des herbes aux senteurs douces sur son front et peignèrent ses longs cheveux.

– Elle est si belle, balbutia le sorcier. Comme une mariée.

– Si seulement elle pouvait l'être! fit Conan, quittant à la hâte la cahute pour aider Subotai à rassembler du bois sur les côtes de la mer de Vilayet.

Le soleil était une boule flamboyante bas vers l'ouest quand le dernier morceau de bois fut posé sur le bûcher funéraire. Il avait été érigé sur le tumulus le plus élevé, en ce lieu où d'antiques rois et guerriers dormaient de leur dernier sommeil. Et les dalles qui marquaient leurs tombes formaient une garde d'honneur tout autour de lui. Là, Conan emporta Valéria et l'allongea doucement. Là, à la lumière du soleil couchant, elle paraissait très jeune, une enfant endormie.

Subotai aida le vieux magicien à gravir la pente, une torche enflammée entre ses mains tremblantes. Conan regardait la femme qu'il aimait, les yeux rêveurs, et entama le chant triste que chantent les gladiateurs :

Sang et vengeance
Mon épée chante
A travers os et chair.
Le destin du guerrier
Est toujours la mort.

Ayant dit un dernier adieu à Valéria, le Cimmérien tendit la main vers la torche flamboyante et, s'avançant d'un pas, approcha la flamme du bois sec. Le feu lécha sa beauté d'albâtre, brûlant d'un éclat incandescent. Un souffle de vent, soupir venu de la mer, souleva ses cheveux de ses doigts légers et s'en fut. Imperturbable, la fumée s'éleva dans le ciel obscurci, comme pour tenter d'atteindre l'étoile du soir.

Conan se tenait comme une silhouette découpée dans la pierre. Subotai sanglotait doucement, les larmes courant le long de ses joues. Le sorcier, arrêtant ses incantations, le fixa du regard.

– Pourquoi pleures-tu ainsi, Hyrkanien ? Etait-elle tant que cela pour toi ? demanda-t-il.

Subotai essuya une larme et s'éclaircit la gorge.

– Elle était mon amie, mais pour lui, elle était tout, dit le petit homme. Mais il est cimmérien et ne doit pas pleurer. C'est pourquoi je pleure à sa place.

Le magicien acquiesça tout en s'interrogeant sur les diverses façons des hommes venus de terres étrangères.

Le feu brûla jusqu'à se transformer en braises, puis en cendres que le vent de la nuit dispersa au loin. Tout au long de cette cérémonie, Conan demeura immobile. Puis, quand la dernière cendre eut disparu, il se tourna vers Subotai et le sorcier et dit :

– A présent il faut nous préparer.

– Nous préparer à quoi ? demanda Subotai.

– A ce qu'ils viennent pour nous affronter.

LA BATAILLE

Ils dormirent peu cette nuit-là, dans la cahute du magicien. Ramassé dans son manteau usagé, le vieil ermite regardait le jeune géant dont la vie avait été si chèrement payée. Conan griffonnait des plans de bataille sur le sol patiné avec un morceau de charbon de bois. Subotai gardait un œil sur Yasimina qui dormait dans le lit du vieil homme, attachée à l'un des montants.

Quand l'aube réchauffa les eaux calmes de la mer de Vilayet, la petite maison devint une ruche bourdonnante d'activité. Les couvertures furent roulées et la marmite mise à chauffer sur son crochet au-dessus du feu fraîchement construit. Subotai se glissa au-dehors pour quérir du matériel de guerre. Le vieillard fouilla ses effets empilés pour en extraire quelques restes d'armes ou d'armures ou de tout autre objet qu'il pourrait employer à ces fins.

Yasimina était assise au bord du lit et contemplait le Cimmérien. Ses yeux pétillaient de colère. Sa bouche de la couleur d'un pétale de rose était tordue en un rictus de mépris.

– Profite de ce jour, chien barbare, cracha-t-elle. Car c'est le dernier que tu vivras.

Conan tourna la tête vers elle et haussa les sourcils.

– Mon roi-serpent sait où vous vous trouvez, continua-t-elle. Il a vu votre feu et va venir me chercher, aussi sûrement que le soleil s'est levé à l'est. Alors, il te tuera.

– Es-tu un oracle? demanda Conan. Je ne le crois

pas... Tu n'es qu'une fille idiote. Je ne sais pourquoi ton père te voue tant d'amour.

Il se dirigea vers la princesse aux yeux de flamme, lui saisit le menton de sa large main et plongea son regard sur son visage crispé de rage.

– Je suis né sur un champ de bataille, dit-il doucement. Le premier son que j'ai entendu était un cri. La perspective d'une bataille ne m'effraie pas.

– Tu ne m'effraies pas non plus! lui lança Yasimina. Car mon seigneur mènera ses séides à mon secours. Mon seigneur... et mon futur mari, Thulsa Doom.

– Alors tu verras le combat, coup par coup. Et tu seras là pour l'accueillir quand il viendra te chercher, dit Conan, souriant amèrement.

La fille pâlit légèrement lorsque le Cimmérien la détacha du lit et la jeta, tel un sac, par-dessus son épaule. Marchant jusqu'au tumulus le plus proche, il l'attacha à une stèle.

– D'ici, tu pourras tout voir. Et celui qui voudra te chercher pourra le faire rapidement.

Subotai l'appela et Conan descendit la pente pour découvrir l'Hyrkanien portant une brassée de tiges de bambou. Il les laissa tomber avec fracas.

– Voilà qui conviendra pour confectionner des lances, dit-il, en ramassant une et la tranchant à une extrémité pour en faire un épieu rudimentaire.

– Où les as-tu trouvées? demanda Conan en commençant à amenuiser des pointes aux autres tiges.

– Près de la mer, derrière de hautes herbes.

Quand le dernier épieu aiguisé reposa au sommet de la pile, Subotai dit :

– Doom va probablement arriver directement de

la montagne. Ne devrions-nous pas creuser une tranchée sur le versant opposé du monticule?

– Si, répondit brièvement le Cimmérien. Je vais chercher des pelles dans la cabane de jardinage du vieillard.

Bientôt, les deux hommes étaient en plein travail. Toute la matinée la terre vola et la tranchée prit forme. Le petit voleur devait se reposer de temps à autre; mais le barbare continuait inlassablement, comme une machine infatigable. Ses muscles puissants, nourris par une haine implacable et par son désir de vengeance, lui offraient une réserve d'énergie au delà de l'imagination. Et il creusait trois fois plus vite que n'importe quel homme ordinaire.

La tranchée était creusée et les pieux aiguisés bien plantés quand le vieil homme leur apporta du pain, du fromage et une chope de bière de sa fabrication.

– Comptez-vous livrer bataille à cet endroit? demanda-t-il.

– Ici ou sur ce tertre là-bas, répondit Conan.

Le magicien suivit du regard l'index de Conan et acquiesça.

– Bien des combats ont été menés ici autrefois, dit-il. La nuit, les ombres des morts chantent d'effroyables récits de batailles.

– Aujourd'hui il y aura une bataille à nulle autre pareille, deux hommes contre une multitude. Vieil homme, si nous tombons, peut-être chanteras-tu une chanson en notre honneur, lorsque nous ne serons plus là, dit Conan.

– Ou même si nous sommes encore là pour un temps, ajouta joyeusement Subotai.

– Je vais porter quelque nourriture au chat sauvage d'Osric, dit Conan. Nous ne pouvons la laisser se transformer en fantôme si nous espérons en tirer rançon.

Grimpant sur le tumulus, Conan offrit à Yasimina un peu de l'humble nourriture du vieil ermite. La jeune femme fit la grimace devant la grossière pitance et dévisagea le barbare. Mais Conan remarqua avec amusement qu'elle mangeait et buvait avec une précipitation avide.

Elle n'était pourtant pas calmée pour autant. Après avoir terminé son repas, elle lui lança des sarcasmes.

– Ça ne prendra plus longtemps à présent.

– Non, plus longtemps, répondit Conan.

Rejoignant Subotai occupé à fabriquer des flèches pour renouveler ses réserves, Conan entreprit d'affûter et de nettoyer leurs épées. En fourbissant la grande lame atlante, il se remémora sa jeunesse et le pouvoir de son ennemi juré. Les deux guerriers devraient faire preuve d'une agilité et d'une audace au delà de l'humain s'ils voulaient vaincre malgré le déséquilibre des forces.

Il nota avec satisfaction que Subotai l'avait énormément aidé, car le rusé Hyrkanien était expert en plans et en stratégie. Son peuple nomade, quoique guerrier, était souvent attaqué par plus fort ou plus nombreux que lui et devait s'en remettre à l'intelligence tactique pour vaincre ses ennemis. L'expérience de telles questions se montrerait précieuse dans le combat qui s'annonçait.

Ainsi Conan travailla à renforcer leurs défenses avec Subotai. Ils placèrent leurs légers épieux au fond de la tranchée et les recouvrirent d'une couche de boue séchée pour leur donner l'aspect du sol ferme. Ils étudièrent les stèles du monument funéraire et choisirent celles qui offriraient le maximum de protection. Ils empilèrent un carquois rempli de flèches, une réserve de pierres à lancer et une outre d'eau potable dans ce fortin improvisé. Pourtant, contemplant leurs préparatifs, ils les trouvèrent inadéquats.

– La fosse camouflée devrait nous débarrasser de cinq cavaliers et de leurs montures, déclara Subotai en essuyant la sueur de son front.

– Il y en aura bien davantage, grogna Conan.

– Peut-être les fantômes de ces guerriers nous prêteront-ils main-forte, dit Subotai avec un sourire sans joie. Deux hommes ne peuvent en faire plus.

– Vous êtes des morts qui marchez, malgré tous vos préparatifs, proféra Yasimina en rejetant ses boucles blondes d'un geste de défi. Quand mon seigneur et ses gens surviendront...

Yasimina s'arrêta au milieu de sa phrase. Les deux hommes échangèrent des regards et empoignèrent leurs épées. En dessous d'eux, sur le tumulus, résonnait le bruit du métal contre le métal, une clameur comme ils n'en avaient jamais entendu auparavant. Ils firent volte-face, tendus, prêts à l'action. Alors, des poumons de Conan jaillit un rire gigantesque.

S'approchant d'eux avec lenteur, le magicien avançait, une ancienne armure le recouvrant des pieds à la tête. Ses bras soutenaient une fournée de cuirasses, de casques et de lances. Subotai courut vers lui, criant avec excitation :

– Où as-tu trouvé tout cela, vieil homme?

– Chez les morts, sourit le sorcier. Un cadeau des morts. Vous en trouverez davantage en bas.

Il fit un signe de la tête en direction de la maison.

Tandis que Subotai courait vers la cahute pour rassembler javelots, masses d'armes, haches, épées et flèches, Conan ramassa une splendide cuirasse et l'examina.

– Chez les morts, dis-tu? Mais ce fer est neuf, fraîchement fourbi. Comment cela peut-il provenir de la tombe?

– As-tu oublié que j'ai des dons magiques? Si j'ai pu raviver ton étincelle de vie, c'est un exploit bien moins grand que de demander un cadeau à ceux qui dorment sous la terre. De plus, les dieux sont contents de vous. Ils regarderont avidement ce combat.

– Et nous aideront-ils? demanda le Cimmérien.

– Non, cela, ils ne le peuvent.

– Peut-être n'apprécieront-ils pas le spectacle que nous leur offrirons, grogna Conan. Nous ne sommes que deux contre...

– Nous sommes trois, interrompit le sorcier.

– Te joindras-tu à nous, alors, dans ce combat? s'enquit Conan, stupéfait.

– Pourquoi pas? Pourquoi pas? répéta le vieillard. Si vous tombez, ils me tueront moi aussi pour vous avoir hébergés. Ainsi il me faut vous aider du mieux que je le peux. Et je connais encore un tour ou deux, ajouta-t-il avec un sourire malicieux.

Quand le magicien s'en alla inspecter les défenses, Conan endossa un haubert de fine cotte de mailles, un casque d'acier et des jambières de bronze léger. Il plaça un solide bouclier et une hache à l'endroit qu'il avait choisi et planta dans le sol une rangée de javelots, la pointe en bas, de façon qu'ils soient prêts quand il le faudrait.

Cependant, Subotai était revenu, bien armé et débordant d'exubérance. Entouré de ses armes favorites, son épée, son grand arc et une profusion de flèches, accompagnés de son nouvel arsenal de poignards, épées et lances, sa confiance inébranlable bouillonnait comme un ruisseau d'eau de source qui aurait rafraîchi son amer compagnon.

– Je me demande pourquoi ils sont si longs à venir, dit Subotai. Ont-ils peur de nous, ou nous ont-ils déjà oubliés?

Yasimina regarda l'Hyrkanien comme s'il était quelque insecte nuisible.

– Imbécile, ne sais-tu pas qu'aujourd'hui est un jour saint, choisi par Seth pour les prières et le repos? Nul ne peut se mouvoir avant le coucher du soleil.

– Pourquoi ne pas l'avoir dit plus tôt? gronda Conan. Cela aurait pu te permettre d'avoir à dîner.

– Je ne veux pas te faciliter les choses, barbare, et peu importent les privations que j'encourrai. Vous êtes les ennemis de Seth.

Le soleil resta suspendu à l'horizon et des ombres pourpres se glissèrent sur la plaine qui s'étendait des monuments funéraires des anciens rois jusqu'à la Montagne de Puissance, cœur de l'empire invisible de Doom. De leurs cachettes, Conan, Subotai et le magicien contemplaient l'étendue désolée qui s'assombrissait. Ils attendaient. L'attente usait leurs nerfs car ils savaient qu'une fois l'obscurité installée et les dernières lueurs du jour repoussées, les hommes-bêtes passeraient à l'attaque.

– Quel est ce bruit? demanda Subotai en sursautant, comme une chanson étrange montait de l'autre côté du tumulus.

Regardant avec précaution au delà de leur retraite, ils virent la princesse, debout dans ses liens, le vent traversant ses longs cheveux. Elle regardait vers la montagne et le soleil couchant, au delà de la plaine désertique. Les derniers rayons de l'astre embrasèrent son visage tourné vers le ciel et teintèrent d'un or rougeâtre ses épaules et ses bras nus.

Sa chanson était étrangement mélodieuse et, comme son volume augmentait, elle changea de ton, devenant non plus pensive mais passionnément séduisante, ce qui transporta ses auditeurs. Malgré ses vêtements en loques, elle avait réellement l'air d'une prêtresse et d'une meneuse d'hommes.

– Qu'est-ce donc? s'inquiéta le sorcier en regardant la danse sensuelle de la jeune fille et en appréciant la troublante magie de son chant.

– Comme c'est beau! Que chante-t-elle là? murmura Subotai, quasi hypnotisé par la mélodie inconnue.

– N'y prête nulle attention! dit Conan. C'est là quelque hymne au dieu serpent, conçu pour attirer les innocents vers Seth et la destruction. Ne l'écoute pas!

Tandis que les étoiles emplissaient le noir mausolée des cieux, Conan parcourait des yeux la nuit balayée par le vent. Il n'avait que rarement imploré Crom, dieu des Cimmériens. Car il avait appris que les dieux immortels ne portent que peu d'intérêt aux affaires des hommes. Pourtant, face à une mort presque certaine, le barbare souffla une supplique :

– Crom, je n'ai pas la langue faite pour la prière, et pour toi le résultat de cette bataille importe peu. Ni toi ni nul autre ne vous souviendrez de la façon dont nous aurons combattu ou serons morts.

» Mais le courage te plaît, seigneur Crom, et pour moi cela est important. Ce soir trois hommes braves vont livrer bataille à beaucoup d'ennemis... Souviens-t'en.

» En récompense de mon courage et de mon

sang, je ne demande qu'une chose : Accorde-moi la vengeance avant que je ne meure.

La princesse cessa de chanter et le silence s'abattit sur le paysage obscur. Le vent gémissait faiblement dans l'herbe haute. Un groupe d'oiseaux aquatiques, lançant leurs cris plaintifs, les dépassa et s'évanouit dans le noir. Quelque part, un grillon chanta.

Bercé par le calme et fatigué par les labeurs herculéens de la journée, Conan se reposait, appuyé sur le manche de sa hache. Tout à coup, sans savoir pourquoi, il leva la tête et plongea son regard dans les ombres qui s'épaississaient. Ses instincts barbares lui disaient que quelque chose allait se passer.

Comme des silhouettes issues des cauchemars d'enfance de Conan, une troupe de cavaliers, noirs contre le passage gris et voilé du jour à la nuit, explosèrent en une tempête de sabots martelant le sol et d'armures cliquetantes. Ils se lancèrent à l'assaut du monticule où Conan et Subotai avaient dressé leurs défenses. Au-dessus de la tête du porteur d'oriflamme flottait la bannière inoubliable où deux serpents aux bouches crochues soutenaient l'œil noir d'un soleil déchiqueté.

Sans visage dans leurs casques enluminés, les séides du dieu serpent levèrent lances et épées vers le ciel et hurlèrent à la lune comme des loups. Avant qu'ils atteignent le tumulus, la terre sembla s'ouvrir sous les sabots des chevaux des premiers assaillants. Trois cavaliers et leurs montures furent précipités dans la fosse aux épieux meurtriers préparée par le Cimmérien et son compagnon.

Un autre cheval s'extirpa du piège cruel et, sans se soucier de son cavalier, galopa au loin dans la plaine. L'homme-bête remonta et boitilla à la poursuite de son destrier errant.

D'autres chevaux, éperonnés par des cavaliers experts, franchirent sans encombre la barricade dissimulée et se lancèrent à la recherche de l'ennemi. Le barbare sortit de derrière la stèle qui le protégeait et se dressa, sinistre géant sous la lueur blafarde, pour que tous le voient. Un cavalier se précipita sur lui mais il lança un javelot et on entendit un choc sourd. Un instant plus tard, un autre cavalier était sur lui. Conan brandit sa hache et l'enfonça dans une poitrine cuirassée.

Un second javelot transperça un cheval. L'animal poussa une ruade et jeta son cavalier à terre. Puis, galopant sur une courte distance, il s'effondra au sol. L'homme-bête, négligeant sa sécurité, hurlant un cri de guerre, se précipita vers le Cimmérien. Il jeta son corps massif sur son adversaire, épée à la main, et força Conan à se mettre à genoux. A cet instant, la corde d'un arc vibra et Conan entendit le sifflement d'une flèche. Son assaillant tenta de se protéger le visage, mais trop tard. Le trait perça son œil et le repoussa du monticule, braillant des cris monstrueux.

Chevauchant avec la furie d'un orage, un autre des hommes de Doom s'élança vers le Cimmérien, sa pique pointée. La pointe toucha le bouclier de Conan et le fit pivoter sur lui-même. Mais tout en tournoyant, le barbare dégaina son épée atlante et pourfendit la bête. Hennissant et roulant des yeux, l'animal terrifié se cabra sur ses postérieures et son cavalier tomba aux pieds du barbare, assommé. Un seul coup de lame de l'épée atlante sépara sa tête du corps inerte.

Un autre cavalier, apercevant l'Hyrkanien accroupi derrière une pierre tombale, galopa jusqu'au sommet du tumulus. Comme il approchait de la fragile barricade de Subotai, le petit homme se redressa et décocha une flèche. Le sang jaillissant de son corps épais, l'homme-bête s'écroula et vida ses étriers, tandis que son cheval s'enfuyait. Grognant un cri de victoire, Subotai prépara une autre flèche pour son arc.

Deux autres soldats, chevauchant vers le sommet du monticule, s'apprêtèrent à charger à nouveau. L'un tomba dans la fosse : l'autre fut empalé sur la flèche de Subotai. Il se leva sur sa selle, criant de douleur. Puis, un de ses pieds bottés pris dans l'étrier, il fut traîné sur le terrain rocailleux par sa monture affolée.

Au-dessous de Conan et de Subotai qui occupaient le haut du monticule, se mouvait le magicien, son armure polie luisant faiblement dans le crépuscule. Croyant le vieil homme insensé, Conan cherchait à lui procurer une occasion de s'échapper, aussi maigre fût-elle. Comme trois ennemis galopaient vers le vieillard, la lance du magicien surgit de l'obscurité et vint se planter dans la poitrine du premier cavalier. L'homme tomba en arrière, contre l'arrière-train de son cheval, et la torsion des rênes tira sur le cou de l'animal à un point tel qu'il se cabra, dansa un instant sur ses postérieures, et tomba lui aussi en arrière, écrasant au sol son cavalier blessé.

Les compagnons du soldat hésitèrent un instant pour regarder leur camarade à terre. Soudain, la couleur disparut de leurs visages simiesques et casqués. Sous leurs yeux, la lance meurtrière commença d'osciller d'avant en arrière, comme si une main invisible tentait de la dégager du corps du mourant. Un instant après, elle était libre et volait, le manche le premier, dans la main ouverte du sorcier. Les deux compagnons écarquillèrent les yeux et s'enfuirent.

La stupéfaction de Conan fut de courte durée car un autre homme-bête, à pied cette fois, était sur lui. Le Cimmérien éleva l'épée de son père et décocha à son adversaire un terrible coup porté à deux mains. La créature para de la pointe de sa lance, qui effleura le casque de Conan. Abattant à nouveau la grande épée, il trancha en deux la lance et l'homme-bête chancela, tomba et roula en grognant le long de la colline.

Alors, en réponse à un ordre, les hommes-bêtes battirent en retraite pour se regrouper sur la plaine. Conan vit Subotai qui, au-dessus de lui, engageait une autre flèche dans son arc. Un unique cavalier restait encore sur le monticule et il se dirigeait vers la stèle où les poignets de la princesse étaient entravés. Comme il approchait, la jeune fille, qui était restée prostrée en une terreur abjecte dans l'herbe haute au pied du monument pendant l'assaut des hommes-bêtes et la défense vigoureuse de ses ravisseurs, se leva, un large sourire aux lèvres, et dit :

– Rexor! Tu es venu pour moi! Tranche seulement mes liens et emmène-moi vers celui que j'aime.

Rexor lança son cheval de bataille vers la fille impatiente qui tendait les poignets pour recevoir le coup qui la libérerait. Mais les yeux de Rexor étaient glacés, son expression impassible, lorsqu'il leva sa hache qui étincela d'une lueur argentée sous la lune ascendante.

Soudain, la princesse comprit que la hache était destinée non à ses liens mais à son cou élancé. Instinctivement, elle se jeta à genoux et la hache fit jaillir des étincelles quand elle frappa la pierre tombale ancestrale. Le cavalier sinistre se replia en jurant, tandis qu'une flèche de Subotai ricochait sans mal sur son armure.

Pendant un bref instant, les trois combattants bénéficièrent d'un répit. Subotai s'approcha de Conan, une épée ancienne à la main, et dit :

– J'ai utilisé ma dernière flèche.

Le magicien escalada la pente, porteur de la lance qui lui était revenue après avoir frappé sa cible, et lança d'une voix éraillée :

– N'ai-je pas dit que j'avais encore un ou deux tours?

– Tenez-vous prêts! cria soudain Subotai. Les voilà à nouveau!

Les gardes survivants avaient mis pied à terre et s'avançaient maintenant vers le trio en une solide phalange. Ils gravissaient la pente, se préparant à poursuivre les trois défenseurs si ceux-ci choisissaient de trouver refuge une nouvelle fois derrière les pierres tombales. Mais, à mi-chemin de la colline, ils ralentirent.

– Attaquez! cria Subotai, une lance à la main, se préparant à bondir vers les créatures qui approchaient.

Mais Conan calma son ardeur.

– Leur confusion est plus feinte que réelle. Je crains un piège, gronda-t-il. Restons aussi haut que nous le pouvons. Nous avons l'avantage de la position.

Un instant plus tard, les épées s'entrechoquaient dans une confusion sauvage. Conan abattit une des brutes mais sentit la morsure d'une blessure à son bras gauche. Subotai transperça un autre homme-bête à la gorge. Mais alors qu'il tombait, l'un de ses camarades s'empara de la lance, l'arrachant aux mains de l'Hyrkanien, et pointa vers lui son extrémité ensanglantée. Le petit homme sauta de côté mais trébucha sur une stèle brisée et perdit l'équilibre. Avant qu'il ne puisse se relever, le soldat le frappa avec sa propre lance. L'arme perça la cuisse de Subotai et s'enfonça dans le sol. Le soldat allait abattre sa lourde épée pour achever l'Hyrkanien, mais le javelot du sorcier traversa l'obscurité et toucha l'homme-bête en plein cœur.

Comme précédemment, le manche en fut agité par des forces invisibles et libéré pour voler jusqu'à son possesseur. Et l'arme enchantée repartit pour frapper une autre des brutes. Un troisième fit volte-face, effrayé, et courut vers la plaine, mais le sol s'ouvrit sous lui et il s'empala sur les pieux de la fosse camouflée.

Brûlant du feu de la bataille, Conan se précipita hors de l'abri offert par les stèles funéraires, espérant prendre par surprise le cavalier solitaire qui gravissait le monticule. La lance du Cimmérien cogna contre l'armure qui luisait sous la lune, mais le manche se brisa contre l'acier fin de la cuirasse de l'adversaire et le guerrier le chargea. Des sabots d'acier martelèrent le Cimmérien jeté à terre. Un coup magistral envoya au loin l'épée du père de Conan, un autre le priva de son casque.

Saignant abondamment, Conan se mit à genoux, trop faible pour se relever. Le cavalier écarta alors son destrier pour lui donner un élan de quelques mètres et se prépara à charger une dernière fois son adversaire blessé. Il releva la visière de son casque, révélant le visage sombre et grimaçant de Rexor, ses yeux cruels pétillant de joie à l'idée du coup mortel qui allait suivre.

Le Cimmérien se jeta sur son épée. Ses yeux étaient deux fentes de feu bleu alors qu'il levait sa lame dans le salut du gladiateur. Il se préparait à vendre chèrement sa vie. Riant de la témérité du jeune homme blessé, le gigantesque lieutenant éperonna sa monture et chargea, le bras droit levé pour porter le coup fatal.

A cet instant, une Valéria radieuse, vêtue d'une armure scintillante, ses cheveux blonds lustrés flottant sous un casque ailé d'un métal inconnu, apparut aux côtés de son amant. Ses membres musclés brillaient à la lueur de la lune et le tulwar qu'elle levait étincelait en un éclair bleu. Comme Rexor abattait son arme pour pourfendre la tête du Cimmérien, son bras fut arrêté au vol par l'épée farouche.

Rexor recula devant la silhouette scintillante qui, d'un coup agile, fouetta ses yeux découverts avec sa lame. Le soudard colla une de ses mains contre son visage pour protéger son regard de cette lumière intolérable et resta immobile sur son cheval, transfiguré.

Conan regardait la silhouette brillante, bouche bée, ses cheveux dressés en une frayeur superstitieuse. La jeune fille éclatante tourna alors son visage rieur vers lui et, dans son esprit, il l'entendit prononcer : *Cimmérien, désires-tu vivre éternellement ?*

Vacillant, Conan se leva et saisit l'épée de son père. Il se redressa avec une détermination neuve et eut soudain l'impression que la silhouette étincelante, vêtue de métal surnaturel, n'avait jamais été là, sauf qu'il subsistait un rayonnement fantomatique dans le ciel. Et Conan se souvint des mots de Valéria, après que le magicien, par ses sortilèges, eut chassé les mains crochues de la Mort et de ses séides. Elle avait murmuré : *Mon amour est plus fort que la Mort... Si j'étais morte et toi en danger, je reviendrais de l'Enfer lui-même pour combattre à tes côtés.*

Le souvenir d'un tel amour donna au barbare blessé une généreuse dose d'orgueil. Avec peine, il se fraya un chemin jusqu'au cheval noir que montait le second de Doom, soignant ses yeux endoloris. Il dégagea le pied le plus proche de son étrier et força l'homme à mettre pied à terre. Quand Rexor atterrit, comme un chat, sur ses pieds, le Cimmérien donna une claque à la croupe du cheval et l'animal, effrayé, s'enfuit dans l'obscurité.

Conan s'élança alors vers Rexor, frappant sans merci son ennemi cuirassé. Les yeux remis de leur brûlure, le lieutenant se rua à son tour sur son jeune adversaire. Conan, parant le coup, se baissa et replongea dans la mêlée, repoussant l'homme massif par de larges coups d'estoc et de taille. Puis, d'un unique revers de son épée, le Cimmérien planta sa lame dans le cou du suppôt de Seth. Rexor demeura droit, tour de muscles vissée au sol; puis il vacilla soudain en avant et tomba à terre, au milieu du fracas de son armure, et ne bougea plus.

Prenant une profonde inspiration, Conan regarda autour de lui. Subotai, la jambe couverte de bandages, et le sorcier se tenaient au bord du monticule et regardaient une poignée de gardes qui battaient en retraite vers la Montagne de Puissance. Bientôt l'étau de la nuit les eut avalés.

Le silence qui avait envahi le champ de bataille déserté fut brisé par la voix de Yasimina. Tous trois se tournèrent pour découvrir la silhouette mince et élégante de Thulsa Doom qui se dessinait contre le ciel étoilé. Magnifique dans son armure reptilienne, il était fièrement installé sur son destrier et faisait face à la fille dépenaillée qui était princesse de Zamora, prêtresse de Seth, et sa future épouse.

– Maître! Je leur avais dit que vous viendriez me chercher, souffla-t-elle. Détachez-moi à présent pour que je puisse venir à vous.

– Cela ne peut être, fut la réponse glaciale du Maître du culte. Ils t'ont profanée comme ils ont profané mon temple.

– Non, Seigneur Doom, il n'en est pas ainsi. Je vous ai été fidèle, mon roi, mon père. Ne m'abandonnez pas!

– Tu n'es plus digne d'être mon épouse.

– Alors, Maître, je serai votre esclave, et avec joie. Ne me laissez pas ici au milieu des ennemis de Seth!

– Ne crains rien, mon enfant, fit Doom d'une voix rassurante, de la douceur de la soie.

Il ne dit plus un mot mais déroula une vipère d'autour de son cou et, comme auparavant, la transforma en une flèche meurtrière. Yasimina regardait sans comprendre, mais Subotai vit le geste du roi-serpent et devina ce qui allait se produire. Comme Doom bandait son arc, l'Hyrkanien, sans se soucier de sa blessure, boitilla en avant. Au moment précis où le trait sifflait à travers les airs, il interposa son bouclier entre la flèche-vipère et sa victime présumée. La flèche cogna le bois, redevint un serpent, et tomba au sol en se convulsant. Le petit voleur tira alors son épée et la tailla en pièces.

Posant sa tête sur ses poignets entravés, Yasimina se mit à sangloter hystériquement. Conan avança lentement vers le Maître du culte, le fixant du regard à travers ses paupières étrécies, et prit place entre la princesse et son tourmenteur. Doom jeta un coup d'œil à l'épée que tenait au poing le Cimmérien, cette lame forgée par un artisan de village avec de l'acier d'Atlantis tant d'années auparavant. Et en contemplant le visage du barbare, la froide étreinte de la peur s'empara du cœur de Thulsa Doom. Frémissant, il éperonna son noir destrier et, pivotant, s'élança à la suite des rescapés de sa garde vaincue.

– De puissants esprits séjournent ici, dit le vieux magicien. Et cette nuit, ils ont combattu pour vous.

– Je le sais, vieil homme, je le sais, grommela Conan, pensant à la silhouette scintillante de Valéria. Et toi et Subotai avez fait beaucoup pour aider à notre victoire.

Alors, le jeune géant se tourna vers la princesse et entoura avec douceur son visage de ses mains.

– Il vous aurait tuée. Vous savez cela. D'abord il a envoyé son serviteur. Ensuite il est venu lui-même.

La jeune fille acquiesça en silence.

– Maintenant, il me faut le tuer, poursuivit Conan. Car il est le Mal. Et vous devez me mener à lui. Le ferez-vous?

A nouveau la princesse acquiesça. Le triste sourire d'une enfant perdue passa sur son visage souillé de larmes quand il trancha ses liens.

– Vous comprendrez cela... un jour... quand vous serez reine, acheva Conan.

LA VENGEANCE

Dans le vaste temple, les fidèles de Seth étaient rassemblés pour entendre l'exhortation de leur maître. Des centaines de bougies tenues par des mains attentionnées jetaient leur éclat diffus sur la salle et reflétaient les visages impatients de la congrégation. L'amalgame des jeunes voix, des flûtes et des cuivres créait une musique solennelle dans la pièce caverneuse et conférait à la scène un air de sainteté, immensément satisfaisant pour les adorateurs de Seth.

Tout devint silencieux lorsque Thulsa Doom, resplendissant dans son armure reptilienne, monta sur l'estrade et fit face à ses fidèles. Ses yeux étaient sombres et remplis de sorcellerie, mais vides de toute humanité. Il fixa son regard au delà de la masse des visages tournés vers lui, comme s'il apercevait quelque vision du futur que lui seul pouvait contempler, et commença :

– Le jour du Jugement est arrivé. La purge est enfin proche. Tous ceux qui se dressent contre nous en haut lieu, tous ceux qui vous ont menti et qui ont essayé de vous détourner de moi, parents, enseignants, juges, tous périront dans une nuit de sang et de feu. Alors, la Terre sera purifiée et prête à recevoir le dieu que nous vénérons.

– Seth! gémirent les auditeurs en transe.

La voix douce, envoûtante de Doom poursuivit :

– Vous, mes enfants, êtes l'eau vive qui purifiera le monde. Vous détruirez tous ceux qui s'opposent à nous. Dans vos mains vous tenez la lumière éternelle qui brûle dans les yeux de Seth!

– Seth! répéta l'assistance d'une seule voix.

Doom alluma une bougie que lui tendait un prêtre agenouillé.

– Cette flamme, dit-il, balayera l'obscurité et illuminera le chemin du paradis, si vous agissez lorsque je ferai appel à vous.

Non loin de la citadelle de Thulsa Doom, deux chevaux trottaient de concert. L'un portait la silhouette mince de la princesse Yasimina, vêtue d'une robe de soie trouvée dans les fontes de Valéria. L'autre, un animal plus robuste, portait un homme habillé de l'armure de cuir et du casque protecteur d'un garde du Maître du culte. Par-dessus le martèlement des sabots des chevaux, si l'on avait eu le temps d'écouter, on aurait pu entendre les mots suivants flotter comme des pétales sur la brise de printemps :

– Je l'aimais et il a essayé de me tuer! Pourquoi a-t-il fait cela?

Conan (car c'était lui) haussa les épaules.

– Je ne le sais pas. Mais tant qu'il vit, vous êtes en danger, et mes prières de vengeance restent non exaucées. Doom doit périr.

– J'aurais voulu que Subotai soit là pour vous aider.

– Mais il est blessé et se repose chez le magicien, dit Conan.

– De quel secours puis-je vous être dans une mission comme celle-ci? demanda Yasimina, avec dans la voix une trace de sa combativité d'autrefois.

– Vous devez me conduire au Maître, ainsi que vous l'appelez. Nul ne connaît les façons de la Montagne de Puissance aussi bien que celui qui y a vécu.

La fille contempla la montagne qui avait été son foyer. Puis elle frémit.

– Je le vénère encore. Comment puis-je aider à sa destruction?

– Il le faut. Pour vous-même et pour Zamora.

– Comment cela? Pour mon pays?

– Vous avez vu le soleil se lever, répondit doucement Conan. Il chasse les terreurs de l'obscurité et les choses horribles qui aiment la nuit ont peur et se cachent de sa lumière. Vous devez être le soleil levant de Zamora.

Yasimina acquiesça mais des larmes montaient à ses yeux.

Bravement, Yasimina chevaucha jusqu'aux portes de la citadelle montagneuse; bravement, Conan, déguisé en garde, la suivit. Les sentinelles, sous-humaines et bestiales comme elles l'étaient, ignoraient tout de l'enlèvement de la fille et de son reniement par son maître. Ils ouvrirent tout grand les portes. Les montures furent menées à l'écurie.

La tête haute, comme il sied à une prêtresse de Seth, la princesse remonta la large avenue qui menait au temple du dieu serpent. Elle s'arrêta pour tremper ses doigts dans la fontaine parfumée au pied des escaliers et jeta un bref coup d'œil à l'homme en armes qui la suivait. Puis, avec une expression que son cœur battant démentait, elle et son compagnon pénétrèrent dans le sanctuaire.

Dans les sombres recoins de la grande salle, leurs silhouettes passaient inaperçues. Ils ne firent aucun bruit. Une lueur de bougie fugace ne réussit pas à dévoiler les traits de la princesse, impassible et rêveuse. Derrière la masse des fidèles, un petit nombre de gardes bestiaux se tenaient en armes, mais ils ne réagirent pas au passage des deux nouveaux venus. Leur attention était fixée sur le Maître du culte qui, levant les bras, continuait son exhortation :

– Sachez que, sur les chemins difficiles que vous allez maintenant suivre, la fatigue et la tristesse peuvent être votre lot. La faim et la solitude pourront être vos compagnons et ceux que vous aimez vos ennemis. Pourtant, partout Seth ouvrira la voie. Et tous ceux qui osent s'opposer à lui, vous les tuerez, jusqu'à ce que le monde entier lui appartienne.

Conan observa Yasimina. D'étranges émotions, chagrin, amour, haine, se bousculaient sur le visage de la princesse tandis qu'elle regardait l'homme qui, elle l'avait cru, l'avait aimée, mais qui aurait disposé de sa vie aussi facilement que l'on répand la lie d'une coupe de vin.

Sous son casque, les yeux de Conan brillaient d'une calme férocité. Sa mission n'était plus seulement affaire de vengeance. Débarrasser la terre du Mal, comme celui-ci, telle était sa destinée. Chacun des jours de sa vie, pensait-il, toutes les années de malheur et de peine à la Roue de Souffrance, tous les mois d'entraînement pour devenir un habile gladiateur, toutes les heures solitaires d'errance, sans foyer, à travers les plaines désolées, tout cela n'avait été que préparation à ce moment.

Sur l'estrade, Doom était immobile et silencieux, une bougie allumée à la main. Son visage était levé, comme pour absorber la brillance de la flamme. A ses pieds, un des prêtres poursuivait le rituel. A son incantation hypnotique, les corps des adorateurs se mirent à osciller en rythme, tels des reptiles à demi enroulés sur eux-mêmes devant un charmeur de serpents.

– Aveugle tes yeux, ô serpent mystique, entonna le prêtre. *Kabil sabul. Kabil. Kabil. Kabil Hakim.* Lève tes yeux aveugles vers la lune. Qui t'appelle hors des gouffres de la nuit? Quelle ombre s'interpose entre la lumière et toi? Regarde dans les yeux d'un tel être, ô Père Seth! Regarde et réduis son âme en poussière desséchée! Tue-le! Tue-le! Et tous ceux qui l'aiment, tue!

La foule extasiée reprit son cri : « Tue! »

D'un pas majestueux, le prêtre s'avança, portant

sa bougie allumée au-dessus de sa tête. Thulsa Doom, étranger venu de l'Est, sorcier, grand prêtre de Seth, magnifique dans sa cuirasse serpentine de cotte de mailles reluisante, marchait comme un conquérant derrière son acolyte. Les adorateurs, rangée après rangée, se mirent en rang derrière lui, chacun occupé à ne pas laisser s'éteindre la flamme de sa bougie. Devant la grande porte, Doom s'arrêta et se retourna pour proférer une dernière bénédiction à ses cohortes qu'il allait jeter dans le monde pour accomplir sa volonté satanique.

Quand il leva la main pour étendre sa bénédiction, une vague de consternation parcourut l'assemblée, comme la chute d'un caillou perturbe le calme d'une étendue d'eau. Le charme se rompit et s'éteignit dans le silence. Cent paires d'yeux cherchèrent à percer l'obscurité au delà des portes grandes ouvertes.

Comme Doom regardait alentour pour apercevoir la cause de cet incident, ses gardes monstrueux se mirent en place entre leur maître et ses fidèles. Joignant leurs bras, ils formèrent une chaîne vivante que nul ne pouvait briser et attendirent d'autres ordres.

Conan s'avança alors dans la lumière des bougies, du pas lent et souple de la panthère en chasse, l'épée de son père dans son poing droit. Il se déplaçait d'une façon étrange, telle une marée balayant le sable. Le prêtre de tête recula vivement, inquiété par la calme certitude du Cimmérien que le destin guidait. Mais Doom fit face au barbare avec détermination, nulle peur ou stupéfaction n'habitant ses yeux froids et reptiliens.

– Ne le craignez pas! dit Doom. Il n'est qu'un homme mortel. Il ne peut entraver notre vague de victoire, à présent. Gardes! Emparez-vous de lui!

Avant que les lents hommes-bêtes aient eu le temps d'agir, Conan leva le grand joyau qu'il avait dérobé au temple de Shadizar et répéta les deux mots que le sorcier lui avait appris :

– Arrière, au nom de Seth! rugit le Cimmérien. *Podozhditye nazad!* Arrière et retenez les autres.

A la vue de l'écarlate Œil du Serpent, les gardes sursautèrent comme sous la morsure du fouet. Ils reculèrent mais leur ligne tint bon. Les fidèles ne purent que regarder en spectateurs impuissants, tandis que le prêtre s'enfuyait en hurlant et dévalait les vastes escaliers.

Le visage mince et ascétique de Doom resta vide de toute expression. Mais ses yeux perfides étudiaient le visage de Conan et semblaient fouiller les tréfonds de son âme. Dans le jeune Cimmérien, le mage vit la force. Il vit aussi l'humanité, et là résidait sa faiblesse. Il sourit finement d'un air de triomphe lorsqu'il capta et retint le regard du barbare de ses yeux curieusement reptiliens.

– Enfin tu es venu à moi, Conan, comme un fiis vers son père, commença Doom de sa voix mélodieuse, hypnotique. Et cela est bien ainsi, car qui est ton père, sinon moi? Qui t'a donné la volonté de te battre pour ta vie? Qui t'a appris à résister? Je suis la source d'où provient ta force. Si je n'étais plus là, ta vie n'aurait plus aucun sens.

Il sembla au jeune Cimmérien que les yeux du Maître grandissaient jusqu'à engloutir l'univers. Il se tenait au milieu d'un immense vide parmi les étoiles, ne voyant que ces yeux luisants, implacables. La voix séduisante poursuivit :

– Sans moi, tu pourrais aussi bien n'avoir jamais existé. Mon fils, je ne suis pas ton ennemi mais ton ami!

Pendant un long moment, les yeux sombres de

Doom, emplis d'un pouvoir surnaturel, tinrent Conan sous leur emprise. Puis Conan cilla et, rassemblant tout le courage qui lui restait, détacha son regard. A cet instant, le Cimmérien leva son bras gauche et suspendit l'Œil de Seth à un mètre du visage de Thulsa Doom. Le Maître du culte regarda fixement le joyau se balancer puis leva les yeux avec horreur vers le rayonnement vengeur émanant de Conan.

Alors, devant les visages figés des fidèles, le cou de Doom s'allongea. Ses mâchoires s'étendirent en avant. Son nez s'étrécit et disparut. Son front s'aplatit. Ses lèvres s'amincirent et s'effacèrent. Ses yeux sombres s'arrondirent en deux orbites sans paupières et une langue pourpre jaillit pour goûter l'air. Thulsa Doom portait la tête écailleuse des anciens hommes-serpents, ennemis immémoriaux de l'humanité.

Comme un seul homme, la congrégation sursauta. Un frisson parcourut l'assemblée silencieuse. La princesse, dans l'ombre, poussa un cri à demi étouffé et des larmes de pitié, mélangées d'horreur et de soulagement, coulèrent sur ses joues.

L'épée de Conan s'éleva en décrivant un large arc de cercle et détacha la tête de serpent du corps de l'homme. Le corps tomba en arrière et resta à se convulser comme un reptile écrasé, au haut des marches. La tête tranchée roula lentement jusqu'au bas de la longue volée de marches et vint s'arrêter près de la fontaine.

Conan regarda l'objet hideux tomber dans les ombres pourpres du jour mourant. Puis, moitié pour lui-même, il parla :

– Mon père était la lumière du jour; Thulsa Doom, ma nuit. Pourtant, il avait raison sur un unique point. Ce qui importe n'est pas l'acier à l'intérieur de la lame, mais celui qui fait l'homme.

Se reprenant, Conan se tourna vers les gardes qui, obéissant à son dernier ordre, tenaient toujours la foule à l'écart. Levant à nouveau l'Œil de Seth, il dit :

– Vous qui étiez les gardes de Doom, retournez aux cavernes d'où vous venez... Et trouvez une autre source de viande. Allez.

Les hommes-bêtes se fondirent dans le décor et Conan regarda les anciens adorateurs de Thulsa Doom. Certains regardaient autour d'eux, ébahis, comme s'ils ne savaient pas où ils se trouvaient ni comment ils étaient arrivés en cet endroit. D'autres pleuraient leur paradis perdu et leurs gémissements ondulaient comme le chant immuable des vagues.

Conan masqua sa pitié derrière des mots rudes :

– Je sais que vous vous sentez comme des orphelins, mais vous avez tous des foyers où retourner et un accueil chaleureux vous y attend. Je n'en ai moi-même aucun. Pourtant je suis satisfait et vous devriez l'être aussi. Car, en cette nuit, nous sommes libres. Allez faire vos préparatifs pour le voyage.

Le barbare se tint au seuil du temple pendant que les enfants de Doom descendaient le long escalier. Un à un, ils jetèrent leurs bougies allumées dans la fontaine, leur donnant un dernier instant de brillance avant qu'elles ne se dissipent dans le néant.

Une fois le dernier fidèle parti, Conan essuya la lame de l'épée qui avait si longtemps habité ses rêves et ses pensées. S'asseyant près de la grande porte, il regarda les flammèches s'éteindre. L'épée de son père en travers de ses genoux, il se remémora le passé et s'interrogea sur ce que les années à venir allaient lui apporter. Yasimina, qui avec les autres avait éteint sa bougie, remonta les escaliers déserts. Elle s'accroupit sur les marches près de lui, cherchant sa force et cependant trop humiliée pour oser déranger ses rêveries. Ainsi passèrent-ils en silence cette longue nuit.

Quand l'aube pâle annonça la naissance d'un jour nouveau, Conan perçut un changement étrange dans le paysage autour de lui. Les marches de pierre étaient à présent craquelées et érodées, comme par des siècles d'exposition aux éléments. Les plantes et les fleurs du jardin étaient toutes fanées et le dallage autour de la fontaine était souillé d'empreintes boueuses. La route cérémoniale au-dessous était fendillée et s'écaillait, comme si quelque sortilège, jeté du fond des âges pour la maintenir uniforme, s'était enfin rompu. Derrière lui, la façade du temple s'effritait. Et, comme il regardait, des morceaux de pierre tombèrent du chambranle avec fracas.

La tension l'avait quitté. Il se sentait en paix. Mais, liée à son sens d'avoir accompli sa destinée, se trouvait une aspiration à quitter ce lieu maudit, à laisser loin derrière lui ce paysage et tous ses souvenirs. Conan se leva. La princesse se hissa sur ses pieds.

– Et maintenant? demanda-t-elle.

– Subotai et moi vous emmènerons dans votre demeure, répondit-il rudement. Votre père sera content de vous voir.

– Mon père est mort, dit Yasimina. Un messager de Shadizar est venu annoncer il y a cinq jours que les sbires de Yaro l'avaient assassiné.

– Alors vous êtes reine et on aura besoin de vous à Zamora pour gouverner votre pays troublé.

– Mais qu'en est-il de Yaro? Il n'acceptera pas que je monte sur le trône.

– Je m'occuperai de Yaro, ne craignez rien. A présent, il est temps de partir.

– Mais, insista la jeune fille, il y a d'autres Tours de Seth et d'autres prêtres à travers Zamora. Qu'adviendra-t-il d'eux?

Conan resta silencieux, pensif. Enfin, il dit :

– Beaucoup seront brisés ou abandonnés, car leur but a disparu en même temps que Thulsa Doom. Le culte continuera peut-être ici et là : les serpents sont difficiles à tuer. Les adorateurs de Seth peuvent même paraître à nouveau dans l'avenir. Mais pas, je le crois, d'ici à la fin de notre existence.

Yasimina leva son regard anxieux vers le visage du barbare et sourit.

Alors que l'été endossait la robe rousse de l'automne, Conan, vêtu de nouveaux atours élégants et d'une cotte de mailles brillante, une cape écarlate flottant sur ses épaules, galopait sur un étalon noir dans les champs de blé mûrissant de Zamora. Finalement, il rejoignit l'homme qu'il suivait, un petit Hyrkanien qui chevauchait un poney des steppes à la crinière échevelée. Après de brèves salutations, ils mirent pied à terre.

– Pourquoi es-tu parti sans un mot? s'enquit Conan.

Subotai haussa les épaules.

– On m'a dit que la reine t'avait offert une place à côté d'elle sur le trône, dit le petit homme en souriant. (Et il ajouta :) J'ai pensé que tu serais trop occupé par tes... euh... obligations royales pour avoir du temps à perdre avec un vieux frère d'armes. Pourquoi es-tu ici? Je n'ai pris que ma part de la récompense de la reine pour l'Œil du Serpent avant de m'en aller. Encore que j'aie du mal à imaginer pourquoi elle le voulait.

Conan eut l'air légèrement embarrassé.

– C'est également ce que j'ai fait, avant de quitter la ville.

– Voudrais-tu dire que tu as décliné l'offre de la dame?

– Quand je porterai une couronne, elle aura été gagnée par ma propre épée, et non donnée en guise de dot, gronda Conan.

– Etranges sont les façons des Cimmériens! soupira Subotai. Comment as-tu pris soin de Yaro? J'aurais aimé être à tes côtés en cet instant, plutôt que de monter la garde au palais!

Conan haussa les épaules.

– La bataille ne mérite même pas qu'on en parle. Quand le peuple de Shadizar a su que Doom était mort, les séides du prêtre noir se sont retournés contre lui. Avant que je puisse avoir ma chance de le pourfendre, ses propres gens l'avaient mis en pièces membre par membre.

– Où vas-tu aller à présent? demanda Subotai.

– Au sud et à l'ouest. Je vais vers la mer, dit Conan. Et qu'en est-il de toi?

L'Hyrkanien tendit le bras.

– Au nord et à l'est, vers mon pays. Nous reverrons-nous jamais?

Conan sourit.

– Le monde n'est pas assez vaste pour séparer longtemps deux coquins comme nous. Nous nous reverrons, mais seul Crom sait quand et où.

– Au pire, ce sera devant les portes de l'Enfer, dit Subotai.

– Jusqu'à ce jour, beaux combats!

Les deux amis se donnèrent l'accolade, frappant sur leurs épaules. Puis ils se remirent en selle.

– Qu'y a-t-il donc au sud et à l'ouest qui t'attire tant? lança Subotai.

– De l'or, des joyaux, des femmes superbes et de l'excellent vin rouge! rugit Conan.

Puis, avec un dernier salut d'adieu, ils s'éloignèrent, chacun vers un horizon différent.

J'ai Lu Cinéma

Une centaine de romans J'ai Lu ont fait l'objet d'adaptations pour le cinéma ou la télévision. En voici une sélection.

Demandez à votre libraire le catalogue semestriel gratuit.

ANDREVON Jean-Pierre
Cauchemar... cauchemars! (1281★★)
Répétitive et différente, l'horrible réalité, pire que le plus terrifiant des cauchemars. Inédit.

ARSENIEV Vladimir
Dersou Ouzala (928★★★★)
Un nouvel art de vivre à travers la steppe sibérienne.

BENCHLEY Peter
Dans les grands fonds (833★★★)
Pourquoi veut-on empêcher David et Gail de visiter une épave sombrée en 1943?
L'île sanglante (1201★★★)
Un cauchemar situé dans le fameux Triangle des Bermudes.

BLIER Bertrand
Les valseuses (543★★★★)
Plutôt crever que se passer de filles et de bagnoles.
Beau père (1333★★)
Il reste seul avec une belle-fille de 14 ans, amoureuse de lui.

BRANDNER Gary
La féline (1353★★★★)
On connaît les loups-garous mais une femme peut-elle se transformer en léopard?

CAIDIN Martin
Nimitz, retour vers l'enfer (1128★★★)
Le super porte-avions Nimitz glisse dans une faille du temps. De 1980, il se retrouve à la veille de Pearl Harbor.

CHAYEFSKY Paddy
Au delà du réel (1232★★★)
Une terrifiante plongée dans la mémoire génétique de l'humanité. Illustré.

CLARKE Arthur C.
2001 - L'odyssée de l'espace (349★★)
Ce voyage fantastique aux confins du cosmos a suscité un film célèbre.

CONCHON, NOLI et CHANEL
La Banquière (1154★★★)
Devenue vedette de la Finance, le Pouvoir et l'Argent vont chercher à l'abattre.

COOK Robin
Sphinx (1219★★★★)
La malédiction des pharaons menace la vie et l'amour d'Erica. Illustré.

CORMAN Avery
Kramer contre Kramer (1044★★★)
Abandonné par sa femme, un homme reste seul avec son tout petit garçon.

COVER, SEMPLE Jr et ALLIN
Flash Gordon (1195★★★)
L'épopée immortelle de Flash Gordon sur la planète Mongo. Inédit.

DOCTOROW E.L.
Ragtime (825★★★)
Un tableau endiablé et féroce de la réalité américaine du début du siècle.

FOSTER Alan Dean
Alien (1115★★★)
Avec la créature de l'Extérieur, c'est la mort qui pénètre dans l'astronef.
Le trou noir (1129★★★)
Un maelström d'énergie les entraînerait au delà de l'univers connu.
Le choc des Titans (1210★★★★)
Un combat titanesque où s'affrontent les dieux de l'Olympe. Inédit, illustré.
Outland... loin de la terre (1220★★)
Sur l'astéroïde Io, les crises de folie meurtrière et les suicides sont quotidiens. Inédit. Illustré.

GROSSBACH Robert
Georgia (1395★★★)
Quatre amis, la vie, l'amour, l'Amérique des années 60.

GANN Ernest K.
Massada (1303★★★★)
L'héroïque résistance des Hébreux face aux légions romaines.

HALEY Alex
Racines (2 t. 968★★★★ et 969★★★★)
Ce triomphe mondial de la littérature et de la TV fait revivre le drame des esclaves noirs en Amérique.

ISHERWOOD Christopher
Adieu à Berlin (1213★★★)
Ce livre a inspiré le célèbre film Cabaret.

JONES John G.
Amityville II (1343★★★)
L'horeur semblait avoir enfin quitté la maison maudite ; et pourtant... Inédit.

KING Stephen
Shining (1197★★★★)
La lutte hallucinante d'un enfant médium contre les forces maléfiques.

RAINTREE Lee
Dallas (1324★★★★)
Dallas, l'histoire de la famille Ewing, au Texas, célèbre au petit écran.
Les maîtres de Dallas (1387★★★★)
Amours, passions, déchaînements, tout le petit monde du feuilleton "Dallas".

RODDENBERRY Gene
Star Trek (1071★★)
Un vaisseau terrien seul face à l'envahisseur venu des étoiles.

SAUTET Claude
Un mauvais fils (1147★★★)
Emouvante quête d'amour pour un jeune drogué repenti. Inédit, illustré.

SEARLS Hank
Les dents de la mer - 2e partie (963★★★)
Le mâle tué, sa gigantesque femelle vient rôder à Amity.

SEGAL Erich
Love Story (412★)
Le roman qui a changé l'image de l'amour.
Oliver's story (1059★★)
Jenny est morte mais Oliver doit réapprendre à vivre.

SPIELBERG Steven
Rencontres du troisième type (947★★)
Le premier contact avec des visiteurs venus des étoiles.

STRIEBER Whitley
Wolfen (1315★★★★)
Des êtres mi-hommes mi-loups guettent leurs proies dans rues de New York. Inédit, illustré.

YARBRO Chelsea Quinn
Réincarnations (1159★★★)
La raison chancelle lorsque les morts se mettent à marcher. Inédit, illustré.

Editions J'ai Lu, 31, rue de Tournon, 75006 Paris

diffusion
France et étranger : Flammarion, Paris
Suisse : Office du Livre, Fribourg
diffusion exclusive
Canada : Éditions Flammarion Ltée, Montréal

Achevé d'imprimer sur les presses de l'imprimerie Brodard et Taupin
7, Bd Romain-Rolland, Montrouge. Usine de La Flèche,
le 10 janvier 1983
1950-5 Dépôt Légal janvier 1983. ISBN : 2 - 277 - 21449 - 3
Imprimé en France